KB059216

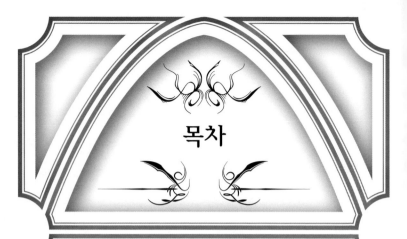

목차

제 4 장

저와 구애하는 평민

"잠깐 당신. 저를 햇볕에 태울 작정이에요? 양산이 삐뚤어졌 잖아요."

이제 초여름의 기운이 물씬 풍기는 계절이 되었습니다. 지금 시간은 해가 저무는 저녁. 우리는 학교기사단 업무를 마치고 기숙사로 돌아가는 중입니다. 해가 기우는 시간이라고는 해도 여전히 햇빛은 뜨거운 열기를 품고 있었기에 저는 평민을 꾸짖었습니다.

만약 레네가 있었더라면 이런 일 없었을 텐데── 아뇨, 그런 소리 해봤자 달라질 건 없겠죠.

"아, 정말 죄송합니다, 클레어 님. 잠깐 클레어 님을 바라보며 눈보신을 하고 있었더니 손이 미끄러졌어요."

평민이 황급히 양산을 바로잡았습니다.

"그 눈보신이라는 게 뭔지는 잘 모르겠지만 일은 똑바로 해주실 수 없을까요."

"정말 죄송합니다."

"……흥."

심술궂게 한마디 쏘아주기는 했지만 어쩐지 힘이 담기질 않았습니다. 이유는 명백합니다. 레네가 제 곁을 떠난 것── 그 이유 말곤 없습니다.

카트린이랑은 또 다른 의미로 친자매처럼 함께 자라왔던 상대가 사라진 겁니다. 당연한 듯이 곁에 있었던 존재가 이제는 없다는 현실은 역시나 커다란 아픔으로 다가왔습니다.

"클레어 님."

"뭔가요?"

"학교가 끝나면 뭔가 달콤한 음식이라도 만들어드릴까요?"

평민이 갑자기 그런 제안을 꺼냈습니다.

"갑자기 뭔가요. 딱히 필요 없어요."

레레어가 무슨 말인지 알아들었는지 달콤한 음식이라는 말을 듣자마자 신이 나서 통통 뛰었지만 저는 조금도 내키지 않았습니다.

"클레어 님이 가장 좋아하시는 크렘 브륄레인데요?"

"……그건 레네에게 선물한 레시피였죠."

평민이 만든 크렘 브륄레를 레네와 함께 먹었던 추억을 떠올렸습니다. 이젠 함께 디저트를 먹을 수도 없겠네요. 조금 감상적인 기분에 잠겨 있었더니,

"클레어 님."

"뭔가요."

"기운 내서 씩씩하게 가보죠."

"저는 아무런 문제도 없어요."

이게 허세에 불과한 말이라고 해도 평민한테 솔직하게 약한 소리를 토해낸다는 건 어불성설이니까요. 저는 새침하게 고개를 돌렸습니다.

그러자 평민은 잠깐 생각에 잠긴 표정을 짓고서는,

"클레어 님."

"뭔가요."

"안아드려도 괜찮을까요?"

"하아?!"

어처구니없는 소리를 꺼냈습니다. 사실 이 평민이 어처구니없는 소리를 하는 게 하루 이틀 일은 아닙니다만.

"괜찮을 리가 없잖아요. 세상에 주인한테 포옹을 요청하는 메이드가 어디 있나요."

"어? 여기에 있잖아요?"

"그러니까, 대체 무슨 소릴 하는 거냐는 표정 하지 말아 줄래요?!"

나 참, 정말이지.

그래도 평민이랑 바보 같은 대화를 나누고 있으니까 조금이나마 원래 컨디션이 돌아오는 느낌이었습니다. 레네가 없어도 제가 정신을 똑바로 차려야죠. 시무룩해 있으면 다음에 레네를 다시 만났을 때 웃음거리가 될 거예요.

"클레어 님."

"뭔가요…… 아니, 지금 이 패턴만 벌써 세 번째잖아요."

"아뇨, 네 번째입니다."

"사소한 건 따지지 말고요! 됐으니까 용건이나 말하세요!"

"좋아합니다."

직설적인 호의에 내심으론 살짝 두근거렸습니다. 저를 감싸주듯 아낌없이 애정을 주던 레네와는 다른 방식이지만, 이 평민은 평민 나름대로 저를 위해 마음을 써주고 있는 걸까요. 그런 것치고는 말도 행동도 너무 장난스러운 기색이긴 하지만요.

"아, 그래요, 네. 저는 싫어해요."

마음속의 동요를 눌러 감추면서 저는 쌀쌀맞게 대답했습니다.

"이거 참 이상하네요. 지금 이 흐름대로라면 가능할 거라고 생각했는데."

"대체 뭘 어떻게 하면 그런 발상이 되는 건가요?! 애초에 가능할 거라는 게 뭐예요! 뭐가 가능하다는 거예요!"

"네? 그걸 제 입으로 말하라고요? 싫다아, 클레어 님. 엉큼하셔라."

"당신이 꺼낸 말이잖아요?!"

본의 아니게 평민의 바보짓에 어울려주고 있다 보니 어느새 기숙사 방에 도착했습니다. 평민이 잠긴 문을 열었습니다. 카트린은 언제나처럼 모습을 감추고 있는 모양입니다. 대체 언제가 되어야 카트린을 이 좁은 방 안에서 해방시켜줄 수 있을까요.

그런 생각을 하고 있었을 때,

"클레어 님, 편지가 와 있습니다."

평민이 한 통의 편지봉투를 내밀면서 말했습니다.

"누가 보낸 거죠?"

"마나리아 스스 님이에요."

"! 언니한테서?!"

생각지도 못한 이름을 듣고 깜짝 놀랐습니다. 기품 있는 숙녀에겐 어울리지 않는 기세로 재빠르게 평민 손에서 봉투를 낚아채고 발신인을 확인했습니다. 봉투에는 낯익은 우아한 필체로 '마나리아 스스'라는 이름이 적혀 있습니다. 봉투를 밀봉한 인장도 스스 왕가의 문장. 틀림없습니다.

"봉투를 열어줘요."

"알겠습니다."

평민에게 봉투를 돌려주면서 개봉을 부탁했습니다. 속에 향수를 뿌려둔 거겠죠. 청량한 향기가 풍겨오는 편지지가 나왔습니다.

"……."

저는 잡아먹을 듯한 기색으로 편지를 꼼꼼히 읽었습니다. 편지에는 요즘 최근 연락을 주지 못했던 점에 대한 사과와 바우어로 유학을 오게 됐다는 내용이 적혀 있었습니다.

"클레어 님, 이제 식당으로 가셔야 해요."

"먼저 가 있도록 하세요. 저는 이 편지를 다 읽고서 가겠어요."

"그러시다면 저도 기다리겠습니다."

"……."

평민이 옆에서 뭐라고 말을 하고 있었지만 지금 제 머릿속은 언니에 대한 생각으로 꽉 차 있었습니다.

"언니가…… 학교로 오고 계신다고 하네요."

편지를 마저 읽고서 혼잣말처럼 조용히 말했습니다.

"언니라는 분은 그 마나리아 님을 말씀하시는 건가요?"

"맞아요. 스스 왕국의 제1왕녀님이에요. 제가 동경하는 여성이에요."

"허어."

평민은 마음이 담기지 않은 대답을 했지만 저는 신경 쓰지 않고 말을 이었습니다.

"바우어 왕국으로 유학이 결정되어서 지금 왕립학교로 오고 계신 모양이에요. 편지에는 연락이 늦어진 점에 대한 사과가 적혀 있고요."

"헤에, 그렇습니까."

"지금 뭔가 국어책 읽기라고 해야 하나, 불만스러운 목소리로 말하지 않았나요?"

"기분 탓입니다. 클레어 님."

제가 뭔가 기분이 상할만한 소리라도 했던 걸까요. 아니, 물론 제가 평민 따위한테 그런 것까지 하나하나 신경 써줄 이유는 없지만요. 레레어가 이상하다는 표정으로 평민의 얼굴을 빤히 바라보고 있습니다.

"슬슬 식당으로 가죠. 클레어 님."

"그렇네요. 아아, 하지만 기대로 가슴이 벅차서 밥이 넘어가지 않을지도 모르겠어요."

레네라는 소중한 사람을 잃은 건 정말 가슴이 아프지만 이렇게 새로운 인연이 찾아오기도 하는 거네요. 인생은 나쁜 일이 있으면 좋은 일도 있는 법입니다.

"아 그러세요. 빨리 가죠."

"당신. 역시 뭔가 불만스러워 보이는데요?"

"아―니요? 따악―히?"

하는 말과는 달리 평민의 얼굴엔 불만이 가득합니다.

"혹시 질투하는 건가요?"

"네."

"즉답?!"

설마설마 싶었는데 정말이었어요?!

"전 클레어 님을 사모하고 있다고 말씀드렸잖아요."

"슬슬 그 농담도 질리기 시작한 참이라고요?"

"어떻게 하면 진심이라고 믿어주실 건가요?"

"어떻게 해도 무리예요……. 아, 하지만——."

그때 어떤 시 한 구절이 제 머릿속에 떠올랐습니다.

"플로스의 꽃을 천칭에 올려 줄래요? 그때 당신의 마음이 진실인지 밝혀지겠죠."

제가 정말 좋아하는 한 구절을 노래하듯이 읊었는데 평민은 뚱한 시선으로 저를 바라봅니다. 레레어는 무슨 소린지 잘 모르겠다는 것처럼 어리둥절한 기색이었지만요.

"아모르의 시인가요."

"어라, 알고 있었군요."

아모르의 시라는 건 바우어 왕국에 옛날부터 전해 내려오는 전설을 말합니다. 전설의 내용은 이렇습니다.

어떤 키가 큰 남성과, 키가 작은 남성이 한 사람의 무녀를 사랑했습니다. 두 남자는 둘 다 왕국의 유력자로, 서로 자기가 더 무녀를 사랑한다고 다퉜습니다. 두 남자가 무녀를 향한 사랑에 정신이 팔린 동안 나라는 점점 어지러워졌고 무녀는 고민에 빠졌습니다. 두 남자가 다툼을 그만두기를 무녀가 신에게 기도했을 때, 신은 하나의 천칭을 내려주며 이렇게 말했습니다.

『천칭에 공물을 올려라. 천칭이 가리키는 자가 너의 남편이 될 자다.』

신이 내려준 천칭의 판결 덕에 키가 작은 남자가 무녀와 결혼하게 됐고, 실연당한 키가 큰 남자는 뛰어난 왕이 되었다고 합니다.

제가 읊은 대사는 무녀가 신이 내린 천칭을 가리키면서 남자들에게 했던 말입니다.

"클레어 님도 그런 이야기를 좋아하시나요?"

"딱히 싫어하지는 않는데요? 로맨틱하잖아요."

그러고 보니 제 첫사랑은 마나리아 언니였죠. 그런 생각을 하면서 대답했습니다. 뭐, 그 점에 관해선 여러 가지 오해들도 함께 있었기 때문이지만요.

평민은 제 말에 얼굴을 찌푸렸습니다.

"저도 사랑 이야기는 싫어하지 않지만 아모르의 시는 그다지 좋아하지 않네요."

"어머, 어째서인가요?"

저는 고개를 갸웃했습니다.

24시간 머릿속이 핑크빛으로 젖어있을 것 같은 사람이니만큼 분명 아모르의 시도 좋아할 거라고 생각했는데요.

"그도 그럴 게 무녀가 처음부터 이 사람이다, 하고 선택하면 되는 거잖아요. 그걸 못해서 남자들을 서로 다투게 하다니 악녀예요, 악녀."

평민이 꿈도 낭만도 없는 평가를 내렸습니다. 그야 아예 틀린 말은 아닐지도 모르지만, 이 시는 그런 게 아니잖아요.

"그건 틀렸어요."

평민은 사랑에 빠진 소녀의 마음을 이해 못 하는군요. 저는 그녀에게 조곤조곤 가르치듯이 말을 이었습니다.

"무녀는 분명 선택할 수 없었던 거예요. 진정으로 사랑에 빠지게 되면 누구를 얼마나 좋아하는지 그렇게 쉽게 딱 잘라 구분지을 수가 없을 거예요."

제 입으로 한 말이지만 너무 소녀틱한 감성이 듬뿍 담긴 게 아닌가 싶었습니다. 하지만 분명 제 추측이 맞을 거라고 생각해요.

"스스로도 누구를 얼마만큼 더 좋아하는지 알 수 없어. 그럴 수만 있다면 누가 좀 가르쳐줬으면 좋겠어. 이 시에는 사랑을 하는 사람의 그런 절실한 마음이 담겨 있는 게 틀림없어요."

그런 사랑을 해보고 싶어. 누군가의 마음에 번민하는 그런 사랑에 빠져보고 싶어. 저도 그런 마음이 듭니다.

"클레어 님."

"뭔가요…… 아니, 지금 이거 오늘만 벌써 몇 번째 하는 대화인가요."

"배가 고파졌습니다."

"당·신·이·란·사·람·은—……!"

분위기를 와장창 깨버리는 한마디에 저는 한순간 울컥했습니다만,

"뭐, 당신같이 사랑이라는 마음을 농담거리로 삼는 사람은 이해 못 할 섬세한 감정이겠죠."

평민한테 아모르의 시와 같은 로맨스를 기대하는 것 자체가 쓸데없는 짓이라는 걸 깨닫고 식당으로 향하는 발걸음을 재촉했

습니다.

"농담으로 하는 소리가 아닌데 말이지——."

그런 목소리가 등 뒤에서 들려오긴 했지만 저는 속지 않아요.

(어차피 당신도 레네처럼 언젠가는 제 곁을 떠나가겠죠?)

소중한 사람을 잃어버린 상처는 저를 심한 겁쟁이로 만들었습니다. 하지만 그걸 스스로 깨닫게 된 건 좀 더 훗날의 일이었습니다.

"그러면 앞으로는 동급생으로서 다시 한번 잘 부탁할게, 클레어."

"물론이에요, 언니!"

강의를 마치고 나서 저는 언니와 함께 정원에 있는 정자에 왔습니다. 피피와 로렛타는 괜찮다고 사양했지만 평민은 태연하게 따라왔습니다. 정말이지. 언니랑 격식 없이 즐거운 시간을 보내고 싶었는데 참 분위기 파악을 못 하는 사람이네요.

새삼 다시 봐도 언니는 역시 가지런한 이목구비를 가진 미인입니다. 요즘 시대 여성들한테 주류인 롱헤어 스타일은 아니지만 그렇다고 남자들처럼 아주 짧지는 않은 숏 컷. 윤기가 흐르는 백금색 머리카락이 햇빛을 받아 찬란하게 빛납니다. 고양이를 연상시키는 장난기 넘치는 표정에서는 왕족의 품격에 어울리는 여유가 엿보였습니다.

언니는 저를 향해 인사를 하고서 평민 쪽으로 시선을 돌렸습니다.

"레이도 잘 부탁해."

"허어……."

"잠깐, 평민. 언니가 직접 말을 건네 주셨잖아요? 좀 더 기뻐하는 표정을 지으라고요."

세 왕자님들을 대하는 태도도 그렇고, 이 평민은 왕족 앞에서 너무 불경해요.

"클레어 님이 말을 걸어주는 편이 100배는 더 기쁘니까요."

"……좋을 대로 하세요."

이 평민은 끝까지 웃기지도 않는 농담을 고수할 생각인가 봅니다. 테이블 위에 있는 레레어도 살짝 어이없어하는 시선으로 보고 있습니다. 골치 아픈 사람이에요.

"저기, 레네…… 아……."

습관처럼 왼쪽을 돌아보며 입을 열자마자 제 목소리를 들을 상대가 더 이상 그곳에 없다는 사실을 깨달았습니다. 언니는 어리둥절한 얼굴이었고, 평민은 뭔가 가슴 아픈 광경을 보는 듯한 표정이 되었습니다.

"레네는…… 클레어 전속 메이드였던 아이지? 그러고 보니 그녀는 어디로 갔지? 모습이 보이지 않는데."

"레네는…… 피치 못할 사정이 있어서 일을 그만뒀어요."

"……그래……."

저는 차마 레네가 떠나게 된 사정을 설명할 수 없었습니다. 레네의 일은 저에게 있어서 옛날 일이라고 넘기기에는 아직 생생한 상처입니다. 언니도 뭔가 눈치를 챈 걸까, 더 이상은 자세히 묻지 않았습니다.

"그렇지. 바우어로 오는 도중에 아파라치아에도 들렸는데 거기서 재미있는 가게를 찾았어. 독특한 디저트를 팔더라."

언니는 분위기를 바꾸려는 생각이었는지 자연스럽게 화제를 돌렸습니다.

"헤에, 어떤 디저트인가요?"

평민도 얼른 말을 받았습니다. 그녀도 저에게 신경을 써주고 있는 걸까요. ……이 평민만큼은 그럴 리가 없겠죠.

디저트라는 단어가 나오자 레레어가 반응을 보입니다. 이 아이는 정말로 먹보라니까요.

"저도 궁금하네요."

"그렇게 말할 거라고 생각해서 파티시에한테 그 가게에서 파는 디저트 중 하나를 외워두라고 시켰어. 잠깐만 기다려봐, 갖고 오도록 할 테니까."

그렇게 말하면서 언니는 메이드에게 뭐라고 명령을 내렸습니다. 잠시 평민의 시중을 받으며 차를 즐기고 있었더니 언니의 메이드가 디저트가 담긴 카트를 밀며 다가왔습니다.

"드디어 왔구나. 이게 그 가게에서 파는 디저트 중 하나야. 티라미수라고 한다나 봐."

"티, 티라미수?!"

"왜 그러나요, 평민?"

"아, 아뇨, 아무것도요……."

그렇게 말하면서도 평민의 표정에선 숨길 수 없는 놀란 기색이 보였습니다. 그와 동시에 엿보이는 감정은…… 아마도 기쁨일까요? 이 디저트의 이름 어디에 평민이 기뻐할 만한 요소가 있는지는 잘 모르겠지만 확실히 평민은 조금 기뻐 보였습니다.

"뭐, 일단 먹어보고 감상을 들려줘."

"네, 잘 먹을게요."

저는 포크를 들고서 먼저 티라미수라는 디저트를 찬찬히 살펴봤습니다. 커팅 된 단면을 보니 생크림과 생지가 예쁘게 층을 이루고 있고, 표면에는 카카오 파우더로 보이는 가루가 뿌려져 있었습니다. 아주 화려하다고 할 정도는 아니지만 겉보기엔 양과자처럼 보입니다.

포크로 찍어보자 아무런 저항감도 없이 부드럽게 쪼개집니다. 그대로 입에 넣었더니 깜짝 놀랄 정도로 진한 크림과 치즈의 향이 느껴졌습니다. 농후한 양주의 풍미와 함께, 듬뿍 녹아있는 설탕의 달콤하고 부드러운 맛이 입 안 가득 퍼져나갑니다.

"맛있어요!"

"후후, 그렇지? 분명 클레어가 좋아할 거라고 생각했어."

"네에, 제 마음에 꼭 들어요! 이 디저트를 만든 가게의 이름이 뭔가요?"

블루메의 초콜릿과 비교해도 더 나을지언정 결코 뒤지지 않는 훌륭한 맛을 보고 저는 이 가게의 장래성을 느꼈습니다. 더 유명해지기 전에 미리 점찍어두고 제가 후원자가 되어서 나중에 사교용 카드로 쓸 생각이었습니다.

그런데——.

"후후, 그건 비밀이야. 가르쳐주면 내가 클레어한테 멋진 디저트를 맛보여주는 즐거움이 줄어들잖아."

"너무하세요, 언니! 심술궂게 그러지 말고 가르쳐주세요!"

"아하하, 글쎄 어떻게 할까—?"

"……닭살 커플."

"평민? 지금 무슨 소리 했나요?"

"아뇨, 아무것도요. 그보다 두 분은 티라미수라는 이름의 유래에 대해서 알고 계시나요?"

평민이 말을 얼버무리는 것처럼 화제를 돌렸습니다.

"아니, 잘 모르겠는데. 나는 어지간한 언어는 알고 있는데 티라미수라는 단어는 들어본 적 없어."

"저도예요."

"그렇군요. 그 티라미수라는 이름엔 『내가 기운을 내게 해줘』라는 의미가 담겨 있습니다. 지금 클레어 님에게 딱 어울리는 디저트라고 생각해요. 감사합니다, 마나리아 님."

그러면서 평민은 깊이 허리 숙여 인사했습니다.

"아냐, 그러지 말아 줘, 레이. 나는 그걸 알고서 클레어한테 맛보여준 게 아니니까."

"아뇨, 하지만 마나리아 님이 클레어 님을 웃게 해주셨다는 점은 사실이니까요."

"……그러니?"

"네. 정말로 감사드립니다."

평민이 거듭 감사의 말을 했습니다.

"뭐예요, 평민. 제가 그렇게나 시무룩해 있는 것처럼 보였어요?"

"클레어 님은 겉모습을 꾸며내는데 능숙하시니까 눈치챈 사람은 거의 없을 거라고 생각합니다."

"……건방진 소리를 하는군요. 당신은 저를 이해하고 있다고 말할 셈인가요."

"실제로 이해하니까요."

"그렇게까지 저에 대해 잘 알고 있다면 어디 한번 지금 제 심경을 알아맞혀 보세요."

제가 도발하듯이 말하자 평민은 갑자기 표정을 무너뜨리며,

"잃어버린 것과 되찾은 것. 두 천칭 사이에서 흔들리고 계세요."

그러면서 저를 향해 상냥하게 미소를 지었습니다.

"무, 무슨 영문 모를 소리를……."

좀처럼 볼 수 없었던 평민의 표정에 허둥거리면서도 입으로는 가시 돋친 말을 쏘아냈습니다. 왜냐하면 그게 정답이라는 걸 인정하고 싶지 않으니까요!

"흐음…… 클레어와 레이는 사이가 좋구나."

"오, 오해예요! 저는 이런 사람 따위——!"

"네에, 서로 사랑하는 사이니까요."

"평민!!"

"아하핫."

어김없이 튀어나오는 평민의 망언에 허둥지둥하고 있었더니

언니가 큰 소리로 웃었습니다.

"클레어."

"왜 그러세요, 언니."

"좋은 메이드를 찾았구나."

"네에?! 대체 어디가요?!"

생각지도 못한 말을 들은 저는 상대가 마나리아 언니인데도 무심코 따져 물었습니다.

"레이는 네가 지금까지 계속 편지에서 푸념해왔던 태도만 그럴듯하고 충성심이라곤 없는 속 빈 메이드들과는 달라. 그야말로 레네와 비견될 정도로 클레어를 깊이 이해하려고 하고 있어."

"……."

언니의 어조 속에서 장난치거나 놀리는 기색은 찾아볼 수 없었습니다. 진지하게—— 더 이상 없을 정도로 자애로 넘치는 목소리에는 저를 위하는 마음이 가득 담겨 있었습니다.

"……다른 누군가의 마음은 영원히 이해할 수 없는 법이에요."

"하긴 그렇지. 하지만 클레어. 설령 그 말이 사실이라고 하더라도 최대한 이해해보려는 노력을 이어나가는 게 중요하다고 생각해. 나도, 레이도, 그리고 분명 레네도 클레어를 알아가고 싶다고 생각할 거야."

"언니……."

언니의 말은 제 마음속에 깊이 스며들었습니다. 저는 다른 사람의 말을 순순히 받아들이지 않는 성격이지만 언니는 특별해요. 언니를 향한 친애와 존경이 제 마음속의 장벽을 무르게 만들었습니다.

"……어우 느끼해."

"평민?! 당신 말이죠!"

"아하하! 아니, 확실히 너무 연극에나 나올 법한 대사이긴 했네. 하지만 레이. 여자애를 꼬실 때는 이 정도로 스마트하지 않으면 안 될 텐데?"

"……제 방식이 틀렸다고 말하는 건가요?"

"레이처럼 직설적으로 부딪혀보고 깨지는 방식도 나쁘지는 않지만 그 방식 하나만 고집해서야 효과가 약해. 가끔은 다른 일면도 보여줘야지."

"허어……."

아무래도 상관없기는 하지만 제 앞에서 여성을 꼬시는 방법론 같은 걸 논의하지 말아 줄래요? 제가 복잡한 기분에 잠겨 있었더니 이야기가 일단락된 언니가 차를 한 모금 마시고서 다시 입을 열었습니다.

"하지만 다행이야. 클레어가 마음을 허락한 상대가 생겨서."

"오해예요!"

"뭘 좀 아시네요, 마나리아 님."

"입 좀 다물어줄래요?!"

그 뒤로도 가벼운 농담이 오가는 다과회가 이어졌습니다. 언니가 주도적으로 대화를 이끌고, 제가 거기에 맞장구를 치고, 평민이 이상한 농담을 던지는── 그런 따뜻하고 즐거운 다과회였습니다.

도저히 귀족다운 우아한 자리였다고 말하기는 힘들었지만 저는 오랜만에 마음 편한 시간을 보낼 수 있었습니다.

　"사랑의 천칭……? 그 아모르의 시에 나오는?"
　"응, 맞아. 실제 그 전설 속 천칭이라고 전해지는 물건이 식전에서 사용돼."
　지금 이곳은 항상 모이던 정자입니다. 오늘은 저와 언니 말고도 유 님과 세인 님이 동석하고 있습니다. 평민은 언제나처럼 시중 역입니다. 레네만큼 눈치 빠른 일처리를 보여주지는 못하지만 분하게도 차와 디저트만큼은 레네를 훨씬 뛰어넘을 정도로 맛있었습니다. 평민은 어제 언니가 맛보여줬던 티라미수를 순식간에 재현해 내서 저와 언니를 깜짝 놀라게 만들었습니다. 유 님과 세인 님이 이 자리에 함께 계신 것도 티라미수가 왕자님들의 관심을 끈 덕분이라서, 마음에는 안 들지만 평민한테 고마워해야 할 일입니다.
　지금은 유 님이 언니에게 곧 열리게 될 아모르의 제사에 대해 설명하는 중입니다. 유 님은 교회와 밀접한 연관이 있는 분이라서 이런 제사나 식전에 대해서는 누구보다 자세히 알고 있기 때문에 언니도 흥미 깊게 이야기를 듣고 있었습니다.
　"아모르의 시는 그냥 전설 아니었어?"
　왕위 계승권 순위가 같다는 점도 있어서 언니는 로드 님을 대할 때와는 다르게 유 님에게는 좀 더 격의 없는 친근감을 담은 말투로 대화를 나누고 있습니다.

"아모르의 시 자체는 아마 누군가가 여러 민간전승들을 모아서 정리한 거라고 여겨지고 있어."

"그런데 천칭은 실제로 있다고……?"

"……아마 실제론 마도구인 거겠지."

세인 님이 거드는 말에 유 님도 그렇겠지, 라며 말을 이었습니다.

"그러네. 마도구라고 불리는 초상적인 힘을 가진 도구를 개발하게 된 건 마법석이 발견된 요 근래의 일이야. 하지만 불가사의한 힘을 가진 도구 자체는 먼 옛날부터 몇 개인가 전해져 내려왔어."

마법석의 정확한 작동 원리나 효과는 모르더라도 신비한 돌로서 취급해온 건 오랜 옛날부터 있었던 일입니다.

"그러면 사랑의 천칭에도 마법석이 쓰이고 있는 거야?"

"……그런 모양이다."

세인 님은 고개를 끄덕이면서도 사실은 이야기에 큰 흥미가 없는지 시선이 아까부터 티라미수에 못 박혀 있었습니다. 벌써 하나를 다 드신 참인데 사실은 단것에 사족을 못 쓰시는 걸까요. 그렇다면 저도 평민한테 요리를 배워야 하나……?

"그래서 그 제사에서 천칭은 구체적으로 어떤 식으로 쓰는데?"

"흠, 일종의 결투라고 해야 하나, 맞선이라고 해야 하나…… 한마디로 신부 쟁탈전이지."

유 님이 방긋 웃으면서 대답했습니다.

"아모르의 시가 노래하듯, 사랑이란 옛날부터 다툼의 씨앗이었지. 아모르의 제사는 그 전설에서 유래된 신부 쟁탈전이야."

"공물이라도 바치는 거야?"

언니는 농담처럼 말했습니다. 아모르의 시의 내용을 빗대어 던진 농담 한 마디만 봐도, 타국의 문화에도 박식한 언니다운 풍부한 교양을 엿볼 수 있었습니다.

"딱 그 말대로야. 사랑의 천칭에 공물을 바쳐서 공물의 무게를 가지고 사랑싸움에 종지부를 찍는 거지."

그리고 유 님은 언니의 농담이 정답이라며 끄덕였습니다. 농담으로 던진 말에 그게 정답이라는 대답이 돌아오자 언니는 조금 당황한 모양입니다.

"놀랐어. 바우어 왕국의 문화사도 배웠으니까 아모르의 전설에 대해서도 알고 있었지만 천칭이 실제로 있는 물건이라는 건 몰랐거든."

"뭐, 이건 풍속사에 해당하는 지식이니까. 마나리아를 가르친 선생님도 거기까지는 몰랐던 거 아닐까?"

유 님이 홍차를 다 마시자 평민이 조용히 잔에 홍차를 채웠습니다. 유 님이 고마워, 하고 감사 인사를 한 뒤 말을 이었습니다.

"사실 무게를 가지고 겨룬다고 해도 진짜 질량을 재는 건 아니야. 입수 난이도에 비례해서 설정된 마음의 무게가 승부를 가르는 방식이야."

"헤에? 그러면 플로스의 꽃이라도 바치면 되는 거야?"

"역대 제사의 역사를 보면 플로스의 꽃이 가장 무겁다고 할 수 있지."

"그런 부분까지 전설 그대로구나."

플로스의 꽃을 직접 눈으로 본 사람은 거의 없습니다. 저도 도감이나 그림으로밖에 본 적 없는데 은은한 빛을 뿜어내는 신비로운 꽃이라고 합니다.

"제사에 대해서 꽤 열심히 묻는 걸 보면 마나리아는 아모르의 제사에 흥미가 있나 봐?"

혹시 좋아하는 사람이라도 있는 거냐면서 유 님이 장난스레 말했습니다. 네? 언니가 사랑이요? 내심으론 크게 동요했습니다만 저도 귀족이니만큼 그걸 겉으로 드러내지 않을 수 있었습니다.

"그래서 그런 건 아니지만 재미있잖아. 게다가 로맨틱해. 나도 내 마음의 무게를 천칭에 맡겨보고 싶다는 생각이 드는걸."

"언니, 우리 여성들은 천칭에 마음을 거는 쪽이 아니라 경쟁의 대상이 되는 입장인데요?"

말은 그렇게 했지만 만약 정말로 언니한테 연인이 생기면 서운할 것 같다는 생각을 하게 됩니다.

"클레어는 좋겠네, 레이가 있으니까."

"무슨?! 유 님!"

유 님이 놀리는 말에 저는 참지 못하고 반응했습니다.

"뭐야뭐야? 클레어랑 레이는 그런 사이였어?"

거기에 언니까지 편승해서 같이 놀리기 시작했습니다. 정말이지.

"언니까지 그런 말도 안 되는 소리는 하지 말아주세요. 이 자는 저를 놀리고 있을 뿐이에요."

저는 언짢아하는 기색을 내보이면서 찻잔을 입에 가져갔습니다.

"저는 진심을 담아 몇 번이고 말씀드렸는데 클레어 님의 수비가 워낙 단단해서요."

"어라. 그럼 레이의 짝사랑인 거야?"

"머지않아 클레어 님도 저와 같은 마음이 되도록 만들 거지만요."

"당신, 더 이상의 헛소리는 용서 못 해요."

저는 시선으로 평민의 입을 다물게 했습니다. 그런데도 평민은 어째선지 기쁜 표정입니다. 정말로 얘는 대체 뭘까요…….

테이블 위에서 몸을 흔들고 있는 레레어에게 티라미수를 작게 잘라 한 입 넣어주자 맛있게 우물우물 받아먹습니다.

"애초에 만약 동성이라도 괜찮다고 한다면 저는 당신 같은 사람보다 언니를 고를 거라고요."

"앗핫하. 이거 기쁜 말을 해주잖아. 나도 상대가 클레어라면 어지간한 남자들보다 훨씬 기쁘지."

"어머, 언니도 참."

즐거운 기색으로 제 농담을 받아주는 언니는 역시 재미있는 분이에요. 봐요, 평민. 유머라는 건 이런 식으로 품위가 있어야 하는 거예요.

"그러고 보니 클레어의 첫사랑은 마나리아였지."

"아이참! 유 님, 어린 시절 이야기를 꺼내지 말아 주세요."

"나를 보고 남자애인 줄 착각했었지."

부끄러운 추억이 화제로 나오는 바람에 저절로 몸이 움츠러드는 기분이었습니다. 제가 언니의 친가인 라낙 백작가에 맡겨졌던 시절의 이야기입니다.

어머님이 돌아가셨을 때, 저는 마음에 큰 상처를 입었습니다. 저는 어머님과 다툰 다음 화해도 하지 못한 채 어머님을 떠나보내고 말았습니다. 그 사실이 어렸던 저에게—— 아니, 지금도 여전히 제 마음에 깊은 흉터로 남아있습니다.

어머님이 돌아가신 뒤로 한동안 우울증에 빠져있었습니다. 아버님도 가장 훌륭한 정치적 파트너이기도 했던 어머님을 잃고서 한동안 사후 처리에 쫓기느라 저를 돌봐줄 여유가 없었고, 저는 친척이었던 라낙 백작가에 맡겨졌습니다.

저는 거기서 처음으로 언니와 만났습니다.

"저는 언니의 말에 구원받았어요."

후회와 자책 속에 짓눌리고 있던 저에게 언니는 이렇게 말해 줬습니다.

——아무도 클레어를 탓하지 않아.

언니는 아버님조차 눈치채지 못했던 제 마음을 정확하게 짚어 줬습니다. 그리고 언니는 이어서 이렇게 말했습니다.

——나는 지금 여기서 그대를 끝까지 지키겠다고 맹세하겠어.

그건 아모르의 시에 나오는 사랑의 맹세의 구절이었습니다.

당시 언니가 저에게 연심을 품고 있었다고는 생각하지 않습니다. 아마도 눈물을 멈추지 않는 저에게 기운을 북돋아 주려고 했던 말이었겠죠. 하지만 이야기 속 노래의 대사를 정면으로 받은 저는 그 순간 완전히 언니에게 반해버렸습니다.

그도 그럴 게 어린 시절 언니는 엄청나게 멋진 미소년으로밖엔 안 보였다고요!

"그런 클레어 님을 좋아합니다."

"그러니까 당신은 갑자기 무슨 소릴 하는 거예요?!"

"죄송합니다. 갑자기 사랑이 넘쳐서."

평민이 뜬금없는 소리를 내뱉었습니다. 갑자기 사랑이 넘쳤다니, 당신은 언제나 줄줄 새고 있는 상태잖아요.

"그렇구나─. 레이는 클레어를 진심으로 좋아하는구나. 그렇구나……."

언니는 그렇게 중얼거리면서 뭔가 재미있는 거라도 찾았다는 듯이 웃었습니다. 저는 언니의 나쁜 버릇이 또 시작됐구나 싶었습니다.

언니는 마음에 드는 상대를 괴롭히는 나쁜 버릇이 있습니다. 마치 개구쟁이 남자애 같은 짓이지만, 언니는 어디까지나 선을 지키기 때문에 그렇게까지 심한 짓으로 번지지는 않습니다. 뭐, 모르는 사람들은 대부분 험한 꼴을 보게 되는 것도 사실이지만요…….

"하지만 아쉽게 됐네. 클레어는 내 쪽이 더 좋다는데."

언니는 저를 품속으로 끌어당기면서 저를 감싸 안듯이 팔을 둘렀습니다.

"어머머, 언니, 무슨 바람이 부신 건가요?"

말은 그렇게 하면서도 저는 오랜만에 그리운 기분에 젖었습니다. 옛날에는 자주 이런 식으로 함께 시간을 보냈어요.

……평민? 어째서 얼굴이 경직된 거예요? 레레어도 뭔가 안절부절못하는 기색입니다.

"클레어. 내가 좋아한다고 고백하면 믿어주겠어?"

"물론이에요. 오히려 지금도 그렇게 믿고 있는데요?"

"후후, 그렇구나, 그렇구나."

언니는 기뻐하며 웃었습니다. 연애적인 의미는 아닙니다만 저는 지금도 언니를 연모하고 있어요.

"……레이, 주전자에서 차가 넘치고 있다."

"실례했습니다."

평민이 웬일로 큰 실수를 저질렀습니다. 대체 뭐 하는 건가요. 테이블 위에 퍼져나가는 뜨거운 찻물을 피해서 레레어가 황급히 도망쳤습니다.

"……왜 그러지? 안색이 나쁜데."

"아뇨, 아무것도 아닙니다. 걱정해 주셔서 감사합니다."

세인 님이 직접 염려해 주시다니, 평민 주제에 건방지군요. 그런데 정말로 괜찮은 걸까. 듣고 보니 평민의 안색이 조금 안좋아 보입니다.

"……클레어와 마나리아는 사이가 좋군."

"……그러네요. 한 잔 더 어떠신가요?"

"……레이, 그건 홍차 주전자가 아니라 밀크 주전자다."

이건 역시 이상하네요. 레네가 떠난 뒤로 지금까지 평민에게 조금 무리를 시켰던 걸지도 모르겠어요.

휴가라도 주는 편이 좋을까. 그런 생각을 하면서 저는 드물게도 평민을 걱정하고 있었습니다.

"클레어 님, 저기…… 말씀드리기 어렵지만 드릴 말씀이 있는데요……."

"? 무슨 일인가요, 로렛타. 뭐든 괜찮으니 말해보세요."

언제나처럼 정자에서 피피와 로렛타, 그리고 평민(과 레레어)까지 함께 모여 차를 마시고 있었더니 로렛타가 조심스럽게 그런 말을 꺼냈습니다. 오늘은 언니가 없습니다. 언니는 왕궁에서 열리는 다과회에 초청을 받았기 때문입니다. 저도 언니와 함께 참석하려고 했지만 로렛타와 피피가 언니 몰래 이야기하고 싶은 말이 있다고 해서 여기로 왔습니다.

로렛타의 표정이 어찌나 딱딱한지 바라보는 저까지 덩달아 긴장될 것 같았습니다.

"그게…… 마나리아 님 말인데요."

"언니요? 언니한테 무슨 문제라도 있나요?"

무슨 말을 하려나 싶어서 귀를 쫑긋 세우고 있었는데 갑자기 언니 이름이 나와서 긴장이 탁 풀렸습니다.

그랬는데,

"저기, 마나리아 님이라는 분은…… 정말로 신용해도 괜찮을까요?"

"……지금 그게 무슨 뜻인가요?"

저도 모르게 낮게 깔린 목소리가 나왔습니다. 다른 사람도 아니고, 언니를 신용할 수 있겠냐고 물었어요? 지금?

"로렛타, 아무리 당신이라고 해도 해도 되는 말과 안 되는 말이 있어요. 내용에 따라선——."

"클레어 님."

"뭔가요, 평민. 방해하지 말아 줘요."

"진정해주세요. 로렛타 님과 피피 님이 겁먹으셨습니다."

평민의 말에 정신을 차려보니 피피도, 로렛타도, 한껏 위축된 상태였습니다. 이러면 안 되죠. 처음부터 로렛타도 말하기 쉽지 않은 내용이라고 했었잖아요. 그리고 그 말을 듣고도 말해보라고 재촉한 건 저였고요. 이래서야 어렵게 말을 꺼낸 두 사람 입장에선 불합리하게 느껴질 일이에요. 기분 탓인지 레레어도 겁먹은 것처럼 보였습니다.

"미안해요, 피피, 로렛타. 저도 모르게 살짝 욱하고 말았어요. 자세한 이야기를 들려주세요."

"……클레어 님이 화내실 거라고 예상하고 있었어요."

"클레어 님은 마나리아 님을 몹시 사모하고 계시는 모양이니까요."

두 사람 말대로 저는 언니를 사모하고 있습니다. 옛날에 어머님을 잃었을 때, 절망의 늪에 가라앉아 있던 저를 꺼내 준 것도

언니였고, 설령 그 점을 차치해두고서라도 언니는 굉장히 멋진 분이니까요.

그런데 피피와 로렛타 입장에선 그렇지도 않은 모양입니다.

"둘은 어떻게 생각해요?"

"저는…… 조금 무섭습니다."

"저도요……."

"무섭다니…… 당신들도 언니 앞에서 상당히 스스럼없이 행동했었잖아요."

좀 더 저를 봐줘요, 봐줘요, 하고 어리광부리는 어린애처럼 보였다고 표현할 수 있을 정도였는데.

"그 점이 무서워요. 마나리아 님은 딱히 뭔가 의식해서 특별한 행동을 하는 것도 아닙니다. 그런데——."

"그저 그 자리에 있는 것만으로도 자연스레 주변 사람들을 끌어당기는 힘이 있는 것처럼 느껴져요."

두 사람은 그 점이 무섭다고 입을 모아 말했습니다.

"그런 거였나요. 두 사람 다 생각이 지나쳐요."

저는 피피와 로렛타의 불안을 날려버리는 것처럼 밝은 웃음으로 넘겼습니다.

"두 사람이 언니에게 끌리는 건 그저 언니가 매력적인 여성이라서 그럴 뿐이에요."

"그, 그런 걸까요."

"그런 거예요. 뭔가 의식해서 특별한 행동을 하는 것도 아니라고 말했지만 진정한 숙녀는 흘러나오는 분위기만으로도 남들을 매료시킬 수 있는 법이에요."

"확실히 클레어 님도 비슷한 부분이 있긴 한데……."

로렛타와 피피는 여전히 불안한 기색입니다. 그런 분위기를 느꼈는지 테이블 구석에서 비스킷을 우물거리던 레레어도 고개를 들었습니다. 저는 괜찮다고 안심시키는 것처럼 레레어의 머리를 쓰다듬어줬습니다.

"저기, 평민. 당신은 어떻게 생각해? 마나리아 님에 대해서."

"클레어 님 말씀대로라고 생각해?"

로렛타와 피피는 어지간히도 불안한지 평민한테까지 의견을 물었습니다.

"그러네요……. 제 생각엔 마나리아 님이 어떤 특별한 행동…… 예를 들어 최면술 비슷한 무언가를 쓴다든가 그런 건 아닌 것 같습니다."

"그거야……."

"그렇겠지만……."

"클레어 님이 말씀하신 사실 그대로, 마나리아 님의 행동 하나하나에 세련된 기품이 있어서 무의식적으로 매료되는 거라고 생각합니다."

"봐요, 그렇잖아요. 평민까지 이렇게 말하잖아요?"

"하지만——."

"?"

제 말에 적극 찬성하는 의견이라고 생각했는데, 거기서 끝나지 않고 평민은 아직 하고 싶은 말이 남은 모양입니다.

"그렇다고 마나리아 님이 그런 행동을 무의식적으로 하시는 것도 아니라고 생각합니다. 사람들을 끌어당길 의도로 일부러 그렇게 행동하시는 게 틀림없겠죠."

"평민! 당신은 무슨 근거로 그런 소리를……!"

"마나리아 님은 이곳 바우어에서 새로운 인맥을 구축할 필요가 있으니까요."

"──!"

제가 그 말이 무슨 뜻인지 깨닫고 깜짝 놀라자 평민은 계속 말을 이었습니다.

"마나리아 님은 직접 말씀하셨듯이 사실상 조국에서 추방 처분을 받았을 겁니다. 만약 그렇다면 마나리아 님이 고를 수 있는 선택지는 그리 많지 않습니다."

"무슨 뜻이야?"

"뜸 들이지 말고 빨리 가르쳐 줘."

로렛타와 피피가 뒷말을 재촉했습니다.

"조국을 버리고 신천지인 바우어에서 새로운 생활을 모색할 것인지, 아니면──."

"스스의 왕위 계승 다툼에 대비하기 위해 힘을 비축할 것인가 ── 당신은 그렇게 말하고 싶은 거군요?"

"역시나 총명하시네요, 클레어 님."

평민이 하려는 말은 이런 거였습니다. 언니가 "성가시기 그지 없는 집안 소동에서 멀어질 수 있어서 오히려 속이 시원할 정도야"라고 말했던 건 둘러댄 말일 뿐, 사실은 바우어에서 새로운 인맥을 쌓고 힘을 비축해서 때가 무르익으면 스스 왕국으로 돌아가 계승권 다툼에 참전하려는 의도는 아닐까.

"지나친 생각이에요."

"뭐어, 저도 마나리아 님은 왕위 계승권 같은 거엔 흥미 없을 거라 생각합니다."

"그러면──."

"하지만 설령 그렇다고 해도 새로운 땅에서 새로운 생활을 시작하기 위해선 인맥이 중요하잖아요? 마나리아 님은 분명 계승권 다툼은 어쨌든 간에 인맥을 넓히는 것 자체가 목적이라고 생각합니다."

평민의 말에는 일리가 있는 것처럼 느껴졌습니다. 언니의 진짜 의도가 어느 쪽이든, 지금 언니는 조국의 지원을 거의 기대할 수 없는 상황입니다. 그렇다면 적극적으로 인맥을 넓히려고 하는 건 지극히 자연스러운 행동입니다.

"무슨 말인지는 이해했지만 한 가지 이상한 점이 있어요."

"그게 뭔가요? 사랑스러운 클레어 님."

"장난은 적당히 하세요. 아무튼, 어째서 당신들은 언니한테 뭐라고 하나…… 그렇죠, 거북한 마음을 품는 거예요?"

로렛타도 그렇고, 피피도 그렇고, 거기다 평민까지 언니를 꺼리는 듯한 느낌이 듭니다. 그렇지 않고서야 상대한테 끌리는 게 무섭다는 감상이 나오지는 않을 테니까요.

"어째서냐니…… 그거야…… 그치……?"

"응……."

"모르는 건 클레어 님뿐이라고요."

"네에?!"

평소엔 도저히 사이좋다고는 말 못 할 저 세 사람이 마치 호흡이라도 맞춘 것 마냥 말했습니다. 잠깐 기다려보세요, 대체 어떻게 된 건가요.

"아하하하, 애들은 나한테 클레어를 빼앗길지도 모른다고 생각하는 거야."

"언니!"

"안녕, 클레어. 레이, 로렛타, 피피도 평안하신가요. 엿들을 생각은 없었지만 내용이 내용이다 보니 바로 끼어들질 못했어. 미안."

언제부터 거기에 있었던 걸까요.

우리들 모두의 시야에는 들어오지 않는 위치에 언니가 서 있었습니다. 깜짝 놀라는 저와 새파래진 얼굴로 벌떡 일어서려고 하는 피피와 로렛타에게 "괜찮아"라며 손으로 제지하고선 "나도 같이 앉아도 될까" 하고 양해를 구한 뒤 자리에 앉았습니다.

로렛타와 피피는 여전히 새파래진 얼굴입니다. 그야 당연하죠. 나쁜 뜻은 없었다고는 하지만 타국의 왕족을 향한 험담이라고 볼 수 있는 말이었습니다. 그걸 당사자한테 들켜버렸으니까 지금은 거북함을 넘어 좌불안석이겠죠. 평민은 뻔뻔한 태도였지만요.

"로렛타, 피피, 먼저 사과하게 해줘. 나는 확실히 인맥을 넓히는데 조급했어. 그 행동 탓에 너희들을 불안하게 만들었지. 미안해, 이렇게 사과할게."

그러면서 언니가 고개를 숙이자 로렛타와 피피는 몹시 당황했습니다.

"그럴 수가, 천만에요!"

"저희들이야말로 터무니없는 무례를──!"

두 사람은 황급히 일어나서 타국의 왕족을 대하는 예를 올렸습니다. 표정에선 숨길 수 없는 놀람과 동요가 떠올라 있습니다. 언니는 미소로 두 사람의 예를 받으며 말을 이었습니다.

"나는 너희들의 우애에 금이 가게 만들 생각은 없어. 그저 이러니저러니 해도 클레어와는 오랫동안 알고 지냈고 친분도 두터우니까. 너희들이 클레어와 친하게 지내고 싶어 하는 것처럼 나도 마찬가지야. 그 점은 이해해주길 바라."

"네, 넵!"

"물론이에요!"

로렛타와 피피가 기합을 잔뜩 넣고 대답하는 모습에 쓴웃음을 짓고 있었더니 언니는 레레어를 쓰다듬으면서,

"너무 그렇게 딱딱하게 굴지 말아 줘. 전에도 말했다시피 나는 이제 왕족의 일원이라 할 수 없어. 편하게 대해줬으면 해."

"그건……."

"그래도……."

허물없이 대해달라고 해도, 로렛타와 피피는 바로 넙죽 받아들이지는 못하는 모양입니다.

"클레어와 가깝게 지내고 싶은 건 사실이지만 나는 클레어가

소중히 아끼는 두 사람에게도 관심이 많아. 둘만 괜찮다면야 나와 친하게 지내줬으면 좋겠는데."

"물론이죠!"

"더할 나위 없는 영광이에요!"

"고마워. 다행이야, 친구가 늘었어."

그러면서 반짝이는 미소를 짓는 언니는 같은 여성이라도 무심코 두근거릴 정도로 매력적이었습니다.

"……마나리아 님, 저는요?"

저와 피피, 로렛타가 언니에게 시선이 사로잡혀 있을 때 평민이 분위기 깨는 소리를 했습니다. 언니는 평민을 재미있어하는 표정으로 보면서,

"레이는 두 사람과는 다른 의미로 경쟁하고 있으니까."

"무슨 뜻이죠?"

"또 그런다. 알고 있으면서. 아니면 아직도 시미치를 떼려는 생각이야?"

"무슨 뜻인지 전혀 모르겠습니다."

"그래, 너는 아직도 각오가 되지 않았구나. 뭐, 시간문제라고 생각하지만."

언니는 진심으로 즐겁다는 듯이 웃었습니다.

"아무튼 그건 제쳐두기로 하고 이제 다시 차를 즐겨보지 않겠어? 왕궁의 다과회에서 어깨에 잔뜩 힘을 주고 있었더니 조금은 편히 쉬고 싶은데."

"쿡쿡…… 언니도 참. 레네…… 크흠, 실례했어요. 평민, 차를

내오세요."

"알겠습니다."

그 뒤로는 아무 일 없이 즐겁게 차를 마셨습니다. 로렛타와 피피도 이제 언니가 어떤 사람인지 이해한 모양이라 편히 차를 마실 수 있었던 것 같습니다. 평민은 줄곧 포커페이스를 유지하고 있었지만 이 자가 하는 짓이니만큼 또 이상한 거나 생각하고 있겠지 싶어서 저는 별로 관심을 두지 않았습니다.

그래서 저는 눈치채는 게 늦었던 겁니다. 언니와 평민의 관계가 그 정도로 악화되어가고 있었다니.

제가 모르는 곳에서 대체 무슨 일이 있었던 걸까요. 언니와 평민이 마법으로 대결을 하게 되었습니다. 심판 역할로 지명된 제 우려는 결국 대결의 마지막에 현실이 되고 말았습니다.

"——도미네이터."

언니가 그 마법을 발동한 순간 주변 일대가 한순간 조용해졌습니다. 주위의 모든 마법적 반응이 소멸되었고, 레이가 쏘아내려고 했던 수속성 공격마법의 전조 또한 흔적도 없이 사라졌습니다.

그리고——.

"평민!"

다음 순간, 평민이 전신에서 피를 뿜어내며 자리에 쓰러졌습니다. 그대로 아무런 움직임도 없는 평민을 향해 황급히 달려갔습니다.

"평민, 당신, 레이! 정신 차려요!"

피로 더러워지는 것도 아랑곳하지 않고, 저는 평민의 몸을 안은 채로 뺨을 두드렸습니다. 그러나 반응이 없습니다. 의식을 잃어버린 상태입니다.

"비켜봐, 클레어. 치료할 테니까."

"언니……."

뒤에서 들려오는 목소리에 돌아보자, 언니가 태연한 표정을 짓고서 서 있었습니다. 저는 이때 처음으로 언니를 무섭다고 느꼈습니다. 하지만 이러고 있는 동안에도 평민의 몸은 차갑게 식어가고 있습니다. 사태는 일각을 다투는 중입니다.

"부탁이에요! 레이를 구해줘요!"

"물론이고말고."

언니는 평민의 몸에 손을 올리고서 치료마법을 걸었습니다. 피가 줄줄 흘러나오던 전신의 상처에 딱지가 앉으면서 피가 멎기 시작합니다. 창백해졌던 얼굴에도 조금씩 혈색이 돌아오기 시작하는 것 같았습니다.

"이걸로 괜찮아. 걱정하지 않아도 돼."

"아아…… 레이! 다행이야……!"

레네에 이어서 이 사람까지 제 곁을 떠나버리는 걸까, 그렇게 생각하자 도저히 견딜 수 없었습니다. 점차 온기를 찾아가는 평민의 몸을 다시 끌어안자, 안도감과 함께 분노가 치밀어 올랐습니다.

"너무 지나쳤어요, 언니!"

물론 제 분노는 언니를 향하고 있었습니다. 언니는 조금 놀란 표정을 짓고 있지만 지금은 그런 사실 따위 제 안중에도 없습니다.

"언니와 평민은 힘의 차이가 역력했잖아요! 언니라면 스펠 브레이커와 일반적인 공격마법만으로도 압도할 수 있었을 텐데요!"

"그렇지 않아. 레이는 강했어."

"확실히 평민도 조금은 하는 편이지만 언니한테 비할 바는 아니에요! 그런데 도미네이터까지 쓰다니——!"

언니의 도미네이터는 대 마법사 전용의 필살기입니다. 그걸 맞고도 멀쩡할 수 있는 마법사는 존재하지 않습니다. 스펠 브레이커를 사용한 순간 이미 승부는 결정된 거나 마찬가지. 아무리 발버둥 쳐도 평민한테 승산이 없다는 건 불 보듯 뻔했습니다. 그런데 굳이 언니는 평민한테 최후의 쐐기까지 박은 겁니다.

"언니는 대체 무슨 생각으로 이러신 건가요!"

"그 정도로 하지 않았다면 레이는 멈추지 않았어. 클레어는 이해하지 못하겠니?"

제가 따져 물어도 언니는 태연하게 받아넘기면서 거꾸로 저를 향해 힐문하듯이 말을 던졌습니다. 그게 무슨 뜻으로 하는 말인지 알 수 없어서 제가 할 말을 잃었을 때, 언니가 계속해서 말을 이었습니다.

"레이가 클레어를 좋아한다는 사실은 알고 있는 거 아니었어?"

"그건…… 평민이 항상 하는 질 나쁜 농담이고……."

"레이는 진심이야. 진심으로 클레어를 마음에 품고 있어. 그래서 그녀는 마지막까지 포기하지 않았어. 레이의 마음은 진지했고, 결코 어중간한 마음이 아니었으니까."

그래서 자신은 도미네이터를 쓸 수밖에 없었다고 말하는 언니.

"아무리 그래도 이건 너무했어요! 평민의 몸에 무슨 일이라도 있었다간 어쩌려는 생각이셨어요!"

"잊었니? 여기에는 마법 위력 감소 결계가 펼쳐져 있어. 내 도미네이터로도 치명상까지는 이르지 않거든. 하긴 레이의 마력이 워낙 강해서 내 예상을 뛰어넘는 위력이 나왔다는 건 인정하겠지만."

"그런 무책임한 소리를……!"

"어지간히도 그 애를 걱정하는구나."

"……네?"

조용히── 한편으로는 슬픔도 함께 묻어 나오는 듯한 복잡한 목소리로 언니는 저를 향해 지적했습니다. 그건 마치 자신이 소중히 여기던 무언가를 조용히 손에서 놓아주는 듯한, 그런 어조처럼 들렸습니다. 저는 살짝 동요했지만 일단은 그런 속내를 억누르면서 언니의 말에 대답했습니다.

"이 자는 제 메이드예요. 주인으로서 걱정하는 게 당연하죠."

"그럴까? 옛날부터 클레어는 메이드들을 그리 대수롭지 않게 여겼었지? 셀 수 없이 많은 메이드들을 이리저리 갈아치우기도 했고, 유일한 예외는 레네뿐이었어."

"그, 그건⋯⋯."

"레이는 클레어한테 있어서 특별한 거구나."

"결단코 그렇지 않아요!"

저는 어쩐지 부끄러움을 감출 수 없어서 벌컥 화를 내며 말했습니다.

"그냥 메이드일 뿐인데 클레어가 그렇게까지 할 거라고 생각할 수 없어. 지금 자기가 어떤 꼴을 하고 있는지 알고 있니? 클레어 너는 피로 더럽혀지는 것조차 개의치 않고서 그 아이를 부축하고 있어."

"그건⋯⋯ 그러니까⋯⋯."

"메이드의 주인으로서, 라고 말하려고? 예전의 클레어였다면 꼴사나운 모습을 보인 메이드한테 정나미가 떨어져서 한숨 한 번 내쉰 다음 이 자리를 떠나지 않았을까?"

"⋯⋯."

저는 점차 할 말을 잃기 시작했습니다. 그건 바꿔 말하면 언니의 말이 정곡을 찌르고 있다는 증거나 마찬가지였습니다. 제가 아무 말도 없이 가만히 있었더니,

"이제 그만해주세요, 마나리아 님!"

"클레어 님을 괴롭히지 말아주세요!"

"당신들⋯⋯."

관객석에서 뛰쳐나온 두 사람—— 로렛타와 피피였습니다.

"클레어 님에겐 아직 시간이 필요해요! 클레어 님은 아직 스스로의 마음을 깨닫지 못하고 있어요!"

"마나리아 님이 보기엔 답답하다고 느끼시겠지만 너무 억지스러운 방식입니다!"

로렛타와 피피는 언니를 비난하듯이 말했습니다. 목소리는 살짝 떨리고 있었습니다. 무리도 아닙니다. 당연히 무서울 테니까요. 얼마 전까지 있었던 껄끄러운 마음은 사라진 모양이지만 방금 막 언니가 대결을 펼치는 모습을 본 참입니다. 언니의 상식을 뛰어넘는 강력함을 눈앞에서 봤다면 공포심을 느끼지 않을 수가 없죠.

그런데도 두 사람은 저를 보호하려는 것처럼 언니와 제 사이를 가로막으며 끼어들었습니다.

"······그런가. 클레어는 아직 그런 단계구나. 그렇다면 확실히 내가 지나쳤던 모양이야."

그렇게 말하는 언니는 평소의 여유로운 태도를 되찾은 것처럼 보였습니다.

"사과할게. 미안해, 클레어. 로렛타와 피피도 미안."

"아, 아뇨······. 아니 그런데 대체 그게 무슨 소리──."

"클레어 니임~~!"

"괜찮으신가요오~~!"

로렛타와 피피는 저한테 매달려서 엉엉 울기 시작했습니다. 저 혼자만 이 상황을 따라가지 못하고 있는 상태입니다. 일단 저는 로렛타와 피피를 달래듯이 안아줬습니다. 아아, 정말이지! 나중에 우리 셋 다 옷부터 갈아입어야겠네요!

"클레어."

"왜 그러세요, 언니?"

"좋은 친구를 뒀구나."

"……어? 네에, 그건…… 네."

뭐가 뭔지 잘 모르겠지만 아무래도 저는 피피와 로렛타한테 도움을 받은 모양입니다. 제가 고개를 끄덕이자 언니는 만족한 듯 미소를 지었습니다.

"클레어 니임…… 클레어 님은 자기 페이스에 맞춰서 천천히 하면 되니까요……!"

"맞아요, 맞아요……! 아무리 클레어 님이 둔탱이라도 우리가 언제나 곁에 있으니까요……!"

"고, 고마워요…… 아니, 잠깐만 기다려봐요. 대체 그게 무슨 소리예요?"

뭔가 그냥 흘려 넘길 수 없는 말이 들렸던 것 같은데요?!

"이거 봐~ 자각이 없어……!"

"그런 점이 귀여워……!"

"그러니까 무슨 소리냐고요……!"

제가 좀 더 두 사람을 추궁하려고 했지만 그때,

"으…… 응……?"

평민이 눈을 떴습니다.

"레이, 레이――!"

"……클레어, 님……?"

"레이! 다행이다……."

평민이 눈을 떴기 때문에 더 묻지 못하고 대충 유야무야되고 말았습니다. 하지만 그때 저는 그래도 괜찮았습니다. 평민이 눈을 뜬 게 정말로 기뻤으니까요.

그게 저한테 있어서 얼마나 드문 일이었는가. 그 점에 대한 자각도 없는 채로.

"……가라."

평민이 스톤 캐논 마법을 발동시켜 묵묵히 마물들을 쓰러트리고 있습니다. 마물들은 산산조각이 나서 마법석만 남기고 소멸했습니다. 귀찮다는 태도로 마법석을 줍는 평민의 표정에는 아무런 감정도 떠올라 있지 않았습니다. 항상 다양한 표정을 보여주던 얼굴에서는 아무것도 읽어낼 수 없었습니다.

"……."

언니와 평민이 승부를 벌인 뒤로 며칠이 지났습니다. 학교에선 아모르의 제사를 위해 착착 준비가 진행되는 중입니다.

구체적으로 말하면 제사가 열리는 식장 주변의 마물 청소입니다. 사랑의 천칭에 쓰이는 마법석에 이끌려서 마물들이 모여들기 때문입니다. 그걸 방지하기 위해 매년 제사 전에 학생들이 총동원되어 마물을 사냥합니다. 원래 마물 토벌은 군대가 할 일이지만 아무래도 숫자가 너무 많다 보니 학생들까지 마물 토벌에 동원되고 있습니다. 다행히도 식장 주변의 마물들은 그다지 강한 편이 아니라서 학생들의 힘만으로도 충분히 쓰러트릴 수 있습니다.

하지만 이 시기엔 저희들처럼 아직까지 마물과의 전투에 익숙하지 않은 1학년 학생들도 포함되어 있어서, 1학년들은 팀을 이뤄 마물들을 사냥하는 중입니다. 저는 언니와 평민을 포함해 셋이서 팀입니다.

"당신 조금 무리하는 거 아닌가요?"

묵묵히 마물을 도살하고 있는 평민이 걱정되어서 말을 건넸습니다.

"아뇨, 괜찮습니다."

평민은 아무런 감정도 읽을 수 없는 표정으로 쌀쌀맞게 대답하고서는 다음 사냥감을 찾아 수풀을 뒤적이기 시작했습니다. 수풀 속에서 발견한 건 부정형의 마물── 그린 슬라임이었습니다. 그린 슬라임은 수풀 사이에 섞여서 살아가는 성격이 온화한 마물이라서 그냥 내버려 둬도 별다른 해를 끼치지 않습니다.

그런데──.

"……."

평민은 또다시 스톤 캐논을 쏴서 망설임 없이 그린 슬라임을 사냥했습니다. 핵을 꿰뚫린 슬라임이 주르륵 녹으면서 흙으로 돌아갔습니다. 저는 그걸 보면서 오싹한 기분을 느꼈습니다. 레레어와 똑같이 생긴 슬라임을 저렇게 무자비하게 죽여 버릴 수가 있는 걸까요. 그러고 보니 요즘 레레어는 평민보다 미샤와 함께 있을 때가 많아졌습니다.

"어라, 꽤 조급해 보이네."

조롱하듯 날아든 목소리는 언니였습니다. 언니는 제 어깨에 팔을 두르고서 싱글싱글 웃는 얼굴로 평민을 바라보았습니다.

"잠깐만요, 언니. 지금은 전투 중이잖아요?"

"괜찮아. 우리 세 사람이 함께 있는데 이 주변 마물한테 질 리가 없지."

저건 자만심이 아니라 절대적인 자신감이겠죠. 사실 언니라면 혼자라고 해도 이 근방 마물들한테 질 일은 없을 테니까요.

"하지만 이 자는 부상을 회복한 지 얼마 되지 않았어요."

제가 염려하는 건 평민의 상태였습니다. 제 눈앞에서 선명한 붉은 피를 흘리면서 쓰러졌던 그 순간을 아직도 잊지 못하고 있었습니다. 게다가 그날부터 평민의 상태가 어딘지 이상합니다. 정신을 딴 데 두고 있다고 할까, 어딘지 저를 피하고 있다고 해야 하나.

"저는 괜찮습니다."

"하지만……."

지금도 평민은 쌀쌀맞은 태도를 고수하고 있습니다. 예전 같으면 제가 말만 걸어줘도 반갑게 꼬리를 흔드는 강아지처럼 기뻐했을 텐데 지금은 미동조차 없습니다.

"자자, 클레어. 손이 쉬고 있잖니."

"아, 네에."

"봐, 저기에 라지 와스프가 있어. 클레어라면 문제없이 퇴치할 수 있지?"

"……."

언니가 저를 에스코트하는 것처럼 재촉했습니다. 언니는 언니 대로 어떻게든 저를 평민한테서 떨어트려 놓으려는 것처럼 느껴집니다.

하지만 지금 우리가 해야 할 일은 마물 사냥입니다. 저는 개운치 않은 마음을 꾹 참으면서 마물 사냥에 집중했습니다.

옆에 있던 평민이 어느새 사라졌다는 사실을 깨달은 건 잠시 후의 일이었습니다.

"잠깐만요, 당신."

그날의 마물 사냥이 어느 정도 마무리됐을 때, 저는 평민을 불러 세웠습니다. 평민은 한순간 몹시 내키지 않아 하는 표정을 지었지만 어쩔 수 없다는 듯이 다가왔습니다.

"왜 그러시나요, 클레어 님."

"당신은 제 메이드잖아요. 메이드가 주인 곁을 떠나면 어쩌자는 건가요."

오늘 하루 종일 평민은 팀 구성을 반쯤 무시하고서 혼자 작업하기를 고집했습니다. 저를 보필해야 할 메이드가 그런 식으로 나오면 곤란해요.

"별로 상관없잖아요. 마나리아 님이 옆에 계시면 클레어 님을 지키기엔 충분할 테고요."

"그런 말을 하고 있는 게 아니에요. 저에게 봉사하는 게 당신이 해야 할 일이라고 말하는 거예요."

지금 전력이 충분한지 아닌지를 따지는 게 아닙니다. 이건 지켜야 할 선이자, 해야 할 일에 대한 문제입니다.

"정말 죄송합니다."

평민은 입으로는 사과하면서도 태도에서는 무성의함이 엿보였습니다. 아예 정신을 딴 데 두고 있는 것처럼 보입니다. 저는 언제나 그랬듯이 그냥 넘어가지 않고 그 점을 질책했습니다.

"뭘 잘못한 건지 정말로 알고 있는 건가요? 애당초 이제 막 병상에서 일어난 몸으로 단독 행동이라니 위험하기 짝이 없어요."

솔직한 마음으로는 평민이 걱정됐습니다. 큰 부상을 입은 지 얼마 되지 않아서 그런지 어딘지 상태가 이상해요. 사실은 아직도 몸이 아픈 건 아닐까, 무리하고 있는 게 아닐까 싶어서 도무지 마음을 놓을 수 없었습니다.

그러나 저는 그런 속마음을 솔직하게 얘기할 수 있을 정도로 올곧은 사람이 못 됐습니다.

"딱히 당신을 걱정하는 건 아니지만 제 메이드가 죽기라도 하면 꿈자리가 사나워서——."

"정말 드릴 말씀이 없습니다. 앞으로 주의하겠습니다."

평민은 처음엔 얌전히 제 말을 듣고 있었지만 점차 인내심이 바닥나기 시작했는지 억지로 대화를 마무리 짓고서 자리를 피하려고 했습니다. 정신을 차렸을 때, 저는 저도 모르게 평민의 손을 붙잡고 있었습니다.

"언니랑 승부하고 나서부터 당신 어딘가 이상해요. 대체 무슨 일이 있었던 건가요."

"……아무 일도."

"거짓말하지 마세요. 지금까지 시끄러울 정도로 저한테 치근 댔으면서 요 며칠은 딴 사람처럼 조용해졌잖아요."

평민의 태도가 변해버린 건 언니와 승부한 날 이후부터입니다. 제 관심을 끌어보려고 필사적이었던 주제에 지금은 눈조차 마주치려들지 않습니다. 자꾸만 미꾸라지처럼 이리저리 빠져나가려고만 하는 평민을 붙잡고 따져 묻자 마침내 자백했습니다.

"그 승부는 클레어 님을 걸고 한 승부였어요."

"네?"

평민은 마지못한 기색으로 승부가 벌어지게 된 과정을 설명했습니다. 저를 사이에 두고서 언니와 대립했던 일, 언니의 도발에 넘어갔던 일, 그렇게 해서 벌어진 게 지난번 마법 승부였다는 것까지. 들으면 들을수록 저는 점차 뱃속이 뒤집히는 것처럼 느껴졌습니다.

"이런 이유 때문에 저는 더 이상 클레어 님 곁에 있을 자격이 없습니다."

"그게 무슨 제멋대로인 소리인가요!"

내뱉듯이 설명을 마친 평민을 향해 있는 힘껏 노성을 질렀습니다.

"저를 걸고서 승부? 대체 무슨 생각을 하는 거예요! 저는 물건이 아니라고요?! 그런데 멋대로……."

그야 소설이나 희곡에서는 여성을 둘러싸고 남자들이 싸움을 벌이는 내용도 나옵니다. 어쩌면 그건 여성의 자존심을 추켜 세워주는 요소일지도 모릅니다. 하지만 저는 평소부터 줄곧 그런 내용에 의문을 품고 있었습니다. 당사자인 여성의 마음은 어떻게 되는 걸까, 하고요. 당사자의 마음은 무시하고서 남자들끼리 벌인 승부의 결과로 장래가 결정되는 건 너무나 불합리한 처사 아닐까요.

그래서 더욱더 저 자신이 그런 상황에 놓였다는 사실에 분개했습니다. 솔직히 말해서 분노에 살짝 이성을 잃고 있었습니다.

그리고 평민이 폭언을 토해냈던 건 바로 그 타이밍이었습니다.

"그렇습니까? 사실 기분 좋으신 거 아닌가요? 마나리아 님 같이 멋진 분이 상품으로 따줘서."

평민답지 않게 돌려서 비꼬는 말투. 저를 모욕하는 듯한 말에 제 인내심이 끊어지고 말았습니다.

"그 말 정정하세요. 메이드가 주인한테 무슨 폭언을 내뱉는 건가요. 이래서 평민 메이드는……."

저는 연거푸 평민을 무시하는 말들을 쏟아냈습니다. 분했기 때문입니다. 지금까지 어떤 순간이라도 저를 존중했던 그녀가, 이런 식으로 저를 생판 남처럼 취급하는 것 자체가. 평민은 아무리 저를 놀려대더라도 저를 깎아내리거나 모멸하는 소리를 한 적은 없습니다. 하지만 지금 발언은 그런 전제를 아득히 뛰어넘는 폭언이었습니다.

하지만, 만약에라도 제가 조금만 냉정했다면 눈치챌 수 있었을 겁니다. 이때 평민이 고통스러운 표정을 짓고 있었다는 사실을. 그녀도 괴로워하고 있다는 사실을.

그리고 사태는 최악의 방향으로 굴러가게 됩니다.

"그럼 저 그만두겠습니다."

"……뭐라고요?"

"클레어 님의 메이드를 그만두겠습니다. 평민인 저한테는 걸 맞지 않은 거죠."

저는 귀를 의심했습니다. 그만둬? 제 메이드를?

——아, 그렇구나.

그런 거네요. 역시 당신도 마찬가지였던 거예요.

스스로도 깜짝 놀랄 정도로, 마음이 주검처럼 싸늘하게 식어 버리는 걸 알 수 있었습니다. 그 이후부턴 모든 게 마치 남의 일처럼 느껴졌습니다.

"……진심으로 말하는 건가요?"

"네."

"제 메이드를 그만두고 싶은 거네요?"

"네."

그렇게 대답하는 평민이 어떤 표정을 짓고 있었을까. 자신의 마음을 추스르는 것조차 벅차서 아무것도 기억나지 않습니다.

"그래요…… 알겠어요."

저는 가까스로 마음을 정리한 다음, 그녀의 주인으로서 마지막 의무를 다하고자 했습니다.

"클레어 님?"

"급료는 오늘 분까지 일한 것으로 계산해서 지불할 테니 나중에 받으러 오시길."

도중에 일을 그만뒀어도 계약은 계약입니다. 노동에 임한 대가는 응당 지불해야 맞습니다. 저는 마지막까지 프랑소와 가문의 단 한 명뿐인 여식으로서 부끄럽지 않도록 행동하고자 했습니다.

"이런저런 불만은 있었지만 지금까지 저를 잘 보필해오셨습니다. 프랑소와 가문의 영애로서 감사를 드리겠습니다."

저는 오늘날까지 봉사한 그녀의 노고를 숙녀다운 몸가짐으로 치하할 수 있었을까요. 자신은 없었지만 있는 힘껏 웃으려고 노력했습니다. 그 노력이 성공했는지는 잘 모르겠습니다.

"지금까지 고마웠어요, 테일러 양."

이제 한계입니다. 어머님과는 작별 인사조차 나누지 못했고, 레네마저도 바우어를 떠났고, 이제 또다시 평민도 제 곁을 떠나려 하고 있습니다. 이젠 더는 견딜 수 없다는 생각이 들었습니다.

시야에 물기가 번집니다. 하지만 괜찮아. 분명 괜찮을 거예요. 익숙한걸요. 평민 앞에서 눈물 따위 보이지 않겠어요.

"클레어 니──."

"이제 그만 가주시겠어요? 지금까지 여러모로 억지를 부려서 정말 죄송했어요. 테일러 양의 앞날에 행복이 있길 바랄게요."

저는 이제 제가 무슨 소릴 하는지도 알 수 없었습니다. 숙녀로서, 프랑소와 가문의 딸로서 익혀왔던 것들이 저절로 제 몸을 움직여주고 있었습니다.

"……실례했습니다."

평민의 목소리가 들린 것 같습니다. 하지만 그런 것들은 이제 제게 아무래도 좋았습니다.

"당신도 저를 외톨이로 만드는 거네요……. 거짓말쟁이."

저도 모르게 입에서 흘러나온 그 말은 제 마음속 가장 약한 부분이 토해낸 소리였습니다.

하지만 그 당시 저는 스스로가 그런 말을 했다는 것조차 깨닫지 못했습니다.

"클레어 짱—."

"……."

"클레어 짱—?"

"……."

"이거 안 되겠네. 완전히 넋이 나가버렸어—."

카트린의 느긋한 목소리도 제 귀에는 거의 들리지 않았습니다.

이곳은 기숙사에 있는 제 방. 평민한테 해고 통보를 내린 다음 저는 대체 뭘 어떻게 여기까지 걸어왔는지도 기억나지 않지만 아무튼 정신을 차려보니 방까지 돌아온 상태였습니다. 이때 저는 전혀 눈치채지 못했지만 이미 시간은 자정을 넘겨 다음 날이 됐나 봅니다.

방에 들어온 제 모습을 본 카트린의 눈이 휘둥그레졌던 것까진 어렴풋이 기억하고 있지만 나머지는 잘 기억나지 않습니다. 저는 아무것도 할 의욕이 안 나서 교복조차 갈아입지 않은 채로 이불만 뒤집어쓰고 누워있었습니다.

"……."

실망시켰어.

정나미가 떨어졌어.

버려졌어.

——그런 말들이 머릿속을 어지럽게 맴돌았습니다.

사실 이때 저는 그렇게밖에 말할 수 없는 상황이었다고 생각합니다. 끊임없이 뒤척이면서 심인성 불면증에 시달리고 있었습니다.

"클레어 짱은 이상한 부분에서 맷집이 약하니까—. 이렇게까지 크게 충격을 받았다는 건 그 평민 짱이 관련된 일일까—?"

평민이라는 단어만 묘하게 귓가에 남았습니다. 평민…… 이제 당신을 그렇게 부를 일도 없겠죠.

"으음— 자세한 이야기를 물어보고 싶지만 완전히 도롱이벌레가 되어버렸네—. 어떻게 해야 하나—."

소중한 사람들은 전부 제 곁을 떠나갑니다. 이젠 싫어요. 이런 건 지긋지긋해요. 이렇게 될 바에야 차라리——.

"어라? 평민 짱? 레이 짱이라고 했던가? 갑자기 어쩐 일이야?"

제 생각이 점차 위험한 방향으로 흘러가던 중에 들려온 카트린의 목소리에 이불을 박차고 벌떡 일어났습니다.

"평민?!"

"겨우 일어났다. 잘 잤어? 클레어 짱. 아직 밤이지만."

문을 보니 거기에 평민의 모습은 없었고 카트린이 장난꾸러기처럼 웃으면서 휠체어에 앉아있었습니다.

"속여서 미안해, 클레어 쨩. 하지만 이렇게라도 하지 않으면 클레어 쨩이 얘기조차 들어주지 않을 것 같았으니까."

"……얘기할 만한 건 아무것도 없어요."

그래요, 그저 저라는 인간한테 정나미가 떨어졌을 뿐. 오히려 지금까지가 기적이나 마찬가지였던 거예요. 저 같은 인간은 그런 호의를 받을 만한 자격이 처음부터 없었다는 뜻일 뿐이니까요.

"봐봐— 또 그렇게 혼자서 결론을 내리려고 한다니까—. 조금만 더 냉정해져보자—. 짐작이지만 아직 아무것도 끝나지 않았다고 생각하는데—?"

"……."

"어쨌든 먼저 무슨 일이 있었는지 얘기해 봐. 분명 뭐라도 힘이 되어줄 수 있을 거야—."

제 상태가 평소와 사뭇 다르다는 걸 알고 있을 텐데도 카트린은 여전히 변함없는 태도였습니다.

"……어차피 당신도 언젠가는 제 곁에서 사라져버릴 거죠?"

나중에 생각해 보면 그저 우는소리에 불과했던 제 말에도 카트린은 웃으면서,

"그야 뭐—. 나는 이런 몸뚱이인걸. 항상 곁에 있어줄 수는 없어—."

"아……."

"하지만 될 수 있는 한 오랫동안 곁에 있고 싶은걸—."

"……미안해요."

"됐어, 됐어—. 자, 사탕."

카트린은 그러면서 사탕 상자에서 항상 먹던 사탕을 꺼내 저한테 건네줬습니다. 맛은 취향이 아니었지만 리코리스 꽃의 향기는 신기하게도 제 마음을 차분히 가라앉혀줬습니다.

"……평민을 해고했어요."

저는 더듬더듬 무슨 일이 있었는지를 카트린에게 설명했습니다. 말하면서도 때때로 울컥해서 말을 잇지 못한 부분도 있었지만 카트린은 고개를 끄덕이며 참을성 있게 제 말에 귀를 기울여줬습니다.

"——그렇게 된 거예요."

"그렇구나……. 힘들었겠네—. 클레어 짱도, 평민도—."

"평민도……?"

"그렇지—? 계기는 마나리아 님이었겠지만 근본적인 원인은 두 사람이 서로를 접하는 방식에 있는 거야—."

"???"

저는 카트린한테 추가적인 설명을 부탁했습니다.

"있지, 클레어 짱. 클레어 짱은 인간관계에 있어서 꽤나 사치스러운 편이라고 생각해—."

"사치요?"

"응. 보통은 아무리 잠자코 기다려도 저쪽에서 누군가가 먼저 다가와 주는 경우는 거의 없는걸—?"

카트린의 설명으로는 저는 인간관계에 있어서 지나치게 소극적이라는 뜻이었습니다.

"평민 짱을 한번 떠올려 볼래—? 클레어 짱이 질겁할 정도로 적극적인 기세로 클레어 짱에게 구애했잖아—?"

"그 평민은 딱히 저에게 구애했던 게——."

"셧 업! 이렇게 중요한 이야기를 하는데 지금은 쓸데없는 소리를 할 때가 아니잖아—?"

카트린은 제 넋두리를 단번에 끊어버렸습니다.

"……계속해주세요."

"조금 과격하기는 했지만 인간관계의 측면에서 보면 평민 짱의 방식이 훨씬 건전한 편이야—. 사람은 자신을 거부하는 상대한테 먼저 다가가기 쉽지 않은걸."

"그게 건전이요……?"

"그렇지—?"

카트린은 휠체어를 굴려 재봉도구가 담긴 상자로 가더니 거기서 재봉실을 꺼내 저에게 보여줬습니다.

"보통 실은 이렇게 힘을 주어 당기면 뚝 하고 끊어져 버리지?"

카트린이 실을 양쪽으로 잡아당기자 재봉실은 맥없이 끊어져 버렸습니다.

"하지만 사람의 인연은 달라. 반대로 인연이라는 건, 양쪽에서 최대한 힘주어 당겨야만 오히려 끊어지지 않는 법이야. 그래서 평민 짱이 했던 것처럼 클레어 짱도 적극적인 자세를 보여줬어야 해."

인연을 유지하고 싶다면, 좀 더 견고하게 만들고 싶다면 말이야. 그게 카트린의 설명이었습니다.

"……하지만 아무리 후회해도 이미 늦었어요. 저와 평민의 관계는 이미 끝나버렸는걸요."

"아직 시작조차 하지 않았어!"

좀처럼 들을 수 없는 카트린의 외침에 저는 깜짝 놀랐습니다. 카트린은 드물게도 화난 표정을 짓고서 저를 바라보며 말을 이었습니다.

"알겠어―? 클레어 쨩과 평민 쨩이 했던 일은 그냥 단순한 싸움이야. 고용 관계 같은 건 다시 계약을 맺으면 그만이잖아―."

"그렇게 간단하지 않아요. 귀족한테는 체면이라는 게――."

"그게 지금 클레어 쨩과 평민 쨩의 관계에 그렇게까지 중요한 거야?"

"……."

귀족에게 있어서 체면은 결코 가볍지 않습니다. 하지만 지금 저에게 있어서는 그 평민과의 관계를 수복하는 일이 체면보다 훨씬 중요하게 느껴졌습니다.

"나도 일단 귀족 나부랭이쯤은 되니까 체면의 중요성은 잘 알고 있어. 하지만 그 평민 쨩과의 관계를 소중히 여기는 편이 더 좋아. 지금 여기서 그 애를 잃는다면 이번엔 정말로 다시 일어설 수 없을 거라고 생각해."

"무슨 호들갑을――."

"호들갑이 아니야. 클레어 쨩은 깨닫지 못한 척을 하고 있지만 레네 쨩이 떠나간 지금, 그 평민 쨩의 존재가 얼마나 큰지 생각해 보면 명백해."

"……."

그런 걸까요. 그 자의 존재는 저에게 있어서 그렇게나 중요한 걸까요.

"카트린, 저는 어떻게 해야 좋을까요……?"

"그건 클레어 짱이 스스로 답을 내려야 해. 냉정하게 들릴지도 모르지만 여기서 남한테 기대면 안 돼. 자신에게 소중한 사람은 자신의 힘으로 붙잡아 둬야지."

누군가한테 의지하는 건 먼저 스스로가 최선을 다해본 다음이라고 카트린이 말했습니다.

"……."

"응. 클레어 짱 아까보다 훨씬 괜찮은 표정으로 돌아왔네―. 조금은 기운을 차렸어―?"

"……잘 모르겠어요. 하지만 아까처럼 이불 속에 틀어박혀서 끙끙 앓고만 있어서는 아무것도 해결되지 않는다는 것만은 확실해요."

"맞아. 응응. 언제나처럼 기운 넘치는 클레어 짱으로 돌아와서 이 언니는 기뻐―."

"누가 언니라는 거예요."

"아하하."

장난을 치는 것처럼 보여도 카트린의 말과 마이페이스 같은 태도에 구원받은 기분이었습니다.

"정말 고마워요, 카트린."

"천만의 말씀. 이 정도야 별것도 아니야. 친구잖아."

"아니에요."

"어, 어라?"

카트린이 장난스럽게 휠체어 위에서 휘청거렸습니다. 저는 살짝 웃으면서,

"카트린은 최고의 친구인걸요."

"그렇게 나오기냐—. 배운 걸 바로 실천하네. 인연을 팽팽하게 하는 거야—?"

"맞아요, 저는 배우는 속도가 빠른걸요."

"그 점은 확실하네."

말은 이렇게 했지만 구체적으로는 어떻게 해야 할지 아직 알 수 없었습니다.

알 수 없었지만 이제 비극적인 기분 속에만 잠겨 있는 건 끝내자—— 그렇게 마음을 먹을 수 있었습니다.

저는 떨려오는 손을 어떻게든 진정시키면서 방문을 노크했습니다.

"열려있어, 들어와."

"실례할게요."

방 안으로 들어가자 백금발을 가진 아름다운 사람이 의자에 앉아 맞이해 주었습니다.

"평안하신가요, 언니."

"안녕, 클레어. 기분은 좀 괜찮아졌어?"

"네에, 걱정해 주신 덕분에."

나중에 들은 얘기지만 평민을 해고했던 그 날 저는 언니 방에 찾아가서 울음을 터트렸다고 합니다. 울다 지쳐서 잠든 저를 방까지 데려다준 것도 마찬가지로 언니였습니다. 오늘 저는 그때 일에 대한 사과와 감사 인사를 하러 언니 방을 방문했습니다.

언니는 일단 자리에서 일어나 저에게도 의자에 앉으라고 권한 다음 다시 자리에 앉았습니다.

"저번에는 굉장히 실례가 많았어요. 다른 사람도 아니고 제가 그런 추태를……."

"신경 쓰지 마, 클레어. 네가 울보라는 사실은 잘 알고 있는 걸. 옛날부터 그랬잖아?"

"……짓궂으세요, 언니."

"아하하, 미안미안."

언니는 가볍게 웃고 나서는 살짝 진지한 기색을 담아 표정을 굳혔습니다.

"클레어를 그렇게 울리다니 레이는 참 나쁜 애야."

"평민만의 잘못은 아니에요. 그건 서로에게 잘못이 있었다고 생각하게 됐어요."

제가 그렇게 말하자 언니는 조금 놀란 표정을 지었습니다.

"……헤에? 채 하루도 지나지 않았는데 마음이 많이 진정된 모양이네. 그 룸메이트 덕분일까?"

"! 카트린이랑 만나셨어요?"

평소엔 누구와도 마주치려고 하지 않는 카트린이?

"재미있는 애야. 다짜고짜 모습을 감추려고 하기에 우격다짐으로 억지로 끌어냈어. ……그렇게 무서운 표정 짓지 말아 줘, 클레어. 무슨 도미네이터를 쓴 것도 아니까."

저도 모르게 표정이 험악해졌던 걸까, 언니의 지적을 받고 표정을 가다듬었습니다.

"확실히 카트린 덕분이라고 말해도 좋을지도 몰라요. 카트린은 둘도 없는 친구예요."

"부럽네. 나도 그렇게 마음을 터놓을 수 있는 친구가 있었으면 했는데."

"언니는 원하기만 한다면 얼마든지 만들 수 있잖아요?"

"그렇게 쉽지 않아. 사랑이란 갑자기 찾아오는 거라고 흔히들 말하지만 우정도 비슷한 측면이 있지."

언니는 사람과 사람 사이의 인연은 자기가 원한다고 그리 쉽게 손에 들어오는 게 아니라고 말했습니다.

"그래서? 클레어는 레이의 일은 어떻게 할 거야?"

"……아직 잘 모르겠어요. 여전히 헤매고 있어요."

"그래 보이네. 하지만 레이는 벌써부터 의욕 만만인 것 같은데?"

"……네?"

저도 모르게 되묻자 언니는 장난기 가득한 미소를 지으면서,

"승부하자는 말을 꺼내더라. 레이가 이기면 클레어는 포기하라는데."

"……또 자기 멋대로 그런 소리를 하네요. 제 마음은 생각지

도 않고서."

"그렇게 말해도 레이 입장에서 본다면 그렇게 할 수밖에 없었다고 생각해."

"무슨 뜻이에요?"

"그야 정작 중요한 클레어가 자기 마음을 말해주지 않잖아."

저는 아무 말도 할 수 없었습니다. 정곡을 찌르고 있었으니까요.

"승부 방법은 사랑의 천칭이야. 제사가 열리는 날까지 공물을 준비해서 그 무게로 겨루기로 했어."

"언니는 그걸 받아들이셨어요?"

"응. 재미있겠다고 생각했으니까."

"……그만둬 주실 수는?"

"그건 좀 힘들겠네. 나한테도 내 나름의 사정이 있으니까."

"?"

"아니, 별거 아니야. 그 점에 관해선 클레어는 신경 쓰지 않아도 괜찮아."

잘 알 수 없었지만 언니도 승부에 임할 생각인가 봅니다.

"언니와 레이의 승부가 어떤 결과를 내더라도 저는 거기에 따를 생각이 없는데요?"

"그건 어쩔 수 없지. 하지만 나도 레이도 그만큼이나 클레어에 대한 마음이 진지하다는 점만은 헤아려줬으면 좋겠네."

"……알 바 아니에요."

그렇게 톡 쏘듯이 말하면서도, 이제는 저도 언니와 평민이 결코 가벼운 마음이 아니라는 걸 믿게 됐습니다.

"클레어한텐 미안하지만 승부에 나선 이상 진지하게 이길 생각으로 임하겠어."

"그게 왜 저한테 미안한 건가요?"

"그야 당연하잖아. 클레어의 진짜 마음이 어디에 있는지 알고 있으니까 그렇지."

"……멋대로 제 마음을 재단하지 말아 주셨으면 좋겠어요."

아무리 언니라고 해도 남의 마음을 전부 다 안다는 듯이 말하는 건 그리 좋은 기분이 아니었습니다.

"그래? 의외로 자기 자신의 마음이야말로 스스로 깨닫기 제일 힘든 법인데?"

"그러면 언니 눈으로 본 제 진짜 마음이라는 건 어떤 건가요?"

저는 살짝 욱해서 무심코 그렇게 따져 물었습니다.

"──분하지만 그 아이가 신경 쓰여서 견딜 수 없어."

"……네?"

"──인정하고 싶지는 않지만 나는 그 사람을 좋아──."

"잠깐 기다려 주시겠어요?! 누가 그런 평민 따위를!"

너무나 어처구니없는 소리에 저도 모르게 언니의 말을 도중에 끊었습니다.

"어라? 나는 그 아이, 그 사람이라고밖에 말 안 했는데?"

"놀리는 것도 적당히 해주세요. 지금 문맥으로는 그것 말고는 없잖아요."

"후후, 그것도 그러네."

항복이라는 듯이 언니가 양손을 들어 올리며 웃었습니다. 어휴, 참. 곤란한 분이에요.

"미리 말해두겠는데 저는 그렇게 생각해 본 적 없다고요."

"글쎄, 어떨까. 말하지 않아도 얼굴에 다 쓰여 있는데 말이지."

"거짓말이에요!"

"아하하하, 이건 물론 농담이야. 하지만 내 감은 틀리지 않았다고 생각하는데?"

정말 재미있다는 듯이 웃으면서 언니는 찡긋 윙크를 했습니다.

"언니, 점점 그 평민을 닮아가는 거 아니에요?"

"그렇게 된다면 나를 좋아하게 되는 걸까?"

"또 그런 식으로 농담이나 하시고——."

"진심이라면 괜찮아?"

"……언니?"

갑자기 진지해진 언니의 목소리에 움찔했습니다. 언니는 의자에서 일어나더니 저를 향해 천천히 다가옵니다. 저는 거기에 압도당한 것처럼 움직일 수 없었습니다.

"클레어를 좋아해. 이건 거짓말도 농담도 아니야. 만약 내가 진심을 담아 너에게 구애한다면 너는 내 마음에 응해줄 거니?"

"언니…… 대체 어떻게 된 거예요. 그런, 그 평민 같은 소리를."

"클레어도 알고 있잖아? 내가 왕궁에서 쫓겨난 이유."

"…….'"

그야 알고 있습니다. 언니는 동성과의 불장난 때문에 왕궁을 떠나게 됐습니다. 한마디로 언니는 평민과 마찬가지로 동성애자입니다.

"그러면…… 언니도 그 자와 마찬가지로 저를 원해서 승부에 임한다는 뜻인가요?"

"반쯤은 그 이유네."

"다른 절반은요?"

"그건 비밀. 그건 그렇고 어때 클레어? 너는 내 마음을 받아줄 생각이 있어?"

그렇게 묻는 언니의 표정은 분명 언제나처럼 여유로 넘치는 표정인데도 어째선지 울고 있는 것처럼 보였습니다. 저는 크게 동요했지만 제 대답은——.

"아니, 됐어. 대답은 이미 알고 있어. 이상한 걸 물어서 미안해."

"언니……."

"레이가 말하지 않던? 우리 같은 사람들한테는 일상다반사나 마찬가지야. 이뤄지는 편이 훨씬 드물거든."

누군가의 잘못이 아니라, 굳이 말하자면 운이 나쁜 거야. 언니는 그렇게 말하며 웃어넘겼습니다.

"그래도 승부는 승부니까. 적당히 봐줄 생각은 없어."

"이겨봤자 얻을 수 있는 건 아무것도 없는데도?"

"있어. 적어도 레이가 우는 얼굴은 볼 수 있지."

"참 삐뚤어지셨네요. 언니."

"이런 내가 싫어졌니?"

"아뇨, 귀여우시다고 생각해요."

"하하하……. 클레어도 제법 말솜씨가 좋아졌네."

"언니 덕분이죠."

저는 의자에서 일어나 언니에게 인사했습니다.

"슬슬 그만 실례할게요."

"응. ……아, 잠깐만, 클레어."

"?"

작별 인사를 하고 그만 가려고 했을 때 저를 불러 멈추는 목소리에 뒤를 돌아보자 언니는 미소를 짓고 있었습니다.

"다시 한번 물어보는데 클레어는 레이를 좋아해?"

"……."

저는 네, 아니요, 어느 쪽도 말할 수 없었습니다. 하지만 언니는 제 표정에서 뭔가를 읽은 모양입니다.

"그렇구나. 그러면 뒷일은 레이가 하기 나름이겠어."

혼잣말처럼 그렇게 말하고는 이번엔 멈춰 세우는 일 없이 제가 방을 나가는 걸 배웅해 주셨습니다.

막 간

심플하게
(레이 테일러)

"안 나오네⋯⋯."

거목을 닮은 몬스터를 쓰러트리고 떨어진 아이템을 확인해 봤지만 목표로 삼은 아이템은 보이지 않는다. 낙담과 함께 이마에 흐르는 땀을 훔치면서 다음 사냥감을 찾아 좌우로 시선을 훑었다.

이곳은 사랑의 천칭이 놓인 식장 근처에 있는 깊은 숲속이다. 나는 워터 슬라임, 레레어와 함께 어떤 아이템을 구하러 이곳까지 찾아왔다.

그 아이템이란 연리의 나뭇가지── 사랑의 천칭에 바치는 최고의 공물이다.

전설 속에서 등장하는 최고의 공물은 플로스의 꽃이지만 사실은 그보다 더 좋은 공물이 있다. 연리의 나뭇가지는 이 세계의 모델인 게임── Revolution에서도 숨겨진 아이템으로 등장한다. 사랑을 이루는 데 게임 지식을 이용하는 게 마음에 켕기기는 했지만 지금은 상황이 상황이니 만큼 어쩔 수 없다. 클레어 님을 마나리아 님한테서 지키기 위해서라면 어떤 수단이든 쓰겠다.

망설임은 떨쳐냈다. 이제 실천뿐이다.

그렇게 각오를 다지기는 했지만 연리의 나뭇가지를 손에 넣는 건 매우 어려운 일이다. 연리의 나뭇가지는 연리의 나무라고 불리는 몬스터를 쓰러트리면 극히 드문 확률로 드롭된다. 연리의 나무는 생태계를 소리 없이 송두리째 파괴하는 주범이기 때문에 적극적으로 솎아내야 하는 몬스터지만 사람이 다니는 길에서 멀리 떨어진 숲이나 깊은 산속에만 살고 있고, 이동력이 낮아서 멀리 나오는 일도 없기 때문에 거의 방치되는 경우가 많다.

나는 마침 운 좋게 기사단에 들어온 토벌 의뢰를 보자마자 바로 달려들었다.

하지만 이 몬스터는 상당히 강하다. 마법이 거의 통하지 않기 때문이다. 전투력의 대부분을 마법에 의존하는 나로서는 치명적인 점이다. 원래라면 이미 이 시점에서 포기해야겠지만 사실 이 연리의 나무에겐 약점이 존재한다.

"레레어, 아직 할 수 있어?"

어깨 위에 앉아있는 워터 슬라임을 향해 묻자, 레레어는 뽕뽕 뛰어오르며 긍정적인 대답을 돌려주었다. 매끈한 몸을 가볍게 쓰다듬어 주고서 간식으로 비스킷 하나를 건네준 다음 다시 걸음을 재촉했다. 레레어와도 한동안 냉전 상태가 이어지고 있었지만 초콜릿을 바치고 화해했다.

연리의 나무가 가진 약점은 워터 슬라임의 용해액이다. 용해액을 맞고 노출된 부분은 마법이 통하기 때문에 나는 그 약점에 마법을 집중시켜서 쓰러트리고 있다. 물론 마법이 통하게 되어도 연리의 나무는 쉬운 상대가 아니지만.

"……찾았다."

어느 정도 걷자 위화감이 느껴지는 나무를 발견했다. 연리의 나무는 평소엔 거의 움직이지 않고 숲에 의태해 사냥감을 기다린다. 그리고서 눈치채지 못한 채 접근해 오는 사냥감을 먹어치우는 것이다. 연리의 나무를 구분하는 건 요령이 필요하지만 한 번 익숙해지면 구분하기 어렵지 않다.

나는 최대한 발소리를 죽인 채 세심한 주의를 기울이며 연리의 나무의 배후로 돌아갔다.

"레레어, 부탁해!"

내 신호에 맞춰 레레어가 입에서 용해액을 뿜었다. 용해액은
기세 좋게 분출되어 연리의 나무의 표피를 녹여버렸다. 그러자
연리의 나무가 비명과도 같은 소리를 지르며 나를 향해 덮쳐든
다. 나는 재빠르게 레레어를 회수해서 주머니에 넣었다.

이제부턴 내 차례다.

"아이시클 레인!"

시동어를 외치자 얼음기둥이 비처럼 쏟아졌다. 연리의 나뭇가
지가 기둥 몇 개를 쳐내기는 했지만 결국 일부가 용해된 부분에
꽂혀 대미지를 입혔다. 다시 비명과도 같은 노성이 울려 퍼진
다. 바로 옆에 있던 덤불 속에서 작은 동물들이 튀어나와 황급
히 도망가는 게 보였다. 소란을 피워서 미안.

"스톤 캐논!"

이어서 이번엔 원뿔형 암석을 빠른 속도로 쏘아냈다. 교차하
듯이 막아서는 나뭇가지를 관통하면서 암석이 표피를 깊숙이 도
려냈다. 하지만 아직 대미지가 부족하다.

"화속성을 쓸 수 있었다면 편했을 텐데……."

내가 쓸 수 있는 속성은 수속성과 토속성 뿐이라 같은 토속성
인 연리의 나무와는 상성이 나쁘다. 그렇다고 초월급이나 상급
마법을 쓰면 마법이 빗나갔을 때 손실이 너무 크다. 결국 내가
할 수 있는 건 초급 마법이나 중급 공격마법으로 조금씩 대미지
를 누적시키는 방법뿐이다. 이건 정신적인 피로가 꽤 컸다.

"클레어 님이 함께 계셨더라면……!"

클레어 님의 장기인 플레임 랜스가 직격하면 한 방에 끝났겠지. 하지만 지금 내가 이렇게 싸우는 것도 전부 클레어 님을 되찾기 위해서다. 인생은 그렇게 쉽게 풀리지 않는 법이다.

"……클레어 님."

지금은 곁에 없는 사람을 떠올렸다. 이 세계에 온 이후로 이렇게 오랫동안 클레어 님 곁을 떠나 있는 건 이번이 처음이다. 당연한 듯 곁에 있었던 옛날 일을 곱씹으며 돌이켜 보았다. 그 시간이 얼마나 소중한 시간이었는가, 얼마나 소중한 기회였는가.

"우는소리 해봤자! 어쩔 수 없어!"

좁은 나무 틈 사이를 이리저리 헤집고 다니면서 얼음 화살을 쏘았다. 한숨 쉬고 있을 틈이 있으면 지금 상황을 헤쳐나가기 위해서 움직여—— 클레어 님이라면 분명 그러셨을 거야. 클레어 님은 나서서 행동하는 사람이니까. 클레어 님만큼은 못 하더라도, 최소한 일부나마 흉내 낼 수 있다면.

그런 생각을 하면서 전투를 이어가다 보니 드디어 연리의 나무를 쓰러트렸다. 떨어진 아이템은—— 마법석뿐.

"하아…… 하아…… 좀처럼…… 안 나오네…….."

거칠어진 호흡을 가다듬고 있자 어깨에 있는 레레어가 걱정스러운 시선을 보낸다. 나는 괜찮다고 말하는 것처럼 레레어의 얼굴을 쓰다듬어 주고서 수건을 꺼내 비 오듯 흐르는 땀을 닦은 다음 바닥에 주저앉았다. 교복 치마가 더러워지겠지만 이 상황엔 어쩔 수 없지.

"벌써 몇 마리째 쓰러트렸더라…….."

백 마리째 쓰러트렸을 때까지는 세고 있었지만, 그다음부터는 귀찮아서 세는 걸 그만뒀다. 체감 상 200마리는 넘게 쓰러트린 것 같다. 당연하지만 하루 만에 잡을 수 있는 숫자가 아니다. 마나리아 님과 다시 승부를 내기로 정해지자마자 학교 수업도 전부 쉬고서 숲만 들락거리고 있다. 기사단 의뢰라는 명목이 있어서 눈감아주고는 있지만 이제는 슬슬 다른 변명이 필요할 정도다.

그런데도 연리의 나뭇가지는 나오질 않는다.

"확률 자체가 0.5퍼센트밖에 안 되니까."

드랍율 0.5퍼센트니까 200마리를 잡으면 한 개는 확실히 나올 거라고 말하는 사람은 뭔가 착각하고 있다. 그건 200마리 중에 반드시 아이템을 가진 한 마리가 섞여 있다고 가정하고 전체 표본을 전부 사냥했을 경우의 확률이다. 실제로는 한 마리 당 0.5퍼센트의 확률로 연리의 나뭇가지를 소지하고 있고, 이전 결과가 다음 확률에 영향을 주지 않기 때문에 200마리를 사냥했을 경우 드롭 확률은 63퍼센트밖에 안 된다.

아직도 갈 길이 멀다.

"……나는 어째서 이러고 있는 걸까."

낙엽 더미 위에 두 팔 벌려 드러누워 있으니까 문득 그런 생각이 들었다. 뭘 이렇게 혼자 열 내고 있는 걸까, 포기하면 그만이잖아. 마음속의 약한 부분이 나에게 속삭인다.

하지만──.

"어쩔 수 없잖아. 좋아하는걸."

클레어 님을 좋아한다.

손쓸 도리가 없을 정도로. 미쳐버릴 정도로.

도르 님의 말에 한때는 자신의 마음을 완전히 눌러 죽여 보려고 했지만 계속 억누르고 있는 동안 오히려 더더욱 사랑이 커졌다는 느낌이 든다.

"도르 님한테는 뭐라고 변명하지…… 뭐, 어떻게든 되려나."

피로가 쌓일수록 생각도 점점 단순해져 간다. 클레어 님이 좋아서. 그래서 지고 싶지 않아서. 그걸 위해선 연리의 나뭇가지를 손에 넣어야 한다── 그것뿐이다. 같은 여자끼리가 어쩌고, 연애 감정과 우정이 저쩌고, 그런 이야기는 전부 의식 한구석으로 치워버렸다.

"좋아 회복됐어. 레레어 조금만 더 함께해 줘."

나는 레레어한테 비스킷을 하나 더 주고 나서 다음 사냥감을 찾아다녔다.

"기다려주세요, 클레어 님……!"

클레어 님한테 미움받게 될지도 모른다거나, 클레어 님이 어떻게 생각할지에 대한 고민 같은 소극적이고 약한 마음은 전부 지워버리고, 단지 그녀를 원하는 한 사람의 여자로서 사냥에 몰두했다.

【막간·끝】

아모르의 제사 당일.

"잠—깐 기다려!"

지금 당장이라도 언니와 입술이 맞닿으려 했던 그 순간, 황급히 우리를 제지하는 목소리가 있었습니다. 모든 사람들의 시선이 목소리가 들려온 쪽으로 향합니다. 저도 목소리를 향해 고개를 돌렸고, 눈에 들어온 광경에 깜짝 놀랐습니다.

멈추라고 외친 사람은 평민이었습니다.

하지만 제가 놀란 건 그 부분이 아닙니다. 지금 평민의 모습때문입니다. 그녀는 온몸이 상처투성이였습니다.

"레이 늦었잖아."

"아니 생각보다 좀 수고가 많이 들었거든."

평민은 아주 조마조마했다고 말하는 미샤에게 가볍게 사과한 다음 저와 언니를 떨어트려 놓으며 사이에 끼어들었습니다.

언니는 가볍게 흥, 하고 코웃음을 쳤습니다.

"도망친 건 아니었던 모양이네. 그것만큼은 인정해 주겠어."

"어디의 누가 도망친다는 겁니까. 절대로 지지 않을 거라고 말했잖아요?"

평민은 어린애 같은 태도로 메—롱 하고 위협적으로 혀를 내밀고선 제 손을 잡아끌어 언니한테서 떨어트려놨습니다.

저는 맞잡은 손에서 전해지는 따뜻한 온기에 당혹감을 느끼며 복잡한 마음이 담긴 눈으로 평민을 바라보았습니다.

"당신……."

"클레어 님, 안심하세요. 클레어 님을 이런 녀석한텐 절대 넘겨주지 않을 테니까요."

당당하게 말하는 평민의 얼굴에는 여기저기 생채기가 나 있었지만, 그런데도 표정만큼은 그늘 한 점 없이 맑았습니다.

"그런 소리 해봤자 이미 승부는 났어. 네가 어떤 공물을 가져왔는지는 몰라도 내 공물은 플로스의 꽃이야. 이 이상의 공물은 없을 텐데?"

그러면서 언니는 빛을 내뿜는 꽃을 내밀었습니다. 그렇습니다. 언니는 이미 최고의 공물을 마련했습니다.

"설령 네가 플로스의 꽃을 가져왔다고 해도 그렇다면 먼저 가져온 사람이 승리다. 내가 승자라는 점은 달라지지 않——."

"제 공물은 이겁니다."

언니의 말을 끊으며 평민은 가방에서 『그것』을 꺼냈습니다.

"그건…… 나뭇가지?"

저는 무심코 제가 생각한 그대로를 중얼거렸습니다. 평민이 공물이라고 꺼낸 물건은 어딜 봐도 평범한 나뭇가지였습니다. 저는 내심 실망하는 스스로를 자각하고서, 그녀가 뭔가 비책을 갖고 있기를 기대하고 있었다는 사실을 지금 처음으로 깨달았습니다.

"겨우 그런 것밖에 손에 넣지 못한 거니?"

"아니요. 저는 계속해서 이걸 찾고 있었습니다."

평민은 어째선지 자신만만한 어조였지만 주변 사람들은 다들 미심쩍어하는 시선입니다. 그야 그렇겠죠. 어느 쪽이 더 격이 높은 공물인지는 눈으로 보기에도 뻔했으니까요.

"천칭에 달아보면 알게 될 거예요."

평민은 자요, 하고 언니를 재촉했습니다. 일단 천칭에 걸면 더 이상 돌이킬 수 없습니다. 멈추려고 한다면 지금밖에 없지 않을까, 망설였지만 평민은 저를 안심시키려는 듯이 힘차게 고개를 끄덕였습니다.

"좋다마다. 그럼 어디 천칭에 달아보도록 할까."

그 말과 함께 언니는 사랑의 천칭 앞으로 나아갔습니다. 고풍스러우면서도 기품이 느껴지는 천칭은 그야말로 신이 하사했다고 전해지는 도구에 어울리는 관록을 지니고 있었습니다.

"그럼 먼저 나부터. 내 진실한 마음을 신의 심판 아래에."

언니는 희극을 연기하는 듯한 몸짓으로 아모르의 시 한 구절을 읊으며 플로스의 꽃을 공손하게 천칭에 올렸습니다. 플로스의 꽃은 천칭 위에 오르자 한층 더 강렬한 빛을 내뿜었습니다. 과연 전설 속에 등장하는 공물인지 천칭이 크게 기울었습니다.

"다음은 저군요. 달아보겠습니다."

언니와 다르게 평민은 별다른 행동 없이 아무렇게나 나뭇가지를 천칭 위에 올렸습니다. 천칭은—— 미동도 하지 않습니다.

"역시 나의 승——."

언니가 그렇게 입을 연 순간 주변의 땅이 울리는 소리가 퍼졌습니다.

"지진?!"

닥쳐올 지진에 대비해 다들 황급히 지면에 엎드렸지만 곧바로 깨달았습니다. 지면이 흔들리는 게 아니었습니다. 흔들리고 있는 건 사랑의 천칭이었습니다.

"뭐지?"

누군가가 의아한 목소리로 외쳤습니다. 시선을 돌리자 천칭에 올라간 나뭇가지에서 싱싱한 잎이 돋아나고 있었습니다. 그뿐만이 아닙니다. 점차 뿌리가 생겨나고, 가지가 눈에 보일 정도의 속도로 자라더니 눈 깜짝할 사이에 커다란 나무가 되어 천칭이 크게 기울었습니다.

"플로스의 꽃이 졌다고……? 그 나뭇가지는…… 대체……?"

멍하니 중얼거리는 언니를 향해 평민이 말했습니다.

"연리의 나뭇가지라고 합니다."

평민의 설명에 따르면 연리의 나뭇가지는 근처 숲에서 서식하는 몬스터가 떨어트리는 아이템이라고 합니다. 여간 입수하기 힘든 게 아니어서 손에 넣는데 굉장히 고생했다나. 평민은 이 나뭇가지를 손에 넣기 위해 이런 상처투성이 몰골이 될 때까지 열심히 노력했던 겁니다.

"플로스의 꽃이 가장 무거운 공물이 아니었던 거야……?"

"지금까지 알려진 공물 중에서는 분명 플로스의 꽃이 제일가는 공물입니다. 하지만 그것보다도 더 무거운 공물이 있었던 거죠."

득의양양한 태도로 말을 마치더니 평민은 제 쪽으로 몸을 돌렸습니다.

"클레어 님."

"······?"

상상도 못한 전개에 넋이 나가 있었지만 평민이 저를 부르는 목소리에 고개를 돌렸습니다. 평민은 생채기 가득한 얼굴을 난폭하게 벅벅 문지르며 어떻게든 몸가짐을 가다듬은 다음 이렇게 말했습니다.

"사실 이런 승부 같은 건 어떻게 되든 좋았어요."

"네······?"

그건······ 저 같은 건 어떻게 되든 상관없다는 뜻······? 저는 불안한 마음이 들었지만 레이의 말은 계속 이어졌습니다.

"저로선 이야기 속에 나오는 것 같은 사랑은 불가능합니다. 이미 알고 계신 대로 농담처럼 장난치듯이 말하지 않으면 정말 중요한 사실조차 말하지 못하곤 하지요."

하지만, 하고서 평민이 뒤이어 말을 이었습니다.

"설사 신이 하사한 천칭에게 인정받지 못한다고 해도, 그렇다고 해도 당신을 사랑하겠습니다. 다른 누군가에게 패배한다 해도, 그렇다고 해도 언제나 당신만을 계속 사랑하겠습니다. 그러니까——."

평민은 제 앞에 무릎을 꿇고 손을 내밀면서——.

"저를 메이드가 아니라, 당신의 파트너로 삼아 주시지 않겠습니까?"

이야기 속에 나오는 구절이 아니라 평민의 진심 어린 말로, 비로소 처음으로 저에게 사랑받기를 소망했습니다. 저는 그 사실이 견딜 수 없이 기뻤습니다.

"……당신이란 사람은……."

이유를 알 수 없는 눈물이 흐릅니다. 슬퍼서가 아닙니다. 오히려 제 마음은 굉장히 따뜻한 무언가로 가득 채워졌습니다.

그녀의 물음에 답하기로 해요. 그리고 다시 한번 제 곁에 선 그녀와 함께 걷자고── 그렇게 생각한 순간.

"앗핫하! 이야─ 이거 졌네, 졌어!"

이제 막 좋은 분위기로 무르익으려는 참에 언니의 호쾌한 웃음소리가 울려 퍼졌습니다.

"마나리아 님, 지금 한창 좋은 장면이니까 분위기 좀 파악해 주세요."

"싫어. 난 역시 네가 좋아. 최고야."

언니가 불만스럽게 투덜거리는 평민을 꼭 껴안았습니다. 저는 그 광경에 놀라서 눈이 휘둥그레졌습니다.

"자, 잠깐, 마나리아 님."

"이야─ 좋구나 좋구나 싶기는 했지만 설마 이 정도일 줄은 몰랐지. 응응, 너야말로 내 반려로서 어울려."

잠깐, 언니, 지금 무슨 소리를……?

"어, 언니, 그게 대체 무슨 말인가요……?"

"이야─ 미안해, 클레어. 내 목적은 처음부터 레이였어. 레이의 반응이 너무 재밌어서 나도 모르게 그만 클레어를 건드리며 괴롭혔지 뭐야."

언니는 혀를 내밀며 데헷, 하고 웃었습니다. 언니의 목적이…… 평민……? 그럼 한마디로, 언니가 저번에 말했던 나머지 절반의 이유는 평민을 두고 한 소리였던 걸까요.

그건 안 돼.

안 돼요.

뭐가 안 되는지는 잘 모르겠지만, 아무튼 안 돼요.

"잠깐만요 마나리아 님. 이거 놔주세요."

"싫어. 이대로 스스 왕국에 들고 가버릴래."

언니와 평민이 사이좋게 농담 따먹기를 합니다. 저는 점점 열이 뻗치기 시작했습니다.

"거절하겠어요!"

"응응, 그렇게 튕기는 점이 또 한층 귀엽네. 그런 네가 좋다고."

그러면서 놀랍게도 언니는 평민에게── 레이한테 입맞춤을 하려고 들었습니다.

저는 이미 참는 데도 한계였습니다.

"잠, 그만──."

"안 돼───!!!"

저는 둘 사이를 확 밀치고 들어가서 양팔로 두 사람을 벌려 놓으며, 있는 힘껏 소리쳤습니다.

"레이는 내 거라고! 내 거를 빼앗지 말아 줘!"

지금 자신이 무슨 말을 했는지, 외치고 나서야 말뜻이 점점 머릿속에 스며들기 시작했습니다. 어버버버?! 지금 제가 대체 무슨 소리를 한 거죠?!

"크, 클레어 님……?"

레이가 쭈뼛쭈뼛 조심스러운 태도로 저에게 말을 걸었습니다. 저는 얼굴이 확확 달아오르는 걸 느꼈습니다.

"아, 아니에요! 지금 건 그런 의미가 아니고——!"

"클레어 님—!!!"

레이가 저를 와락 끌어안았습니다. 숨도 막히고, 성가셔요—— 그래도 조금이지만 기쁨을 느꼈습니다. 물론 솔직한 속내는 결코 겉으로 드러내지 않으면서 가시 돋친 말을 하는 게 바로 저입니다.

"잠깐만요, 이거 놓으세요!"

"싫어요! 사랑합니다, 클레어 님!"

"저는 싫다고요! 놓—으—세—요!"

"저를 클레어 님 거라고 말씀하셨잖아요!"

"시끄러워요! 당장 잊으세요!"

레이와 함께 웃고 장난을 칩니다. 이러는 게 얼마만인지 모르겠습니다.

"마나리아 님, 실례지만 승부가 난 것 같은데요?"

"으응— 그런 모양이네—."

언니와 미샤가 우리들이 장난치는 모습을 바라보면서 대화를 나누고 있습니다. 하지만 저는 기쁨과 쑥스러운 속마음을 감추느라 두 사람이 나누는 대화가 귀에 들어오지 않았습니다.

"놓—으—세—요!"

"싫—다—고—요!"

예전과 달라지지 않은 대화. 그렇지만 제 가슴속은 예전과는 비교도 할 수 없을 정도로 따뜻한 온기로 충만했습니다.

"가버렸나."

"마나리아는 바람 같은 사람이었네."

"……왕의 그릇이란 저 정도로 커다란 것인가."

언니를 배웅하고서 세 왕자님이 제각각의 감정을 담아 말했습니다. 제 마음도 이별의 아쉬움으로 가득했습니다.

마지막에 레이와 어떤 이야기를 나눴을까, 하고 이런저런 상상을 하고 있었더니,

"그건 그렇고 축하드립니다, 클레어 님."

"? 뭘 축하하는 건가요? 미샤."

미샤가 뜬금없이 영문을 알 수 없는 소리를 꺼내서 되물었습니다. 지금 생각해 보면 그때 재빨리 도망쳐야 했습니다.

제가 무슨 소린지 몰라 어리둥절해하고 있으니까 어느새 로드 님, 유 님, 미샤, 피피, 로렛타가 저를 둘러쌌습니다. 어, 어, 어라……?

"뭘 축하하냐니, 그거야 뭐, 그치?"

"응응, 숨길 필요 없어, 클레어. 우리들은 응원하고 있거든."

"……사랑의 형태는 제각각이지."

남들보다 한발 물러나 있던 세인님까지 저렇게 말했습니다. 저는 안 좋은 예감을 느꼈습니다.

"클레어 님~ 그 자랑 함께하게 되셔도 꼭 저희들이랑 놀아주

셔야 해요!"

"가끔은 다과회에 초대해 주세요!"

"그러니까 당신들은 지금 무슨 소리를 하는 거예요?!"

어째선지 훌쩍훌쩍 울기 시작한 로렛타와 피피를 보자, 나쁜 예감은 한층 더 부풀어 올랐습니다.

"무슨 소리긴, 그야 당연히——."

로드 님의 말을 받으며,

"레이와 정식으로 사귀게 된 거지? (됐잖아?) (됐지?) (되셨죠?)"

"대체 그런 웃기는 소리는 어디서 튀어나온 건가요?!"

다들 한목소리가 되어 말하는 터무니없는 망언을 온 힘을 다해 부정했습니다.

"아니, 하지만……."

"그치?"

"그렇지."

"……음."

미샤, 로드 님, 유 님, 거기에 세인 님마저 하나가 되어 궁지에 몰린 생쥐를 가지고 노는 고양이 같은 분위기를 내고 있습니다. 저, 클레어 프랑소와는 태어나서 처음으로 약자의 입장이란 무엇인가를 깨달았습니다.

"레이는 내 거라고! 내 거를 빼앗지 말아 줘! ——라면서?"

"로드 님!!"

제가 했던 말을 토씨 하나 틀리지 않고 그대로 흉내 내는 바람에 저는 귀까지 새빨갛게 물드는 걸 느낄 수 있었습니다.

"왜 그러시는 건가요? 굉장히 멋진 대사였다고 생각하는데요."

"미, 미샤, 당신까지 그런 소릴⋯⋯!"

"클레어 님~ 저희들도 꼭 잊지 말아 주세요~!"

"결혼식 때는 반드시 불러주셔야 해요~!"

"로렛타, 피피도 눈물 뚝 그치세요! 당신들 또 술 들어간 초콜릿이라도 먹은 건 아니겠죠?!"

점점 주변은 정신없이 시끌시끌해졌습니다.

"그건 어디까지나 그 자리의 분위기에 휩쓸려서 저도 모르게 한 소리지 레이 따위 아무렇지도──."

"바로 그거예요. 클레어 님."

미샤가 놓치지 않겠다고 말하는 것처럼 예리한 눈빛을 내뿜으며 제 말을 끊었습니다.

"무슨 말이에요, 미샤?"

"지금 레이를 뭐라고 부르셨죠?"

"하아? 레이를 레이라고 부르는 건 당연한 거잖아요."

"클레어. 너는 지금까지 그 녀석을 평민이라고만 불렀어."

"그렇지. 나도 그렇게 부르는 것밖에 못 들어봤네."

"나도다."

"──?!"

그 말을 듣고서야 처음으로 깨달았습니다. 그러고 보니 저, 어느새 레이를 레이라고 부르고 있습니다. 딱히 의식하고 그랬던 게 아니었기 때문에 새삼 지적을 받으니 왠지 깊은 의미가 있는 거 같은…… 아뇨, 깊은 의미 따위 없지만요!

"아, 아니에요! 예전에도…… 맞아요, 여러분들이 없을 때에는 이름으로 불렀다고요!"

"호오─? 그러면 이제는 숨길 필요도 없어졌다는 뜻인가."

"클레어도 대담하네."

"……그래도 나쁘지 않아."

"역시 축하드린다고 말씀드려야 맞는 거 아닌가요?"

아─ 정말이지, 이래서야 얘기가 끝나질 않잖아요?!

"어쨌든! 레이랑 저는 딱히 아무런 사이도 아니에요!"

"바로 그거예요. 클레어 님."

"이번엔 또 뭔가요, 미샤?!"

제가 또 무슨 말실수라도 했나요?!

"이름을 나열하는 순서입니다. 지금까지 레이랑 자신을 함께 말할 때면 저랑 평민, 같은 식으로 말씀하셨는데 지금은 레이와 저, 라는 순서로─."

"아─ 진짜, 그런 사소한 부분 가지고 시끄럽다고요!"

제가 펄펄 뛰면서 말했더니 미샤는 쿡쿡 웃었습니다.

"……미샤, 당신 지금 즐기고 있죠?"

"후후, 정말 죄송합니다. 클레어 님이 몹시 귀여우셔서 그만."

"그것도 놀리는 소리잖아요?!"

저는 삐쳐서 휙, 하고 고개를 돌렸습니다.

"자자, 삐치지 마. 좋은 일이잖아. 드디어 레이의 마음이 보답받는 거잖아? 축하할 일 아니야?"

"그런 말씀 하셔도……. 로드 님은 괜찮으신가요?"

"뭐가?"

"혹시나 레이가 저랑 교제하게 된다면 레이를 노리던 로드 님으로선 입맛이 쓴 상황 아닌가요?"

저는 되갚아줄 요량으로 살짝 짓궂게 말했습니다. 그런데 로드 님은 여유만만한 태도로,

"레이가 누구를 사랑하든, 누구랑 사귀든 별로 상관없어. 최종적으로 내 곁에 있어 준다면야."

"……그랬었죠. 로드 님은 그런 분이셨어요."

"상대가 안 좋았네, 클레어."

"……형이 이래서 미안하다."

어째선지 유 님과 세인 님이 저를 위로해주고 계신데요?

"그래서? 레이랑은 어디까지 갔냐?"

"? 어디까지라뇨?"

"우리들한테까지 그렇게 시치미 뗄 필요는 없잖아. 말해봐, 키스라든가, 터치라든가, 그 이상까지 갔다거나 그런 거 있잖아?"

"바……!"

바보 아니에요?!

——라는 소리가 목구멍까지 치솟았지만 상대가 왕족이라는 사실을 떠올리고서 필사적으로 꾹 참은 저를 누가 좀 칭찬해 주시겠어요?

"그런 짓을 할 리가 없잖아요! 아직까지 제대로 손도 못 잡아 봤다고요!"

"뭐어—야. 아직도 겨우 그 정도냐고. 그러다간 어디 사는 누가 채가 버려도 모른다?"

"용의자 1순위가 할 소리는 아니네."

"……형이 가장 의심스럽지."

이상한 데서 호흡이 딱딱 맞으시네요, 왕자님들? 평소에도 이 정도로 사이가 좋으면 좋을 텐데 싶은 생각이 들었습니다.

"그러면…… 먼저 데이트부터 해야겠군!"

"데, 데이트라고요?"

"그래. 사귀는 사이에는 기본이잖아?"

"그, 그래도 레이는 평민인 데다 관심사도 가치관도 맞을지 어떨지……."

"에이, 걱정하지 말라니깐. 그런 건 다 레이가 어떻게든 해줄 거야. 클레어는 그냥 마음 푹— 놓고 있으면 돼. 그냥 푹—."

"푸, 푹— 이요? 그런 건가요?"

"그래."

그런 걸까요. 로드 님이 자신 있게 단언하면 정말 그런 것처럼 느껴지는 게 신기합니다.

"로드 형, 너무 무책임하게 단언하는 건 좋지 않은데?"

"……나도 그렇게 생각해. 우리 남자들이랑은 다르게 숙녀는 섬세한 법이야."

"그런가? 레이라면 그런 부분까지도 실력껏 어떻게든 할 거 같은데 말이지."

"로드 님은 레이를 좀 고평가하신다고 생각합니다. 레이는 의외로 평범한데요?"

로드 님의 말에 유 님, 세인 님, 미샤가 쓴소리를 날렸습니다.

"뭐 일단 가보면 알게 되겠지. 데이트 신청이라도 해봐."

"제 쪽에서 하라고요?!"

"너랑 레이 단둘뿐이니까 굳이 말하면 클레어가 해야 하는 거 잖아?"

"그, 그런 파렴치한⋯⋯!"

"그러면 그런 파렴치한 행위를 레이한테 시킬 셈이야? 명문가 프랑소와 가문의 영애로서 그건 좀 모양 빠지는 짓 아닌가?"

"으윽⋯⋯!"

이미 이 시점에서 저는 슬슬 자기가 놀림감이 되었다는 사실을 빨리 깨달았어야 했습니다만 가문의 이름을 들먹이자 머리에 피가 몰렸습니다.

그래서 그만 이렇게 선언해버린 겁니다.

"알겠어요! 저, 클레어 프랑소와, 도망치지도 숨지도 않겠어요! 훌륭하게 레이한테 데이⋯⋯ 놀러 가자고 권유해 보도록 하겠어요! 오—홋홋홋호!"

네.

그날 밤, 제가 울면서 카트린한테 매달리는 꼴이 됐던 건 두말할 필요도 없습니다.

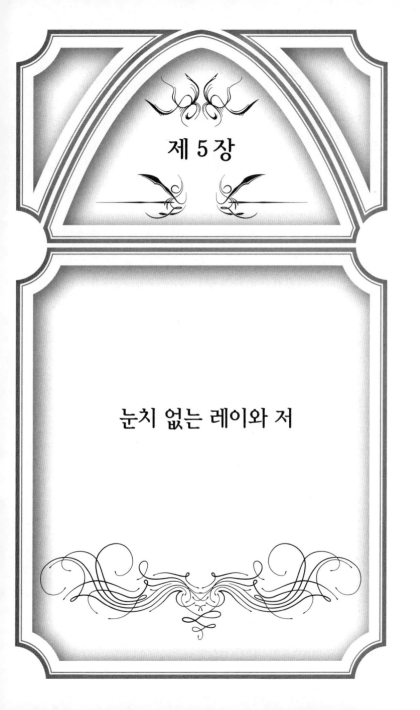

제 5 장

눈치 없는 레이와 저

유클레드로 바캉스를 떠나기 며칠 전, 저는 레이와 함께 시내에 나왔습니다. 레이는 유클레드로 떠나기 전에 해둬야 할 일이 있으니까 저보고 기숙사에서 기다려 달라고 했지만, 저는 억지로 따라왔습니다. 왜 따라왔냐고요? 흐, 흥. 그냥 잠깐의 변덕이에요. 결코 왕자님들이 자꾸만 옆에서 부추겼던 『그 얘기』가 머릿속에 어른거렸다거나, 그런 경박한 이유가 아니니까요!

"어디로 가는 건가요?"

부지런히 저에게 양산을 씌워주고 있는 레이를 향해 퉁명스러운 어조로 물었습니다. 사랑의 천칭 때 있었던 일 이후로 어쩐지 레이와 거리감을 가늠하기 힘들어져서 저도 모르게 쌀쌀맞은 말투가 튀어나오곤 합니다.

"바캉스 전에 미리 처리해놔야 할 일이 좀 있어서요."

"일?"

"정말로 별거 아닌 사소한 일입니다. 뭐라고 해야 하나…… 위험을 미연에 방지해두는 거라고 해야 하나."

"무슨 말인지 잘 모르겠네요."

제가 고개를 갸우뚱하자, 레이는 싱긋 웃었습니다. 대체 뭐예요. 어째서 그저 웃는 얼굴만 눈에 들어와도 이렇게나 심장이 뛰는 거냐고요, 정말이지.

"그건 그렇고 무슨 바람이 부신 건가요? 제 볼일에 따라오시다니."

레이의 질문에 저는 속으로 움찔했습니다.

"……딱히요. 별다른 의미는 없어요. 그냥 왠지 바깥바람을 쐬고 싶었을 뿐이에요."

저는 짐짓 쌀쌀맞은 말투로 말하면서 고개를 휙 돌렸습니다. 으으으…… 아니에요, 그게 아니고, 그게 아니고요!

"하지만 클레어 님, 평소에는 더운 건 싫다고 하시면서 햇빛이 닿는 장소도 싫어하셨잖아요."

레이의 말이 맞습니다. 예전의 저라면 더위나 햇빛을 정면으로 맞는 게 싫어서 "혼자서 다녀오도록 하세요"라고 했을 게 분명합니다. 객관적으로 봐도 제가 지금처럼 레이를 쫄래쫄래 따라오고 있으면 어색하게 느껴질 게 분명하죠.

"됐 · 으 · 니 · 까! 당신은 어서 빨리 볼일을 끝내도록 하세요!"

"허어……."

제가 얼버무리듯이 어서 가자고 재촉하자 레이는 의아한 표정을 짓긴 했지만 이윽고 별거 아니라고 생각했는지 다시 미소를 지었습니다.

……휴우.

잘 얼버무린 걸까요?

"그래서 어디로 가는 건가요?"

"이제 곧 도착합니다. ……여기예요."

우리가 발걸음을 멈춘 장소는 어떤 건물 앞이었습니다. 보아하니 상회 같은데 그리 큰 규모는 아니었습니다. 귀족들이 주로 이용하는 커다란 상회가 아니라 평민들을 주요 고객층으로 삼을 것 같은 느낌의 상회입니다.

"투르 상회……? 뭐라도 사러 온 건가요?"

"아뇨, 뭘 사러 온 건 아닙니다. 여기 주인이랑 조금 할 얘기가 있어서요."

"흐응……? 뭐, 됐어요. 들어갈 거면 빨리 들어가자고요. 여기는 더워서 못 견디겠어요."

"그러니까 학교에서 기다리고 계셨으면……."

"빨 · 리 · 요!"

"넵."

또 아까 했던 얘기가 되풀이될까 봐 저는 서둘러 건물 안에 발을 들였습니다.

"어서 오십시…… 오?! 이, 이거 이거, 클레어 님 아니십니까. 이런 장소까지 친히 어쩐 일로……?"

서글서글한 인상을 가진 노년의 점주는 제 얼굴을 알아봤는지 저를 보자마자 당황하면서 황급히 뛰어나와 저를 맞이했습니다.

"용무가 있는 건 제가 아니에요. 자, 레이. 빨리 볼일을 마치도록 하세요."

두 사람을 향해 그렇게 말한 다음 저는 가게 구석에 있는 소파로 가서 등을 푹 기대어 앉았습니다. 그리고서 따분함도 달랠 겸 가게 안을 둘러봤습니다. 외관에서 느낀 대로 역시 이곳은 평민들을 상대로 하는 상회인가 봅니다. 지금 제가 앉아있는 소파처럼 응접용 소파를 갖다 놓기는 했지만 내밀한 상담을 위한 별도의 응접실을 따로 마련해 두지는 않은 모양입니다. 이래서야 비단 프랑소와 가문 같은 대귀족이 아니더라도 귀족들이 차분하게 상담을 나눌 수가 없어요.

"……대체 이런 곳에 무슨 볼일이 있는 걸까."

점주랑 대화하는 레이의 태도를 보니 아무래도 두 사람은 하루 이틀 알고 지낸 사이가 아니구나 싶었습니다. 평범한 메이드이자 왕립학교 1학년생에 불과한 레이가 상인과 어떤 끈이 있는 건지는 모르겠지만 상담을 하고 있는 레이는 진지한 얼굴이었습니다.

"후후, 뭐예요, 그런 표정도 지을 줄 알잖아요."

저랑 있을 때는 언제나 헤실헤실 풀어져 있던 레이의 표정이 지금은 다부지게 각이 잡혀 있어서 제법 멋있게 느껴졌습니다. 원래부터 외모는 나쁘지 않았어요. 평소 언동이 참 골치 아프기 그지없어서 그렇지.

"그건 그렇고…… 꽤 친해 보이네요."

적당히 웃음도 지으면서 대화를 나누는 친근한 기색이 묘하게 마음에 들지 않습니다.

"이성한테 그렇게 부주의하게 마음을 터놓지 말라고요, 레이."

아무리 나이 차이가 있다 해도 남녀는 남녀. 어떠한 경우로 불미스러운 일이 일어나지 말라는 법은 없습니다. 이건 질투 같은 저속한 감정이 아니에요. 레이한테 이상한 벌레라도 꼬이면 안 되니까요. 맞아요. 이건 고용주로서 가지는 의무감에서 나온 감정의 발로입니다.

"게다가, 레이도 참 눈치가 없네요."

제가 더위도 무릅쓰고서 같이 외출하자고 말하는 거니까 조금쯤은 이렇게…… 이렇게…… 그죠? 따, 따따따, 딱히 데이트라면 이래야 한다고 말하는 건 아니지만 조금 더 에스코트를 해준다거나.

"애초에 데이트가 어떤 건지 잘 모르겠단 말이죠."

물론 사교 경험이야 얼마든지 있으니까 귀족끼리 교제하는 경우라면 어떤 식인지 지식으로는 알고 있습니다. 박물관에서 예술작품을 감상하고, 음악회에서 음악을 즐기고, 살롱에서 식사를 겸한 담소를 나누는 게 대표적이겠죠.

하지만 그건 귀족끼리 사귈 경우입니다. 레이랑 저는 평민과 귀족. 평민과 귀족이 사귈 때의 노하우는 들어본 적이 없습니다.

"그러고 보니 카트린한테 빌린 책이 있었죠."

저는 가방에서 책을 꺼내면서 어젯밤에 나눈 대화를 떠올렸습니다.

"평민이랑 어떤 식으로 사귀면 좋을지 잘 모르겠다는 친구가 있다고—?"

"마, 맞아요."

저는 어디까지나 친구 이야기라고 둘러대면서 평민과 사귀는 법을 잘 모르겠다는 애가 있다고 카트린한테 상담을 요청했습니다.

"……헤에—, 흐응—, 호오—?"

"뭐, 뭔가요……."

2층 침대 위쪽이 아니라 제 침대 위에서 뒹굴거리며 책을 읽고 있던 카트린이 어째선지 히죽히죽 웃었습니다.

"그건 클레어 짱의 친구 이야기인 거지—?"

"그, 그래요."

"참고삼아 그 친구랑, 사귀는 상대의 특징을 물어봐도 될까—?"

"음, 그러네요."

저는 잠깐 생각한 다음.

"제 친구는 제법 높은 지위를 가진 귀족이에요. 성격이 드세고 솔직하지 못한 면이 있어서 표현이 서투른 심술쟁이예요."

"흐음흐음—?"

"상대방은 별난 사람이네요. 친구가 귀족이라는 점을 손톱만큼도 개의치 않고서 마구마구 밀고 들어오는 타입이에요. 친구는 요즘 들어 그 상대한테 복잡한 마음을 품기 시작했어요."

"클레어 짱이 자기 자신을 굉장히 객관적으로 보고 있어서 깜짝 놀랐어—."

"친구 얘기라고 했잖아요?!"

"……뭐, 그건 그렇다 치고—."

어흠, 하고 카트린이 헛기침을 했습니다.

"클레어 짱은 소설은 그다지 안 읽는 편이지?"

"아뇨? 적당히 읽는 편인데요?"

"하지만 읽는 장르가 편중되어 있을 거 같아—. 연애소설은 잘 안 읽잖아—?"

"그걸 어떻게 알았어요?"

"귀족과 평민의 신분 차이를 다룬 연애는 연애소설의 왕도인걸."

"그런 거예요?"

세상에는 아직도 제가 모르는 것들이 잔뜩 있네요.

"그러는 카트린은 지금 뭘 읽고 있는 건가요?"

"이거? 이건…… 장르는 뭐라고 해야 하나……. 소설은 소설
이긴 한데—."

"잠깐 이리 빌려주세요. 어디 보자? 쌍둥이 이스케이프?"

"아, 잠깐, 클레어 짱."

카트린이 읽고 있던 소설은 평민 자매의 일상을 그린 이야기
입니다. 드라마틱한 기복은 없지만 자매 두 사람이 나누는 따뜻
한 대화와 행동에서 독특한 맛이 느껴지는 신기한 소설입니다.

"돌려줘, 클레어 짱. 아직 읽는 중이란 말이야—."

"이 자매, 어쩐지 친근감이 확 느껴지네요."

"분명 기분 탓일 테니까 돌려줘—."

"아뇨, 잠깐 빌리도록 하겠어요."

"아직 반 밖에 못 읽었단 말이야—. 횡포라고—."

"야외활동 과제. 저랑 같이 갔던 걸로 꾸며서 리포트 대신 써
드릴게요."

"그건 2권이야—. 1권은 여기 있으니까 이걸로 가져가—."

이런 과정을 거쳐 지금 제 손에 들려 있는 게 1권입니다.

"그렇군요, 집에서 데이트…… 그런 것도 있는 거네요."

확실히 그거라면 시끄러운 사람들에게 방해받을 일도 없고, 레이도 괜히 이것저것 배려하느라 고생할 필요도 없겠어요. 좋은 아이디어일지도 모르겠습니다.

그러던 중 레이랑 점주의 상담이 끝난 모양입니다. 저는 책을 덮고서 일어났습니다.

"볼일은 다 끝난 건가요?"

"네, 일단은요. 한스 씨 그럼 이만 실례할게요."

"그래, 또 오도록 해."

"클레어 님, 돌아가죠."

"평안하시길."

우리는 밖으로 나왔습니다. 레이가 다시 양산을 씌워줍니다. 나쁘지 않네요.

"아직 통금시간까지는 꽤나 시간이 있네요. 저 배가 고파졌다고요."

"기숙사로 돌아가면 제가 뭐라도 만들어드릴게요."

밖에서 함께 식사를 하자고 은근히 권했는데도 레이는 제 의도를 전혀 눈치채지 못한 기색입니다.

"……둔감하긴."

"네?"

"아무것도 아니에요. 네네, 그래요. 돌아가자고요. 돌아가면 될 거 아니에요!"

왠지 심통이 나서 저는 레이를 두고 성큼성큼 걷기 시작했습니다.

"클레어 님, 피부가 햇볕에 타버려요."

"그런 건 아무래도 좋잖아요!"

"좋지 않아요. 클레어 님의 도자기와도 같은 피부에 기미라도 생긴다면 어떻게 해요."

당황한 기색으로 말하면서 쫓아오는 레이를 돌아보면서 저는 이렇게 물었습니다.

"……만약 그러면 저를 싫어하게 될 건가요?"

"그럴 리가요."

즉답이었습니다. 아마 레이가 듣기엔 아무 맥락도 없이 던져진 뜬금없는 질문이었을 텐데도 일말의 망설임조차 없었습니다.

"그래요…… 흐응……."

저도 모르게 실룩이는 입꼬리를 필사적으로 억누르면서 솟구쳐 오르는 기쁨을 곱씹었습니다.

그런데,

"클레어 님, 오늘 어쩐지 이상하신데요?"

레이도 참, 이런 소리나 하는 겁니다.

"누구 때문이라고 생각하는 거예요!"

"에엥……."

저도 모르게 쏘아줬더니 레이는 뭔가 불합리한 말이라도 들었다는 것처럼 억울한 표정입니다. 어휴, 지금 표정을 찡그리고 싶은 건 제 쪽인데.

"빨리 돌아가자고요! 돌아가면 크렘 브륄레를 만들도록 하세요!"

"허어⋯⋯."

일단은 그걸로 용서해 드리겠어요.

"⋯⋯모처럼 같이 외출했는데."

"지금 뭔가 말씀하셨나요?"

"레이는 바보라고 말했어요!"

"그래서, 클레어 님. 어째서 제 방에서 책을 읽으시는 건가요?"

"좋알좋알 시끄럽네요. 요즘은 이런 게 유행이에요."

"그런 거야? 미샤?"

"⋯⋯나한테 묻지 말아 줘."

"어머?"

"어라?"

바캉스 출발까지 며칠 안 남은 어느 날. 제가 단골 디저트 가게로 발걸음을 옮겼을 때, 거기서 레이랑 딱 마주쳤습니다. 일부러 저 혼자 따로 나온 거였는데 여기서 만날 줄이야.

"별일이네요. 클레어 님이 이런 평민들이 이용할 법한 가게에 오시다니."

"여기에서만 맛볼 수 있는 디저트가 있거든요. 게다가 그렇게 따지자면 블루메도 평민이 운영하는 가게예요."

"그렇군요. 맛만 있으면 그만이라는 거네요."

"그런 거죠."

"한마디로 클레어 님은 먹보라는 뜻."

"뭐라고요?!"

어쩌면 틀린 말은 아닐지도 모르지만 레이한테 그런 소리를 들으니 화가 나요.

"그래서? 당신은 뭐 하러 여기에 온 거예요?"

"저는 시장 조사…… 가 아니라 요즘은 어떤 디저트가 유행하는 걸까 해서요."

"한 마디로 그냥 구경 중이라는 거군요."

"그렇다고도 할 수 있죠."

뭐, 평민의 주머니 사정으로는 마음껏 디저트 같은 사치품을 살 수는 없겠죠. 선뜻 대답하는 레이의 어깨에 앉은 레레어가 몹시 흥미롭다는 듯이 가게 안을 두리번거리고 있었습니다.

"어쩔 수 없네요. 제가 뭐라도 사드리겠어요. 원하는 걸 골라 보세요."

"어? 그래도 돼요?"

"이 정도는 귀족의 배포인 거예요."

저는 그 말과 함께 레이를 데리고 가게 안으로 들어갔습니다. 고급 요리점인 블루메와 비교하면 격이 좀 떨어지지만 그래도 평민을 상대로 하는 가게치고는 적당히 깔끔한 실내입니다. 불특정 다수를 상대로 하는 가게라기보다는 아는 사람만 아는 명소 같은 분위기라 제 취향에도 꼭 맞았습니다.

"……어쩐지 묘하게 정령교도가 많지 않나요?"

"이제야 깨달은 거예요? 여기는 수녀분들의 쉼터이기도 하거든요."

이 가게는 정령교회의 총본산인 바우어 대성당과 가까운 곳에 있습니다. 수녀들의 사회적 신분은 결코 낮지 않지만 주머니 사정은 평민들과 그다지 다르지 않습니다.

그런 수녀분들을 딱하게 여긴 가게 주인이 정령교도를 대상으로 할인 서비스를 개시했습니다. 정령교도의 증표인 로사리오를 보여주면 몇 할 정도 가격 할인을 받을 수 있다나요. 가게에 따로 마련된 카페 공간에선 수녀복을 입은 수녀분들이 다과를 즐기고 있었습니다.

"헤에—. 그랬군요."

"그래서? 뭘 살지 정했어요?"

"아, 잠깐만 기다려 주세요. 의외로 품목이 잘 갖춰져 있어서 조금만 더 고민해 보겠습니다."

"그러면 저 먼저 계산하고 올 테니까 당신은 살 걸 정하고 얘기해 줘요."

"네에—."

유리 진열장에서 시선을 떼지 못하는 레이를 보며 풋, 하고 살짝 웃으면서 제 것부터 먼저 계산하기로 했습니다. 레레어 용 간식도 같이 사도록 하죠.

"평안하세요."

"이거 클레어 님 아니신가요. 매번 이용해 주셔서 고마워요."

온후한 웃음으로 저를 맞아준 사람은 이 가게의 여주인이었습니다. 디저트 가게 주인답게 풍채가 좋고 앞치마가 잘 어울리는 여성입니다.

"오늘도 이거랑 이걸로 부탁드리겠어요."

"리코리스 사탕은 괜찮으신가요?"

"그건 오늘은 됐어요."

카트린이 제일 좋아하는 과자인 리코리스 캔디도 항상 여기서 사고 있습니다. 이 가게는 수도 중심가에선 좀 떨어진 곳에 자리 잡고 있고, 약간 독특한 디저트를 주로 취급합니다. 카트린 한테도 여러 번 같이 가자고 권해봤지만, 카트린은 어째선지 마차에 타는 걸 완고하게 거부하기 때문에 데려올 수 없었습니다.

"딸기 찹쌀떡이랑 허브 비스킷이네요. 700골드입니다."

"계산은 이걸로. 거스름돈은 필요 없——."

"뭐어?!"

진열장 앞에서 미동도 없던 레이가 돌연 깜짝 놀란 듯이 외치면서 이쪽으로 시선을 돌렸습니다. 어깨에 있던 레레어가 놀라서 굴러떨어집니다.

"무, 무슨 일인가요?"

"지금, 말도 안 되는 단어가 들린 것 같아서."

"말도 안 되는 단어?"

"딸기 찹쌀떡이 어쩌고."

"그게 왜 말도 안 되는 단어인가요."

레이는 참 이상한 소리를 하네요. 저는 떨어진 레레어를 주우면서 되물었습니다.

"어? 딸기 찹쌀떡이 있는 건가요."

"그야 당연히 있고말고요. 수녀분들한테도 큰 인기인 상품인데요?"

"에에엑…… 이 세계 디저트는 뭔가 이상하지 않아……?"

레이는 아무래도 충격을 받은 모양인지 딸기 찹쌀떡을 보면서 뭐라 뭐라 중얼거리고 있었습니다.

"클레어 님, 딸기 찹쌀떡은 사실 왕국에선 비교적 역사가 짧은 디저트랍니다."

레이랑 제가 나누는 대화를 들은 여주인이 설명해 줬습니다.

"어머? 그랬나요?"

"네. 원래는 동쪽에 있는 섬나라에서 유래된 디저트라는 모양이에요. 겨자랑 같은 출신이죠."

그러고 보니 동방에 있는 나라엔 레이처럼 흑발 흑안을 가진 사람이 많다고 들었죠. 레이한테도 그쪽 피가 흐르고 있는 걸까.

"제가 철이 들 무렵부터 이미 있었으니까 분명 옛날부터 계속 존재했던 디저트라고 생각했어요."

"밀리아 님은 클레어 님을 정말 몹시도 아끼셨으니까요. 딸기가 들어간 흥미로운 디저트가 있다는 말을 듣자마자 바로 사러 오셨거든요."

"……그래요…… 어머님이……."

생각지도 못한 곳에서 어머님의 이야기를 듣자 감정이 복받칩니다.

"그런데 클레어 님, 그건…….."

"네?"

여주인이 손가락으로 가리키는 건—— 레레어였습니다.

"아, 이 애는 괜찮아요. 레이의 종마예요."

"종마……. 길들여진 마물이라던…… 정말로 존재했군요."

종마가 신기하기도 하고 레레어가 귀엽기도 해서 그런지 어느새 주변 여성들이 레레어를 둘러싸고 있었습니다. 다들 레레어한테 과자를 먹여주는 중입니다.

훈훈한 광경을 보며 저도 모르게 뺨이 느슨해져 있었던 걸 깨닫고서 얼버무리듯이 화제를 돌렸습니다.

"그나저나 점장, 요즘 별다른 일은 없나요?"

원래 평민과 이런 대화를 나누는 건 그야말로 시간 낭비에 불과하겠지만 이 가게는 오랜 옛날부터 이용한 단골 가게입니다. 이렇게 한두 마디 안부 정도는 물어볼 때도 있습니다.

"글쎄요…… 별일은 없지만. 요즘 들어 단골이었던 애들 몇몇이 가게에 통 오질 않아서 서운한 정도일까요."

"그 애들한테 무슨 일이라도?"

"듣자 하니 다른 지부로 옮겨가게 됐다는 모양이에요. 인사도 없이 그냥 갈 애들은 아니었는데요."

"……뭐, 상황이 여의치 않았겠죠."

"그런 거였을까요. 다들 정말 귀여운 애들이었는데…… 그런데 이번 달 들어서만 벌써 세 명 째거든요."

"그건 서운할 만도 하네요."

이때 저는 전혀 깨닫지 못했지만 이건 어떤 사건의 전조였습니다. 그걸 알게 되는 건 좀 더 나중의 일입니다.

"클레어 님, 저도 딸기 찹쌀떡으로 하겠습니다."

"네네. 점장, 이것도 같이 계산해 줘요."

"알겠습니다. 포장해 드리겠습니다."

"부탁할게요."

기다리는 동안 레이와 함께 가게 안을 둘러봤습니다. 카페 공간에서 친구들끼리 대화를 나누는 수녀들은 평소의 정갈한 분위기를 누그러뜨리고 밝은 기색으로 편하게 휴식을 즐기고 있었습니다. 개중에는 우리와 비슷한 나이로 보이는 수녀들도 있습니다. 분명 얼마 없는 용돈을 써서 즐기는 귀중한 시간이겠죠.

"오래 기다리셨습니다, 클레어 님. 여기 받으세요."

"고마워요. 레레어, 이제 가자고요!"

순식간에 수녀들의 마음을 사로잡은 레레어는 과자를 잔뜩 받아서 매우 만족한 모양입니다. 아쉬움을 감추지 못하는 수녀들의 손을 떠나 제 손 위로 폴짝 뛰어올랐습니다.

"점장, 다음에 또 올게요."

"다시 찾아주시길 기다리고 있겠습니다."

저는 가게를 나왔습니다.

"설마하니 딸기 찹쌀떡한테 선수를 빼앗길 줄이야……."

"역시 당신의 본가는 동방 출신인가요?"

"네? 아, 아뇨, 그게…… 그렇기도 하고 아니기도 한데요."

"또 영문 모를 소리를 하긴."

뭐, 레이가 이해 못 할 소리를 하는 거야 하루 이틀 일이 아니니까요. 참 어쩔 수 없다고 생각하면서 레레어를 레이의 어깨 위에 올려줬습니다.

"당신은 이다음 어떻게 할 건가요?"

"별다른 용건은 없으니까 클레어 님의 짐도 들어드릴 겸 동행하고자 합니다만."

"좋아요. 하지만 딸기 찹쌀떡은 망가지기 쉬우니까 어디 들리는 일 없이 바로 돌아가는 게 좋겠지만요."

"아쉽네요. 클레어 님이랑 데이트를 할 수 있을 줄 알았는데."

"데, 데데데, 데이트?!"

데이트라는 단어는 저를 동요하게 만들기에 충분한 위력을 가지고 있었습니다. 바로 요전번에 실패로 끝났던 데이트에 재도전할 찬스가 눈앞에……?

"그, 그렇다면야 어울려주지 못할 것도 없―."

"하지만 딸기 찹쌀떡을 사러 나오신 거죠. 자요, 어서 돌아가죠."

"……."

"클레어 님?"

"지이이이인짜로 당신은 그런 부분이 문제라고요!"

"어어? 왠지 억울하게 혼나는 느낌인데요?!"

결국 이날 우리는 그대로 기숙사로 돌아왔습니다. 데이트를 만회할 기회는 또 다음으로 미뤄야 할 모양입니다.

훌쩍.

평민 주제에
건방지군요!

막 간

로렛타의 가출
(피피 발리에)

"피피, 피피!"

"왜 그러세요, 아버님. 그렇게 허둥지둥."

바캉스 기간을 맞이해 집으로 돌아와 방에서 바이올린 연습을 하고 있을 때였다. 아버님이 급하게 나를 부르는 목소리가 들렸다. 연주하던 손을 멈추고 대답하자 바로 문이 벌컥 열렸다.

패트리스 발리에 남작―― 우리 아버지다. 아버님은 클레어 님의 가문인 프랑소와 가문 파벌에 속해있는 재무부 관료다. 능력은 있지만 요령이 없고, 머리는 좋은데 담이 작고 소심한 사람―― 아버님은 빈말로도 좋다고는 말하기 힘든 평판을 듣는 분이다. 하지만,

『그렇게 말하는 사람들은 그냥 내버려 두면 그만이란다.』

그러면서 자신의 평판을 가볍게 웃어넘기는 아버님을 진심으로 존경하고 있다.

"피피, 피피, 큰일이다!"

"무슨 일이세요, 아버님. 일단 진정하세요."

"진정하라고 해도 말이다!"

"네네, 여기 물 좀 드세요."

본인은 웃어넘겨도 아버님이 소심한 성격이라는 건 부정할 수 없는 사실이라, 이런 못 미더운 모습은 보고 싶지 않은 게 딸의 심정이다.

"후우……. 고맙구나, 피피."

"별말씀을요. 그나저나 무슨 일 있으셨어요?"

"아, 그렇지. 로렛타 쨩이 가출을 했다는구나."

"……네?"

저도 모르게 얼빠진 목소리로 되물었다. 로렛타가…… 가출……?

"자세히 얘기해주세요."

"응. 바캉스 기간이 시작됐는데도 로렛타 짱이 좀처럼 집에 돌아오지를 않아서 크글렛 백작이 학교에 문의한 모양이야."

"그런데요?"

"그랬더니 기숙사 방 책상 위에……."

──찾지 말아 주세요.

그렇게 적힌 편지가 놓여 있었다고 한다.

"……어머나."

"어머나, 라니 그런 태평한 소릴 할 때가 아니야, 피피! 로렛타 짱한테 무슨 일이라도 있으면 어떻게 하겠느냐?!"

"진정하세요, 아버님."

"지금 이게 진정할 상황이냐, 이 말이다!"

아버님은 어지간히도 초조한 모양이었다. 크글렛 가문과 우리 발리에 가문은 가족과도 같은 돈독한 사이다. 그런 만큼 아버님은 로렛타를 자기 딸처럼 여겼다. 딸이 가출했다는 소리를 들었는데 동요하지 않는 쪽이 이상하다.

"로렛타는 귀족이에요. 평민과는 다르게 운신이 자유로운 입장이 아니죠. 그러면 자연히 고를 수 있는 선택지도 한정적이에요."

"그 말은?"

"소지품을 현금으로 바꾼다고 해도 기껏해야 며칠 정도 움직일 수 있는 금액에 불과하겠죠. 게다가 귀족은 다들 자신을 돌봐줄 시종이 있는 걸 전제로 생활하잖아요."

"흐음흐음?"

"애초에 로렛타는 그런 부분에서 그다지 요령이 있는 편이 아니에요. 그러니까 아마 로렛타가 모습을 드러낼 곳은——."

그때 방문을 노크하는 소리가 울렸다.

"주인님, 아가씨, 실례하겠습니다."

"세바스찬, 지금은 급한 상황이다. 나중으로 미뤄주게."

"아뇨, 그게——."

"괜찮아요, 세바스찬. 그녀가 온 모양이죠?"

"네, 말씀하신 대로입니다."

내가 한발 앞서 말을 꺼내자, 집사인 세바스찬은 난처한 얼굴로 끄덕였다.

"그녀? ……설마."

"말씀드렸잖아요, 선택지는 얼마 없었을 거라고."

그렇다. 바로 로렛타가 찾아온 것이다.

"클레어 님의 바캉스를 미행할 생각이야."

친구끼리 있는 편이 얘기를 꺼내기도 쉬울 거라는 아버님의 제안에 따라 일단은 로렛타를 내 방으로 데려왔다. 아버님은 한시라도 빨리 크글렛 가문에 연락을 넣으려고 했지만, 내가 그건 잠시 기다려 달라고 부탁드렸다. 로렛타는 왜 가출을 하겠다고 마음을 먹은 걸까. 먼저 사정을 들어본 다음에 연락해도 늦지 않을 거라고 생각했기 때문이다.

"클레어 님을? 왜?"

"그 레이라는 애, 무진장 수상하잖아!"

로렛타의 험악한 표정을 보자마자, 아, 이거 안 되겠구나, 싶은 생각이 들었다.

"레이가 수상한 거야 새삼스러운 일이잖아. 예전부터 걔는 이상한 애였다고."

"그래, 맞아. 하지만 내가 하고 싶은 말은 그런 뜻이 아니야. 클레어 님의 반응을 봤지? 무슨 말인지 알잖아?"

"그치……."

로렛타가 무슨 말을 하고 싶은 건지는 알고 있다. 레이라는 평민이 클레어 님한테 치근대는 거야 하루 이틀 일이 아니다. 그리고 클레어 님은 항상 그걸 짜증스럽게 여겨왔다. 하지만 요즘들어 클레어 님이 레이를 보는 눈빛에 다른 감정이 섞이기 시작했다.

지금 내 눈앞에 있는 애가 클레어 님을 바라볼 때 보내는 눈빛과 똑같은 감정이.

"클레어 님은 분명히 그 애한테 속고 있는 거야. 혹여나 불미스러운 일이 일어나지 않도록 내가 지켜드려야 해."

"……그, 그래."

비장한 표정으로 각오를 다지는 로렛타 옆에서, 나는 남몰래 한숨을 쉬었다. 로렛타가 클레어 님에게 연심을 품고 있다는 건 로렛타랑 친한 애들이라면 누구나 다 아는 사실이다.

아직도 눈치 못 챈 사람은 클레어 님 본인뿐. 아마 레이조차 알고 있겠지. 이렇게 눈에 뻔히 보이는데 정작 당사자만 모르다니, 클레어 님도 참 죄 많은 사람이다.

"구체적으로는 어떻게 할 건데? 돈은 어쩌고?"

"수중에 있던 장신구들을 몇 개 팔았으니까 돈은 염려할 필요 없어. 하지만 낯선 동네다 보니 유클레드에 도착한 다음 일까진……."

"일단 저지르고 보자는 거네."

"그런 식으로 말하지 마."

로렛타가 울상을 지었다. 그런 표정 짓지 말라고.

"하지만 꼭 그런 이유만 있는 게 아니잖아? 로렛타."

"어?"

"사실은 집에 돌아가고 싶지 않아서 그런 것도 있지 않아?"

"……피피한테는 숨길 수가 없네."

"오랫동안 함께 지낸 사이인걸."

멋쩍은 기색으로 웃는 로렛타를 보며 나도 쓴웃음을 지었다.

"응, 인정할게. 솔직히 지금은 집에 돌아가고 싶지 않아. 지금 나는 클레어 님이랑 음악에 대한 생각만으로도 벅차니까."

"집에 돌아가면 거기에 신경 쓸 여유가 없어지겠지."

로렛타는 바우어에서 첫 여성 군인이 될 거라는 기대를 받고 있다. 집에 돌아가면 바로 바캉스 기간 내내 훈련에 매진하게 될 게 분명하다.

"어리광이나 마찬가지라는 건 알아. 하지만 클레어 님도, 음악도, 나한테는 둘 다 중요해."

"알고 있어. 나는 어리광이라고 생각 안 해. 로렛타는 지금도 잘하고 있어."

"……고마워."

로렛타는 수줍어하며 웃었다.

"이렇게 된 거 어쩔 수 없으니까 크글렛 아저씨한테는 내가 대신 잘 말해줄게."

"——! 고마워, 피피!"

"그 대신!"

"?"

"그 대신 나도 같이 데려갈 것."

"피피도 함께 와주는 거야?"

로렛타가 미아가 됐다가 엄마를 찾은 아이 같은 표정을 지었다. 나는 로렛타의 이런 표정에 약하다.

"로렛타 혼자선 걱정되는걸. 게다가 나도 나름대로 조사하고 싶은 게 있으니까."

"고마워. 솔직히 혼자서는 불안했어."

"괜찮아, 친구잖아."

친구라고 말하는 순간 왠지 가슴을 찌르는 통증을 느꼈다. 어째서……?

"그렇게 정해졌다면 크글렛 백작한테 연락해야겠구나!"

"우왓?!"

문을 벌컥 열고 들어온 건 아버님이었다. 정말이지 걱정도 태산이라니까.

"아버님, 엿듣기는 그다지 칭찬할 만한 취미가 아닌데요?"

"그건 그거고, 이건 이거다! 피피가 옆에 붙어 있으면 걱정할 건 없겠지만 백작한테는 꼭 미리 연락을 해두도록 하려무나. 많이 걱정하고 있었단다."

"……죄송합니다."

"백작님한테는 제가 잘 설명해둘 테니까 아버님도 그만 방으로 돌아가세요."

"알겠다. 그래도 유클레드까지 간다면 꼭 준비를 잘하고 가야 한다?"

"물론이에요."

"좋아좋아."

만족한 얼굴로 고개를 끄덕이면서 아버님은 방을 나갔습니다.

"패트리스 님은 여전하시네."

"참 곤란한 아빠야."

"그래도 나는 패트리스 님이 좋아. 우리 고집불통 아빠랑은 천지 차이인걸."

"그런 식으로 말하지 말라니까. 크글렛 아저씨는 좋은 분이야."

"……미안."

로렛타는 겸연쩍은 기색으로 머리를 쓸었다.

그 후, 나는 크글렛 백작가에 연락해서 로렛타가 잠시 발리에 가문에 머물게 됐다는 것과 내가 옆에 붙어 있으니까 안심해 달라는 말을 전했다. 크글렛 백작은 외동딸이 꾹꾹 참다가 가출했을 거라며 하나부터 열까지 잘 부탁한다고 대답했다.

"그럼, 피피."

"응, 로렛타."

──자, 가자. 유클레드로.

【막간 · 끝】

눈 깜짝할 사이에 바캉스를 떠나는 날이 찾아왔습니다. 프랑소와 가문 별장으로 떠나는 여정. 아버님, 저, 미샤, 레이까지 넷이서 흔들리는 삼두마차를 타고 가는 중입니다. 어차피 가는 길이 똑같다는 이유를 들어 탐탁지 않아 하는 아버님을 설득해서 레이와 미샤를 동석시켰습니다. 앉아있는 순서는 마차 앞쪽 자리에 레이와 저, 뒤편에 아버님과 미샤, 라는 배치입니다.

아버님은 부모로서, 또 귀족으로서 저를 옆에 앉히려고 했기 때문에 저랑 한바탕 실랑이를 벌였지만, 결국에는 제 의견을 밀어붙이는 데 성공했습니다.

"거기서 나는 이렇게 말했단다. 당신의 말은 헛소리나 다름없어. 귀족 없이 왕국의 정치는 성립하지 않는다, 라고."

유쾌한 기색으로 열심히 떠드는 사람은 아버님입니다. 정치인다운 힘차고 당당한 말투가 꽤 듣기 좋았지만 똑같은 얘기만 계속 되풀이하는 건 적당히 해주셨으면 싶어요.

"아버님. 그 얘기는 이미 들었어요. 벌써 몇 번째라고 생각하시는 건가요."

"응? 그랬던가? 그럼 다른 이야기를 하지. 이건 클레어가 막 태어났을 무렵의 이야기인데 말이지——."

아버님은 그러면서 다른 이야기를 꺼냈지만 그것도 고작 몇

분 전에 이미 했던 얘기입니다. 레이랑 미샤도 방금 들었던 얘기인 걸 아는지 쓴웃음을 짓고 있었지만 저 두 사람이 아버님께 그만하라고 할 수는 없죠.

신분 차이가 워낙 크니까요.

친딸인 저라면 아버님을 말릴 수 있겠지만 저도 귀족가의 영애입니다. 교양을 갖춘 레이디로서 아버님이 하시는 말씀을 계속 막을 수도 없는 노릇입니다.

아버님이 꺼내는 주제는 거의 다 옛날에 아버님이 세운 공적들에 관련된 얘기였습니다. 아버님은 재무장관, 쉽게 말해 국가의 금고지기입니다. 다른 부서가 재무부보다 아래라는 뜻은 결코 아닙니다만, 돈의 흐름을 쥐고 있는 직위라는 건 막강한 영향력을 가지는 법입니다. 정치가들과 관료들이 만드는 법안이나 정책도 아버님의 협력 없이는 성립될 수 없습니다. 결과적으로 아버님은 온갖 법안이나 정책의 성립에 관여하셨고, 그걸 자신의 공적이라 여기고 계십니다. 사실 틀린 말은 아니니까 그 점에 대해선 이론이 없습니다.

하지만——.

"클레어. 아직 젊고…… 거기다 여자인 너로서는 모르겠지만 정치라는 건 말이다, 이상만으론 움직이지 않는 거란다."

"하아……."

아버님이 이야기의 화살을 제 쪽으로 돌렸습니다. 여자니까 이해 못 할 거라는 소리에 살짝 울컥하는 감정을 느꼈습니다. 그야 정치판의 주역은 남성 귀족들이겠지만 여성은 여성 나름의 문제의식을 가지고 있는 법입니다. 만약 여성한테도 참정권이 부여됐다면 분명 지금쯤 유능한 여성 정치가도 존재했겠죠.

하지만 그렇다고 그런 생각을 입 밖으로 낼 수도 없는 노릇. 저는 도움을 요청하려고 레이 쪽에 시선을 던졌습니다.

"도르 님. 클레어 님의 어린 시절은 어땠나요?"

"그거야 뭐 당연히 천사 그 자체였지! 이 세상에 클레어보다 사랑스러운 존재는 없었어!"

그러자 레이는 아버님이 반색할 만한 화제를 꺼내서 능숙하게 대화의 흐름을 바꿨습니다. 재무장관이자 백전노장의 정치가인 아버님마저 능수능란하게 다루다니, 우리 레이는 어쩜 이렇게 유능할까요.

제가 살짝 감동하고 있었을 때 미샤가 레이를 향해 말했습니다.

"너, 도르 님을 상대로 직접 대화를 할 수 있다니 대단하네……."

"어째서? 미래의 시아버지인데?"

"너, 도르 님을 상대로 그런 농담을 할 수 있다니 대단하네……."

레이의 대담한 발언에 질렸다는 표정을 짓는 미샤의 얼굴에선 숨길 수 없는 피로함이 엿보였습니다. 레이와는 달리 한때는 귀족이었던 미샤 입장에선 아버님의 존재가 굉장한 압박감으로 다가오겠죠. 평민 신분이 된 지금은 옆자리에 앉아 있는 것만으로도 가시방석일 텐데, 하물며 직접 대화를 나누는 건 엄두조차 안 난다는 게 미샤의 솔직한 마음 아닐까요.

"뭐, 이 내가 평민에게 대화를 허락하는 것도 클레어가 허락한 상대니까 그런 거다. 그러지 않고서야 애초에 마차에 동석하는 일조차 어림도 없지."

"각하와 클레어 님의 하해와 같은 마음씨에 감사드립니다."

"음."

레이가 겸손한 말투로 말하자 아버님이 만족스럽게 고개를 끄덕입니다. 그건 평민이 취해야 할 태도로서 매우 적절한 행동이었지만 저는 어쩐지 그게 마음에 들지 않았습니다.

"그런데 클레어. 이 평민과 꽤나 허물없이 친밀하게 지내는 모양이구나. 처음에는 그렇게나 싫어했으면서 무슨 바람이 분 거냐?"

"……딱히 지금도 그렇게 허물없는 사이는 아니에요."

이건 진심입니다. 조금 더 거리감 없이 가까워지고 싶지만 그런 제 의도가 성공적으로 잘 풀리고 있다는 생각은 안 듭니다. 사랑의 천칭 때 이후로 오늘까지 우리 사이에 눈에 띄는 진전은 아무것도 없습니다.

"그런가? 클레어, 너는 귀족치고는 마음씨가 너무 상냥해. 자신의 상냥함을 베풀 상대를 신중하게 골라야 한다."

아버님은 철없는 딸을 타이르는 어조로 말했습니다. 아마 아버님은 부모로서 우러나오는 마음에 그렇게 말한 거겠죠. 그걸 알고 있기에 저도 짜증이야 났지만 말대꾸 없이 순순히 고개를 끄덕였습니다.

"그러지 않으면 또 똑같은 실수를 반복하게 될 테니까 말이지…… 그 배신자 오르소같이 말이야."

아버님이 그 이름을 입에 담기 전까지는요.

"아버님!"

"오랜 기간 보살펴줬는데 말이야. 그야말로 창부나 다름없는 여자였어. 제국과 내통해서 왕국에 창끝을 겨누다니 사형을 시켜도 시원찮지."

정말이지 폐하도 무르시군, 하고 악담을 퍼붓는 아버님의 표정에서 주저나 망설임의 기색은 조금도 찾아볼 수 없었습니다.

진심으로—— 정말 진심으로 그렇게 말하는 것처럼 들렸습니다. 저는 목구멍 끝까지 치솟은 여러 가지 말들을 전부 눌러 삼키는 게 고작이었습니다.

머리로는 알고 있습니다. 따지고 보면 아버님의 말이 옳고, 레네가 저지른 죄는 사형으로도 부족한 큰 죄겠죠. 어떤 사정이 있었다고 한들 레네는 용서받을 수 없는 짓을 했습니다.

하지만 저에게 있어서 레네라는 존재는 그런 옳고 그름 따위 아무래도 좋을 정도로 무엇과도 바꿀 수 없는 소중한 사람이었습니다. 그래서 저는 참았습니다. 아버님이 그 두 사람을 아무리 폄하하더라도 묵묵히 참을 생각이었습니다.

그런데——.

"거기다가 그 여자, 친오빠와 관계를 가졌다고 했던가. 그런 자가 클레어의 옆에 있었다는 사실만으로도 클레어를 더럽히는 것 같은——."

"적당히 하세요!"

레네를 업신여기는 말들이 쏟아지자 저는 결국 거친 목소리로 아버님의 말을 잘랐습니다. 아버님은 깜짝 놀란 표정으로 저를 바라봤습니다. 제 옆에 앉아있던 레이는 올 게 왔다는 듯이 머리를 감싸 쥐고 있습니다.

"클레어……. 너의 상냥한 성격은 알고 있지만 그런 자를 변호하는 건——."

"입 다무세요, 아버님. 그 이상 레네를 나쁘게 말하는 건 아무리 아버님이라도 용서할 수 없으니까요."

또다시 레네의 험담을 쏟아내려 하는 아버님에게 저는 분노를 억누르지 못하고 날카롭게 말했습니다. 아버님은 제 기세에 눌린 것처럼 입을 다물었습니다.

저는 말을 이었습니다.

"분명히 레네가 한 행동은 용서받을 수 있는 일이 아니었어요. 그 부분에 대해선 아버님이 말씀하신 대로예요. 하지만 그녀에게는 그녀 나름의 고뇌와 아픔이 있었다고요……."

친오빠를 상대로 사랑에 빠져버렸다는 사실에 레네가 품은 괴로움이 어떻지는 레네 스스로밖에 모를 겁니다. 저로서도 상상만 해볼 뿐입니다. 그런데 그걸 가지고 남이 뭐라고 하는 건 너무 지나친 거 아닌가요.

"레네는 벌을 받고 있어요. 이제 더 이상 말하지 말아 주세요. 저는 지금도 그녀를 소중하게 여기고 있으니까요."

레네는 저를 배신했습니다. 그녀는 저보다 램버트를 선택한 겁니다.

그럼에도.

그럼에도 레네는 여전히 제게 소중한 메이드—— 아뇨, 언니나 마찬가지입니다.

그러나——.

"클레어, 그건 귀족의 사고방식이 아니다. 고치도록."

아버님은 차가운 목소리로 말했습니다.

"귀족이란 사람을 지배하는 자다. 배려심이란 사람을 지배하기 위한 방편일 뿐이지 개인적인 감상에 젖으라고 있는 게 아니다."

"저는 감상에 젖어있는 게 아니라——!"

"그렇다면 자신을 배신한 메이드를 배려해서 얻을 수 있는 이득은 무엇이냐? 지금 네가 입에 담고 있는 말을 다른 귀족들이 듣는다면 어떻게 될까?"

저는 말문이 막혔습니다. 이래서야 대화가 통하지 않습니다. 저는 감정에 기반을 두고 발언했지만, 아버님이 말하는 내용의 저변에는 귀족의 논리가 깔려 있습니다. 대부분의 경우 그 두 가지는 서로 양립할 수 없습니다. 그리고 제가 어느 쪽 논리를 따라야 할지는 이미 명백합니다.

"클레어, 너는 나를 실망하게 만들지 않기를 바란다."

"……."

"대답은 어떻게 된 거냐."

"……."

"클레어."

"……네."

저는 아버님의 추궁에 가까스로 대답했습니다. 분해서 몸이 찢겨나가는 기분이었지만 아무런 반론도 할 수 없었습니다. 왜

냐하면 저는 뿌리부터 귀족이니까요. 지금까지 제가 저답게 살아올 수 있었던 건 제가 귀족이었기 때문입니다. 그런데 자기가 불리할 때만 모른 척 그 사실에서 눈을 돌리는 건 무책임한 행동입니다.

옳은 건 아버님입니다. 저는 잘못된 거겠죠. 저는 힘없이 고개를 숙였습니다.

그때——.

"……!"

저는 레이를 향해 살짝 시선을 돌렸습니다. 레이가 아버님한테는 보이지 않는 각도에서 제 손을 잡아줬기 때문입니다. 손에서 느껴지는 부드러운 감촉과 온기에 저도 모르게 눈물이 나올 것 같았습니다. 가볍게 쥐어온 레이의 손을 힘주어 맞잡았습니다.

말로 표현할 수는 없었습니다. 하지만 지금 우리들에겐 말로 하지 않아도 전해지는 무언가가 분명하게 있었습니다.

평민 주제에
건방지군요!

막 간

레이 테일러 신원조사
(피피 발리에)

"여기가 유클레드구나. 작은 마을이지만 좋은 곳이네."

유클레드에 도착한 우리는 마차 여행으로 잔뜩 굳어 있던 몸을 풀어주면서 주변을 둘러봤다.

"그야 그렇지. 프랑소와 가문이 별장을 둘 정도인걸. 살기 좋은 마을이야. 생선도 맛있고."

"로렛타는 몇 번쯤 온 적이 있다고 했었나?"

"응. 클레어 님이랑 같이 바캉스를 왔었어."

"……그랬구나."

이유를 알 수 없는 가슴속의 통증을 외면하면서 나는 로렛타를 보며 웃었다.

"그래서 도착한 건 좋은데 이제부터는 어떻게 할 거야?"

"어? 그걸 나한테 묻는 거야?"

"……로렛타, 너 아무런 생각도 없는 거지."

"그치만 피피가 같이 와준다고 했으니까 이후 일들은 맡겨두면 되겠지 싶어서……."

말하면서도 점점 말꼬리가 기어들어가는 로렛타가 귀여워서 나도 모르게 웃음이 터졌다. 나한테 의지하는 모습이 싫지 않았다. 아니 오히려 기쁜 데다 의욕도 솟는다.

"확인해두겠는데 이번 여행은 레이 테일러에 대해 조사하기 위해서지?"

"맞아. 그 애의 마수에서 클레어 님을 지켜드리는 거야."

"그러면 먼저 탐문 조사부터 해볼까."

"탐문 조사?"

이곳 유클레드는 프랑소와 가문의 별장이 있는 곳이기도 하지만 동시에 레이의 고향이라고 한다. 그렇다면 마을 사람들에게 물어보면 그녀가 어떤 사람인지 좀 더 명확하게 알 수 있을지도 모른다.

"과연…… 재미있을지도."

"재미있어하면 안 되지. 진지하게 하는 거야."

"그래, 미안. 재미있겠다는 건 말이 그렇다는 거야. 조사는 성실하게 할 테니까."

"그래? 그럼 됐고. 자, 먼저 숙소를 잡고 옷부터 갈아입자."

"어? 옷부터 갈아입어?"

로렛타는 당장이라도 탐문을 시작하고 싶은 모양이다.

"우리 옷차림만 봐도 여행 온 귀족인 줄 바로 알걸? 이런 모습으로 탐문조사를 해봤자 제대로 된 대답이 나올 거라고 생각해?"

"앗, 그렇구나."

로렛타도 납득한 것 같다.

"자, 갈아입고 오자. 귀족 전용까진 아니지만 제법 괜찮은 숙소를 미리 잡아뒀으니까."

"역시 피피야. 믿음직스러워."

숙소에서 평민 차림으로 옷을 갈아입은 우리는 곧바로 거리로 나와 탐문 조사를 시작했다.

"레이 짱? 아아, 테일러 씨네 따님 말이지. 아주 잘 알지."

가장 처음 붙잡고 물었던 중년 남성이 흔쾌히 질문에 대답해 줬다.

"어떤 애인가요?"

"어디 보자. 뭐라 종잡을 수 없는 신기한 애야."

"종잡을 수 없다?"

"그래. 언제나 마음이 딴 데 가 있다고 해야 하나, 멍하니 있을 때가 많거든. 부모님도 처음엔 걱정을 많이 하셨지."

"마음이 딴 데 가 있다고?"

"멍하니 있어?"

우리가 아는 레이랑 인상이 많이 달랐다. 인상이야 사람마다 다를 수도 있겠지 싶어서 질문에 답해준 남성에게 인사한 다음 다른 사람한테도 물어보기로 했다. 다음은 채소 가게 여성이었다.

"레이 짱? 아아, 우리 가게에 물건을 사러 자주 왔었어. 굉장히 똑똑한 애야."

"굉장히?"

"똑똑해?"

또 우리가 아는 레이랑은 인상이 다른 얘기였다.

"공부로만 따지면 그렇지만도 않았지만 발상이라고 할까. 어쨌든 두뇌 회전이 굉장히 빠른 애였거든. 신동이라는 소리를 들었던 적도 있었어. 우리 바보 아들이랑은 천지 차이야."

"신동이라는 말을 들었나요?"

"맞아. 거기다 속세에서 떨어져 있는 듯한 분위기였지. 학교에서 선생님들이 인간 주판처럼 계산을 도와달라고 했을 정도야."

"……인간 주판."

그다음에도 여러 사람에게 물어봤지만 한 사람도 빠짐없이 우리가 아는 레이 테일러와는 전혀 다른 인상을 말할 뿐이었다.

"피피……."

"응."

"역시 걔는 범상치 않은 녀석이야."

"그러게. 고향 사람들까지 속이고 있었다는 뜻이네."

레이가 어째서 자신을 숨기고 인상을 꾸민 건지는 모르겠다. 하지만 거기에는 분명 뭔가 이유가 있을 터. 표연한 분위기를 가진 얌전한 신동이 클레어 님 일편단심인 변태로 탈바꿈한 뭔가의 이유가.

"?! 피피, 숨어!"

"어?! 자, 잠깐 로렛타!"

로렛타가 갑자기 그늘로 잡아끄는 바람에 넘어질 뻔했다. 당기는 기세 그대로 로렛타 가슴팍에 폭 안기는 자세가 되자 나는 심장이 요동치는 걸 느꼈다.

어라? 어라라?

"저기 봐, 클레어 님이야."

"……."

"피피?"

"어? 아아, 응. 그러네."

이유를 알 수 없는 심장의 고동에 당혹스러웠지만 나는 억지로 의식을 딴 데로 돌렸다. 시선을 돌리니 레이가 클레어 님을 데리고 어떤 집으로 들어가는 참이었다.

"저 녀석! 클레어 님을 끌고 들어가서 뭘 할 생각이야!"

"진정해, 로렛타! 먼저 저기가 무슨 가게인지부터 확인해 보자."

"그, 그래. ……수상쩍은 가게였다간 그냥 넘어가지 않겠어."

당장이라도 돌격해 들어갈 기세인 로렛타를 말리면서 가게를 살펴봤다.

"평민의 양복점 같은데."

"……그렇다는 건 여기가 걔네 집이라는 뜻?"

"그런 모양이야."

테일러라는 성씨는 양복점 일을 하는 집안에서 흔히 찾아볼 수 있는 성씨다.

"들어가 볼래?"

"지금 들어가면 클레어 님이랑 맞닥뜨리게 될 텐데? 뭐라고 설명할 생각이야?"

"으…… 그건…….."

"조금 더 상황을 지켜보자."

로렛타랑 나는 잠시 동안 밖에서 레이네 집을 관찰했다. 하지만 아무리 기다려도 두 사람이 밖으로 나올 낌새가 없다.

"뭔가 이상하지 않아?"

"그러게…….."

"혹시 둘이서 여기에 묵을 생각인 건…….."

"에이 설마. 클레어 님이 이런 조그맣고 지저분한 곳을 숙소로 정하실 리가 없잖아."

"그것도 그런가⋯⋯."

평민치고는 제법 번듯한 집처럼 보이기도 하지만 최상위 귀족인 클레어 님이 머물기엔 너무 수준이 떨어진다.

"더는 못 기다리겠어. 가자."

"아, 잠깐, 로렛타!"

내 제지를 뿌리치고 로렛타는 레이네 집에 들어가 버렸다.

"어서 오세요. ⋯⋯어머어머 어머나, 귀여운 아가씨들이네요."

우리를 맞아준 사람은 앞치마를 두른 젊은 여성이었다. 볼륨감이 느껴지는 롱 헤어스타일에 흑발이었지만 레이랑 그다지 닮은 구석은 없었다. 하지만 여기가 레이네 집이라는 점을 고려했을 때, 나이로 미루어 짐작해 보면 아마 레이 언니겠지. 어쩌면 배다른 자매일지도 모른다.

"옷을 찾으세요?"

"아, 아뇨, 잠깐 사람을 찾고 있어서⋯⋯."

"어머, 그러셨나요. 어떤 분인가요?"

"그게⋯⋯."

그대로 말문이 막혀 입만 우물거리는 로렛타. 보아하니 또 아무 생각 없이 돌진한 모양이네.

"실례했습니다. 사실은 여동생분에 대해서 여쭤보고 싶어서요."

"여동생⋯⋯? 아아, 혹시 레이를 말하는 걸까?"

"네, 맞아요."

"혹시 레이 친구들? 처음 뵙겠어요, 레이 엄마입니다."

""네에에—?!""

깜짝 놀랐다. 레이만 한 딸이 있다면 30대 중반은 넘었을 텐데 눈앞에 있는 여성은 아무리 높게 잡아도 10대 후반 정도로밖에 안 보였다.

"도, 동안이시네요……."

"후후, 자주 듣는 말이에요. 아, 레이를 불러올게요."

"아, 아뇨! 만나러 온 게 아니에요. 사실 우리는 왕립학교 직원이라서요."

"피피?"

어리둥절한 표정을 짓는 로렛타의 손등을 꼬집어주고 나서 말을 이었다.

"따님분에 대해서 조금 여쭤보고 싶은 게 있어요. 잠깐 대화 괜찮으실까요?"

"어머어머 어머나, 그랬군요. 알겠습니다. 이쪽으로 오세요."

그러면서 레이의 어머니, 멜 테일러는 가게 안쪽으로 우리를 안내했다. 응접용…… 이라고 말하기에는 상당히 허름한 탁자 앞 의자에 앉았다.

"그래서 나는 어떤 얘기를 하면 되는 걸까?"

"따님분은 어린 시절 어떤 아이였나요?"

"으음— 어디 보자……."

멜 씨는 잠시 기억을 더듬어 보는 듯싶더니 이윽고 입을 열었다.

"굉장히 똑똑한 아이였어. 가르쳐 주지도 않았는데 글을 읽고, 계산을 해내고. 학교 공부에는 그다지 흥미가 없었던 모양이지만……."

"헤에⋯⋯."

"그리고 자주 편지 대필을 부탁받았어. 누구네 집이 책을 샀다는 얘기를 들으면 찾아가서 읽어도 되겠냐고 부탁하기도 했지."

"독서를 좋아했던 거네요. 그럼 요리도 그때 배웠나요?"

레이의 특징을 꼽으라면 귀족의 입맛까지 사로잡는 요리 실력을 빼놓을 수 없다.

"요리는 자연스럽게 배웠던 거 아닐까. 평민은 다들 요리를 할 줄 아니까."

"그, 그런가요."

하지만 레이가 만드는 요리는 평민들이 일반적으로 먹는 식사의 수준을 아득히 뛰어넘는다고 생각한다.

"어쩐지 종잡을 수 없는 구석이 있어도 착한 애야. 마을 사람들을 위해 수도에서 비싼 약을 사서 보내줬어."

"그, 그랬나요."

"그 레이가⋯⋯."

로렛타와 내가 얼굴을 마주 보면서 생각에 잠겨 있었더니 멜 씨는 작게 웃으면서 말을 이었습니다.

"⋯⋯레이는 있지. 마음의 절반이 다른 세상에서 살아가고 있는 듯한 애였어."

"다른 세상?"

"응. 이 세상에 싫증이 나면 훌쩍 어디론가 떠나버릴 것만 같아서 남편과 나는 언제나 불안했어."

어머니가 느낀 인상조차도 우리가 아는 레이와는 달랐다. 레이는 대체 어떤 애일까.

"하지만 이제는 그 애도 온 마음을 이 세상에 둘 수 있게 된 거구나. 여기에서 살아가겠다고 마음먹을만한 상대를 만난 것처럼."

그러면서 활짝 웃는 멜 씨는 그야말로 딸을 염려하는 어머니 그 자체였다. 멜 씨의 말은 분명 레이가 클레어 님을 만난 걸 가리키는 거겠지.

"너희들 같은 친구들도 있으니까 무척이나 기뻐."

"……들켰나요?"

"그야 그렇지. 왕립학교 직원분이라고 하기엔 지나치게 어린걸. 게다가 방금 막 두 사람과 비슷한 행동거지를 가진 사람을 만난 참이거든."

아마 이것도 클레어 님을 말하는 거겠지.

"그래서 레이는 학교에서 어떠니? 얌전한 애라서 혹시 괴롭힘을 당하지는 않을지 걱정이라……."

"어…… 그게…… 저기, 여러 가지 의미로 유명한 애지만 아주 씩씩하게 노력하고 있어요."

아무리 그래도 우리가 레이를 괴롭히던 장본인이라고는 말 못한다. 그건 그렇고…… 얌전해? 레이가?

"여러모로 손이 많이 가는 애라고 생각하지만 친하게 지내 주면 기쁠 거야. 그 애를 부디 잘 부탁드립니다."

그러면서 멜 씨가 깊이 고개를 숙였다.

"……그만 가자, 피피."

"……응. 신세를 졌습니다, 멜 씨."

"변변찮은 대접도 못 해줬는걸."

멜 씨의 배웅을 받으며 로렛타와 나는 레이네 집에서 나왔다.

"숙소로 돌아갈까."

"응. ……어라? 로렛타, 스카프는?"

"그러는 피피야말로."

"어디선가 떨어트린 걸까?"

"……뭐, 상관없잖아. 가자."

"응."

그날 밤 숙소.

우리는 오늘 얻은 성과에 대해 얘기를 나눴다.

"결국 걔에 대해서는 여전히 수수께끼네."

"그러게."

고향 마을 사람들은 그럴 수 있다 쳐도, 자기 어머니까지 저렇게 말할 정도면 정말로 주변 사람들을 속인 게 아니라 진짜 원래 그랬다고 밖에 생각할 수 없다.

"하지만 왠지…… 멜 씨랑 마을 사람들 얘기를 들어보니 나쁜 애라는 생각이 들지 않았어."

"……응."

약을 구해다가 고향 마을 사람들한테 보내는 사람이 클레어 님에게 나쁜 속셈을 품고 접근했을 거라고는 생각하기 힘들다. 마을 사람들도 신기하고 종잡을 수 없는 아이라고 표현하기는 했지만, 정작 안 좋은 소문은 전혀 없었다.

"하지만 마물을 데리고 돌아다는 건 역시 이상하다고밖엔 볼 수 없어."

"아, 레레어는 그러고 보니 마물이었지."

로렛타의 말을 듣고서야 새삼 생각났지만 레레어는 원래 마물이다.

"이제는 귀여운 마스코트 취급을 받게 됐네."

"저번에 쿠키를 들고 갔더니 어깨에 올라오더라."

아, 부럽다. 로렛타는 옛날부터 동물들이 잘 따르곤 했었지.

"그래서 하나 줬더니 폴짝폴짝 뛰면서 기뻐했어."

"나도 쿠키를 좀 들고 다닐까……. 아니 이게 아니지."

뭐, 레레어가 사람한테 해를 끼치지 않는다는 건 클레어 님도 보증해 주셨다. 레레어는 아마 괜찮겠지.

"피피, 나는 이제 혼란스러워졌어. 레이를 나쁜 애라고 여길 수 없게 되면…… 걔가 좋은 애라는 걸 알아 버리면 나는 걔를 미워할 수 없게 돼."

"로렛타……."

로렛타로선 차라리 자신의 연적인 레이가 대놓고 나쁜 사람인 쪽이 마음 편하겠지. 하지만 이번 일을 통해 그렇게 생각하기 힘들어지고 말았다. 갈 곳을 잃어버린 가슴속의 답답함 때문에 괴로워하고 있을 게 분명하다.

"미워할 필요는 전혀 없어. 정정당당하게 연적으로서 승부하면 되는 거야."

"하지만…… 나는 걔한테 이길 수 있을 만한 장점이 단 하나도 없어……."

많이 피곤했던 걸까. 로렛타의 목소리에 점점 잠기운이 섞이기 시작했다. 거기에 더해 마음도 많이 약해졌나 보다.

"무슨 소리야. 로렛타가 얼마나 착한 애인데. 어디 내놔도 부끄럽지 않을 정도로 자랑스러운—— 로렛타?"

"새근…… 새근……."

"……잠들었구나."

나는 자리에서 일어나 로렛타한테 이불을 덮어주고 나서 다시 침대에 누웠다.

"생각해 보니 이렇게 단둘이서만 같이 묵는 건 처음 있는 일이네."

시중을 드는 메이드도 없이 둘이서 함께 작은 침대에 누워 있다. 옆을 돌아보면 잠든 로렛타의 얼굴이 보인다. 조금 생각이 부족하고 무모한 면도 있지만 자는 얼굴을 보면 천진난만한 느낌이라 귀여웠다. 로렛타가 항상 신경 쓰는 주근깨도 내가 보기엔 매력 포인트처럼 느껴진다.

그렇게 생각한 순간 또다시 크게 심장이 뛰기 시작했다.

"……어라? 어라……?"

어째서? 어째서 이렇게나 가슴이 두근거리는 거야? 그냥 한 침대에 누워 있을 뿐인데.

"……어? 설마…… 설마, 그런 뜻……?"

혹시 내가 로렛타를……?

"아냐아냐아냐! 그럴 리가 없지, 아무리 그래도!"

로렛타는 친구, 그 이상 그 이하도 아니다. 하지만 스스로에게 그런 변명을 해야 한다는 사실 자체가 그녀가 나한테 있어서 특별한 의미를 지닌다는 증거다.

"어어어…… 어쩌지……."

나는 갑자기 눈앞에 던져진 골치 아픈 문제 때문에 그날 밤 내내 머리를 싸맨 채로 끙끙댈 수밖에 없었다.

【막간·끝】

평민 주제에
건방지군요!

"자, 그럼 클레어 님의 방문을 환영하며…… 건배!"

"건배!"

"……건배."

"환영해 주셔서 고마워요."

멜 씨의 선창과 함께 과일수가 든 컵으로 건배하면서 저녁 식사를 시작했습니다. 멜 씨가 평소보다 한층 더 실력을 발휘해서 만들었다는 요리들이 테이블을 가득 채우고 있습니다. 갓 구운 빵, 향초와 함께 구운 닭고기, 고기완자와 채소 스프, 강물에 담가 차게 식혀둔 과일 등. 제 기준으로 보면 좀 초라한 메뉴지만 아마 평민에겐 호화로운 편이겠죠.

"클레어 님, 부디 사양 말고 많이 드세요."

"네, 네에……."

만면에 희색을 띤 멜 씨가 적극적으로 권했지만 요리를 맛보는 데는 어느 정도 용기가 필요했습니다.

"……여보, 너무 억지로 권하지 마. 클레어 님, 음식이 입에 안 맞으시면 억지로 드시지 않아도 괜찮습니다."

레이의 아버지—— 반 씨가 제 속마음을 눈치챈 것처럼 끼어들어서 멜 씨를 말렸습니다. 반 씨는 덩치가 크고 무뚝뚝한 얼굴이라 붙임성 있는 성격은 아닐 것 같았지만 올곧고 성실해 보이는 인상입니다. 속으로 주저하던 걸 들켰나 싶어서 저는 내심 당황했습니다.

"아뇨, 잘 먹겠어요."

고기 요리라면 아주 맛없기도 힘들 거라는 생각에 향초 닭구이를 향해 포크를 뻗었습니다. 일단 커다란 접시에 담겨 있는 닭고기를 약간 덜어서 제 그릇에 옮겼습니다. 보기에는 아주 먹음직스럽게 잘 구워진 걸로 보입니다. 포크로 쿡 찍어서 입에 넣었습니다.

(……으……)

맛없다고 평할 정도로 나쁜 수준은 아닙니다. 하지만 도저히 맛있다고 하기도 힘들었습니다. 강렬한 향초 냄새 속에는 여전히 닭 비린내가 남아있습니다. 아마도 도축한 지 꽤 지난 고기를 쓴 거겠죠. 제가 평소에 먹는 닭고기는 그날 아침에 막 도축한 신선한 고기뿐이었기 때문에 상당히 역하게 다가왔습니다. 간도 아주 싱겁습니다. 설탕이 비싸다는 건 당연하다 쳐도, 소금조차 평민 입장에선 비싼 조미료인 걸까요.

하지만 그렇다고 솔직한 감상을 말할 수도 없는 노릇입니다.

"……맛있네요."

저는 그러면서 활짝 웃었습니다. 멜 씨가 기뻐하며 제 웃음에 화답합니다.

"이 스프도 부디 꼭 드셔보세요. 오늘은 사치를 부려서 콩소메로 했으니까요."

"고마워요."

이어서 권하는 고기 완자 스프도, 면목 없지만 제 입맛에는 전혀 맞지 않았습니다. 콩소메 스프라고 했지만 아마 그다지 질 좋은 식재료를 쓰지 않았겠죠. 스프를 걸러내는 작업도 꼼꼼하지 못했습니다. 블루메에서 이런 걸 콩소메 스프라고 내놓았다가는 그날 그 요리사는 당장 해고당할 게 분명합니다.

하지만 저는 웃는 얼굴을 무너뜨리지 않고 맛있다는 칭찬을 연발하며 모든 요리를 맛보았습니다. 솔직히 괴롭습니다. 식사에 이 정도로 큰 격차가 있을 줄이야.

제가 난처해하는 걸 깨달았는지 레레어가 제 손에 매달려서 투정을 부리기 시작했습니다.

"어라, 레레어. 이걸 먹고 싶은 건가요?"

"어머어머어머. 레레어 짱, 내 거를 줄까?"

멜 씨가 내민 고기 조각은 고개를 휙 돌려 외면하는 레레어.

"아―. 레레어는 클레어 님이 드시고 계시는 음식을 먹고 싶은 거야, 엄마. 클레어 님, 죄송합니다."

"괜찮아요. 레레어도 제 소중한 친구니까요."

그런 대화를 주고받으면서 저는 제가 못 먹겠다 싶은 음식은 레레어한테 먹였습니다. 나이스예요! 레레어!

"어머어머, 어머나……? 그런데 그다지 많이 드시지 않으시네요?"

입으로는 맛있다고 하면서도 저는 도저히 많이 먹을 수가 없었습니다. 입에 안 맞는 요리를 먹는 건 괴로웠기 때문입니다. 하지만 멜 씨를 실망시키고 싶지는 않았습니다. 분명 정성을 담아 만들어 준 요리일 게 틀림없으니까요.

"역시 입에 맞지 않으셨던 건지……?"

"아니야, 엄마. 클레어 님은 원래 소식하시는 편이야. 클레어 님, 슬슬 과일도 드셔보시면 어때요? 갓 따온 신선한 과일이라 맛있어요."

레이가 과일을 권했습니다. 확실히 과일이라면 평소 제가 먹는 과일이랑 비교해도 그다지 큰 차이가 없을지도 모릅니다.

"그렇게 하겠어요. 고마워요, 레이."

저는 반쯤 죽다 살아난 기분으로 오렌지를 집어서 한 조각 입에 넣어봤습니다. 조금 당도가 떨어지는 것 같지만 그래도 충분히 먹을 만했습니다. 저는 과일로 빈속을 채우면서 어떻게든 저녁 식사를 마쳤습니다.

식후에는 티타임(이것도 여러 번 우려낸 것처럼 밍밍했습니다)을 즐기면서 멜 씨와 반 씨한테 학교생활에 대해 얘기했습니다. 레이는 정말로 세세한 것들까지 전부 기억하고 있어서, 레이네 부모님은 레이의 얘기를 흥미롭게 들었습니다.

"그래서 그때 클레어 님의 겁먹은 얼굴이 어땠냐면—!"

"거, 겁먹지 않았어요!"

"어머어머어머. 클레어 님은 귀신을 무서워하시는군요."

학원제에서 귀신의 집에 들어갔을 때 있었던 일을 얘기하자 멜 씨가 저한테 훈훈한 시선을 보냈습니다. 반 씨는 묵묵히 귀를 기울이고 있습니다.

"그렇다면 바다에는 가까이 다가가지 않는 편이 좋을지도 모르겠네요."

"? 어째서인가요?"

바로 옆이 바다라서 어쩌면 수영을 할 기회가 있을지도 모르겠다는 생각에 새로 산 수영복을 가지고 왔는데요.

"……최근 들어 해안가에서 언데드가 목격되었다는군."

"그래서 어부들도 곤란해하고 있어요."

두 분의 이야기를 들어보니 사정은 이러했습니다. 일주일 전부터 해안선에 언데드가 출몰하기 시작했다는 겁니다. 숫자는 그리 많지 않은 모양이지만, 그래도 마물은 싸울 능력이 없는 일반 시민들에게는 큰 위협입니다. 지금은 마을의 자경단이 인원수로 밀어붙여서 처리하는 중이지만 점점 대처하는 데 애를 먹고 있다나요.

"그렇다면 우리가 퇴치해 드리겠어요."

사정을 들은 제가 귀족으로서 의무감을 발휘해 선언했습니다.

"어머어머어머어머. 하지만 위험하기도 하고 클레어 님은 귀신을 무서워하시지 않나요?"

"언데드는 마물이에요. 귀신이 아니니까요."

귀신은 정체불명의 괴물, 언데드는 단순한 마물. 하늘과 땅만큼이나 차이가 있습니다.

"이 제가 온 이상 마음 놓고 방심하셔도 되는 거예요!"

"어머어머어머어머. 들었죠, 여보? 정말 마음 든든하네요."

저녁식사 때는 좋은 인상을 심는데 실패했으니까 이 기회를 살려 레이네 부모님에게 제 멋진 모습을 보여줘야겠어요. 아니 물론 결코 깊은 의미가 있어서 그런 건 아니지만요.

"내일 당장 해안가로 가보도록 하겠어요. 괜찮죠, 레이?"

"저는 상관없습니다. 수영복도 입고 가도록 하죠. 겸사겸사 클레어 님의 수영 연습도—"

"쉿! 쉿이에요!"

쓸데없는 소리를 덧붙이려는 레이를 황급히 제지했습니다.

"어머어머어머어머? 클레어 님, 수영이 서투르신가요?"

"그, 그렇지 않은데요? 수영을 할 줄은 알지만 좀 더 실력을 키우고 싶다, 대충 그런 느낌인 거예요."

"어머나 그것참 굉장하네요. 레이는 이 마을에서 자라왔으니까 꼭 도움이 될 거예요. 레이, 잘 가르쳐 드리렴?"

"응."

당황하며 적당히 가져다 붙인 변명인데 멜 씨는 전혀 의심하지 않았습니다. 이 분은 정말로 레이네 엄마 맞나요? 너무 순박하신 거 아닌가 싶은데요.

"……벌써 이런 시간인가. 클레어 님. 슬슬 주무시는 게 좋겠군요."

"어머어머어머어머, 즐거운 시간은 항상 빠르게 지나가는 법이네."

괘종시계를 본 반 씨가 슬슬 자리를 파하자고 말을 꺼냈습니다.

"그러네요. 일단 목욕을 한 후 잠자리에 들도록 하겠어요."

"……음."

"이거 죄송해요, 클레어 님. 우리 집에는 욕실이 없거든요."

저는 말문이 막혔습니다. 설마 목욕도 할 수 없을 줄이야! 레이네 집에 온 뒤로 몇 번씩이나 통감하게 되지만 귀족과 평민의 생활은 하나부터 열까지 차이가 나네요.

"아……. 그, 그렇군요. 알겠어요."

"비누를 가져왔으니 방으로 돌아가서 씻도록 하죠."

"그래요…… 부탁할게요, 레이."

어딘가 미묘한 분위기를 남긴 채로 환영회는 막을 내리게 되었습니다.

"……전, 지금까지 굉장히 풍족하게 살아왔던 거네요."

제 몸을 닦아주는 레이의 시중을 받으면서 저는 푸념처럼 내뱉었습니다.

"역시 요리는 입에 맞지 않으셨나요."

"……레이의 어머님께는 죄송할 따름이지만……. 이렇게나 차이가 날 거라고는 생각하지 못했어요."

평민 입장에선 그게 평범── 아니, 오히려 호화로운 편이겠죠. 귀족은 목구멍으로 넘기는 것조차 힘들어하는 음식인데.

"음식뿐만이 아니에요. 목욕조차 못한다니……."

피서지라 제법 시원한 편인 유클레드지만 그래도 지금은 한여름이니만큼 제법 땀을 흘렸습니다. 그런데 목욕으로 시원하게 땀을 씻어낼 수 없다니 몹시 괴로웠습니다.

"뭐, 귀족과 평민은 다르니까요."

쓴웃음을 감추지 못하는 레이의 말이 지금은 제 귀에 아프게 박혔습니다.

"……그러네요. 그건 저도 알고 있었어요. 하지만 그걸 제대로 이해하고 있지는 못했어요."

이렇게 평민의 생활을 실제로 접해보고 나서야 그저 지식으로만 알고 있던 걸 비로소 이해하게 되었습니다.

"평민 운동, 이라는 게 이전에 있었잖아요?"

"네."

"그때 저는 그들의 주장을 바보 같은 소리라고 밖에 생각하지 않았어요. 하지만——."

"하지만?"

"이렇게나 생활 수준이 차이가 난다면 귀족을 안 좋게 생각하는 사람이 있다는 것도 이상한 일은 아니겠네요."

왕립학교에 다니는 평민들은 귀족들과 같이 지내면서 그런 차이를 더욱 강하게 실감했겠죠. 평민 운동에 참가했던 사람들의 마음도 조금쯤은 이해가 가는 기분이었습니다.

잠시 묵묵히 제 몸을 닦아주던 레이는 젖은 수건을 통에 넣고서 저한테 잠옷을 입혀준 다음 입을 열었습니다.

"클레어 님은 힘을 가진 귀족이죠?"

"그렇죠."

"그렇다면 클레어 님이 세상을 바꿔나가면 되는 거 아닐까요?"

"세상을…… 바꿔……?"

저는 처음엔 레이가 지금 무슨 말을 하는 건지 이해할 수 없었습니다.

"평민의 생활이 지금보다 조금이라도 나아질 수 있도록, 그런 세상이 되도록 바꿔나간다…… 클레어 님이라면 그걸 할 수 있을 거예요."

"그건…… 하지만……."

세상을 바꾼다―― 말이야 간단하지만 실현하는 건 결코 쉬운 일이 아닙니다. 제가 권력자의 딸인 건 맞습니다. 평민이나 어지간한 귀족들보다 할 수 있는 일의 범위도 넓겠죠. 하지만 오늘 직접 마주하게 된 이 격차를 메운다는 건 이만저만한 일이 아닙니다.

끝이 보이지 않는 높은 벽을 맞닥뜨린 듯한 암담함을 느끼고 있었더니 레이는 잠옷 단추를 잠그면서 이렇게 말했습니다.

"물론 쉬운 일은 아닌데다가 반드시 클레어 님이 해야만 하는 일도 아니에요. 하지만 그게 클레어 님이 하고자 하시는 일이라면――."

"……내가 하고자 하는 일……?"

"네. 클레어 님이 그걸 원하신다고 한다면 저는 온 힘을 다해 클레어 님을 돕겠습니다."

레이의 입가에 떠오른 미소에는 한 점의 그늘조차 없어서 저라면 분명히 해낼 수 있을 거라고 진심으로 믿는 것처럼 보였습니다. 레이가 그렇게 말하면 어쩐지 정말로 할 수 있을지도 모른다는 기분이 드는 게 신기합니다. 마음속을 드리우고 있던 암운이 점점 걷혀가는 걸 느꼈습니다.

하지만 저는 그런 쑥스러운 속내를 감추고자,

"평민 주제에 건방진 소리를 하네요."

"클레어 님의 메이드니까요."

"흥……."

괜히 심술궂은 말을 던졌습니다.

"자아, 그럼 슬슬 잘까요. 내일은 바다라고요."

"……그러네요."

그러면서 레이가 불을 끄고 바닥에 누워서 잘 준비를 했습니다. 저는 그게 마음에 들지 않았습니다.

"왜 그러세요?"

"이 침대, 꽤 크네요."

거짓말입니다. 제가 기숙사에서 쓰는 2층 침대랑 비교해도 꽤 좁은 편이었습니다.

"그런가요?"

"그런 거예요! 그러니까……."

"그러니까?"

"그러니까…… 정말이지!"

왜 이걸 눈치 있게 알아채지 못하는 거냐고요!

"당신도 침대에서 자도록 하세요."

"좁을 텐데요?"

"됐으니까!"

레이의 팔을 잡아끌고 침대에 눕힌 다음 저도 옆으로 들어가 누웠습니다.

"그럼 잘 자도록 하세요!"

"⋯⋯안녕히 주무세요, 클레어 님."

어휴, 정말이지. 참 둔감하다니까요.

"자, 그럼 클레어 님. 일단 먼저 물속에 얼굴을 넣는 것부터 해보죠."

"절대로 손 놓으면 안 돼요?! 반드시 꼭이에요?!"

어깨까지 물에 담근 채 저는 비장한 표정으로 레이한테 신신당부했습니다. 레이는 대충 네네, 하면서 고개를 끄덕이고는 저에게 어서 얼굴을 넣어보라고 재촉합니다.

레이와 저는 지금 레이네 집 바로 옆에 있는 해변에 와 있습니다. 새하얀 모래사장과 에메랄드빛 바다가 무척 아름다웠지만 지금 저는 아름다운 경관을 감상할 여유가 없었습니다.

우리가 지금 뭘 하고 있냐면 맥주병인 제가 헤엄칠 수 있도록 레이한테 수영을 배우는 중입니다. 부끄러운 말이지만 저는 물에 얼굴을 담그는 것조차도 못합니다. 물을 겁내는 제 모습을 뜨뜻미지근한 시선으로 바라보던 레이는 먼저 물에 얼굴을 넣어보라고 말했습니다.

저는 두세 차례 심호흡을 한 뒤, 있는 힘껏 물에 얼굴을 넣었습니다. 물론 눈은 꼭 감고요. 으으으읍⋯⋯ 피부에 달라붙는 짜고 끈적이는 소금기. 차라리 호수 물이 훨씬 나아요!

"푸핫!"

호흡을 할 수 없다는 것만큼이나 사람을 불안하게 만드는 일이 또 있을까요. 저는 얼마 지나지 않아 고개를 확 빼냈지만 어쨌든 레이의 말대로 얼굴을 담그는데 성공했습니다.

"어떤가요?! 지금 분명히 얼굴을 넣었다고요!"

"그러네요. 최소 10초 정도는 버텨볼까요."

"무슨?! 그런 고난이도 기술을 벌써 요구하는 건가요?!"

"아니, 전혀 고난이도가 아닌데요."

쓴웃음을 짓는 레이의 표정을 보아하니 뭔가 실례되는 생각을 하는 게 분명합니다. 크으으윽.

그건 그렇고, 수심이 얕긴 해도 바다에 들어와 있는 상태라 지금은 레이도 저도 수영복 차림입니다. 저는 새빨간 상하 비키니 타입 수영복에 파레오라고 부르는 하얀 천을 두르고 있습니다. 귀족들 사이에서 도는 소식을 통해 이 스타일이 이번 여름 최신 패션이라고 듣고선 재빨리 손에 넣은 수영복입니다.

레이의 수영복은 어떠냐면 옆에 흰색 라인이 들어가 있는 검은색 원피스 타입입니다. 평민답게 단순한 디자인의 수영복인데 레이가 입으니 굉장히 사랑스럽게 느껴지는 게 신기합니다. 뒤로 모아 묶은 머리카락 사이로 보이는 목덜미나 새하얀 허벅지가 눈부셔서 절로 가슴이 뛰는 걸 느꼈습니다.

그런 제 속마음은 까맣게 모른 채 레이는 바로 다음 레슨을 시작했습니다.

"다음은 10초를 목표로 해보죠."

"큭…… 좋아요. 미스 퍼펙트라고 불리는 저한테 불가능 따위
는 없어요."

저는 당당히 선언하고서 다시 물에 얼굴을 넣었습니다. 숨도
쉴 수 없고 눈앞도 깜깜해서 무섭습니다. 그럼에도 최대한 할
수 있는 만큼 오랫동안 얼굴을 담그고 버텼습니다.

"푸하앗! 몇 초 지났죠?!"

"5초입니다."

"큭……. 이 무슨 엄청난 난이도……. 이런 기예에 가까운 고난
이도 동작을 할 수 있는 사람이 세상에 몇 명이나 있을지……."

"아니 저기, 대부분의 사람이 가능하니까 말이죠?!"

그럴 수가. 그 사람들은 조상이 물고기라도 되는 거 아니에요?

"조금 휴식을 취했으면 하네요."

"뭘 했다고요?! 겨우 물에 얼굴을 두 번 넣었을 뿐이잖아요?!"

"그걸로 충분하잖아요. 5초나 얼굴을 물에 넣을 수 있다면 머
지않아 수영도 할 수 있을 게 분명해요."

"안 되거든요?!"

레이는 뭐라 뭐라 항의했지만 수영 연습은 잠깐 쉬기로 정했
습니다. 문득 생각나서 레레어는 뭘 하고 있나 찾아보니 물가에
서 좀 떨어진 곳에 있는 게 보였습니다.

"어쩐지 레레어가 조금 커진 거 같지 않아요?"

"워터 슬라임이라서 바닷물을 흡수한 모양이네요."

그런 걸까 싶어서 갸웃거리고 있었을 때 레레어가 입에서 물
을 촤악 뿜어냈습니다.

"레, 레레어가 바다 위를 고속으로 이동하고 있잖아요?!"

"워터 제트 같네."

"그건 또 뭐예요?"

"아—, 아뇨, 아무것도 아닙니다. 그보다 클레어 님, 레레어한테 뒤처져도 괜찮겠습니까?"

"전혀 괜찮지 않지만 그렇다고 저런 건 무리예요!"

그런 대화를 주고받고 있었을 때,

"레이 짱— 클레어 님— 도시락을 가져왔어요—."

부르는 목소리에 돌아보니 멜 씨가 한 손에 바구니를 들고서 우리를 향해 손을 흔들고 있었습니다. 멜 씨도 수영복 차림입니다. 보기에 딱히 이상한 구석은 전혀 없는데도 레이는 왠지 아련한 눈빛을 하고 있었습니다.

"마침 좋은 타이밍이네요. 지금 잠깐 쉬려고 생각하던 참이었어요."

저는 멜 씨가 건네준 수건으로 대충 몸의 물기를 닦아내며 말했습니다. 바다에서 놀던 레레어도 해안으로 올라와 부르르 몸을 털었습니다.

"그러셨군요. 몇 미터 정도 수영할 수 있게 되셨나요? 클레어 님 정도면 벌써 100미터 정도는 금방 하셨겠죠?"

멜 씨가 지금 일부러 저러는 게 아니라는 사실은 잘 알고 있습니다. 저 웃음 속에는 순수한 마음만이 가득했으니까요.

"그, 그렇죠……. 그 정도 헤엄쳤어요."

재빠르게 얼버무렸더니 레이가 뚱한 눈으로 바라봅니다. 잠깐! 혹시라도 일러바치면 그냥 넘어가지 않을 거예요?!

"후후, 역시 대단하시네요. 아, 이건 도시락이에요. 샌드위치를 만들어 봤어요."

멜 씨가 바구니를 덮고 있던 천을 걷어내자 물통과 샌드위치가 들어있는 게 보였습니다.

어, 음…….

"……고마워요, 잘 먹을게요."

고맙다고 말은 했지만 제 표정은 살짝 굳어 있었을지도 모릅니다. 모처럼 만들어 준 도시락인데 제 입맛에 안 맞아서 얼마 못 먹을지도 모른다는 생각이 들었기 때문입니다. 싫어서 그런게 아니라 미안해서 그렇습니다.

"괜찮아요, 클레어 님."

"?"

레이가 작은 목소리로 제 귀에 속삭였습니다.

"오늘 샌드위치는 마요네즈랑 겨자 같은 재료를 쓰도록 엄마한테 귀띔해 놓았으니까요."

"! 아주 잘했어요!"

평민 가정에서 마요네즈를 먹을 수 있다니. 역시 제 레이는 센스가 있네요.

"한입 드셔보세요."

멜 씨가 샌드위치 하나를 건네며 저에게 권했습니다. 저는 살짝 경계하면서도 한입 베어 물었습니다.

"! 아주 맛있어요!"

"어머어머어머어머어머, 다행이에요."

마요네즈의 향과 맛에 겨자의 매콤함이 좋은 악센트를 줍니다. 이거라면 저도 얼마든지 먹을 수 있어요.

"이 마요네즈라고 하는 조미료, 정말로 맛있네요. 레이 짱, 이건 수도에서 유행하는 거니?"

"응. 블루메라는 이름의 가게에서 처음 만든 조미료야. 귀족님들 사이에서도 호평이라는 거 같아."

"그렇구나. 그런 고급 요리에 사용되는 조미료를 알고 있다니, 클레어 님이 레이 짱도 여러 좋은 곳에 같이 데려가 주시는 모양이네."

"응."

"……? 제가 그랬던가요?"

저랑 같이 다니기 전부터 레이는 마요네즈에 대해 알고 있었던 것 같은 느낌이 드는데요. 이상하게 생각하면서도 저는 레레어한테도 샌드위치를 나눠줬습니다. 얘도 입맛이 너무 높아진건 아닐까요.

"그건 그렇고, 클레어 님은 정말로 아름다우시네요. 그 수영복도 도시에서 유행하는 수영복이려나."

"맞춤 제작으로 주문한 옷이에요. 이 허리에 감은 천은 파레오라고 하는 건데, 이게 올해 유행품이죠."

"하아……. 멋져."

"엄마, 진정해. 만약 지금 나쁜 버릇이 튀어나오기라도 한다면 클레어 님이 엄청난 참사를 당하게 될 테니까."

"!"

저는 황급히 제 몸을 보호하듯 감싸며 뒤로 물러났습니다. 멜 씨는 자기도 모르게 상대방이 입고 있는 옷을 벗기는 손버릇이 있습니다. 지금 제가 입은 옷은 수영복 한 겹뿐. 여기서 손버릇이 발동했다간 터무니없는 사태가 벌어지겠죠.

"알고 있다니까안……. 정말이지 심술궂네, 레이 짱은. 그건 그렇고 레이 짱의 수영복은…… 하아…….'"

"잠깐, 한숨 쉬지 말아 줄래?"

멜 씨의 한숨에 레이가 항의하듯 말했습니다.

"수영복도 그렇지만, 어머님은 저렇게나 가슴이 풍만하신데 레이는……."

"말하지 말아 주세요. 제발 부탁이니까요."

말은 그렇게 하면서도 저는 레이의 수영복 차림을 차마 똑바로 보지 못할 정도로 심장이 두근거리고 있었습니다. 심술궂은 소리는 쑥스러움을 감추기 위한 방편입니다.

"저는 성장기라서 앞으로 커질 거라고요."

"뭐, 힘내도록 하세요."

"불쌍하다는 눈으로 바라보지 말아 주실래요?!"

그렇게 장난스러운 수다를 떨고 있던 바로 그때——.

"어라?"

갑자기 하늘에 구름이 껴서 햇빛을 가리고, 냉기가 서린 김이 바닥에 내려앉습니다. 정신을 차리고 보니 주변은 안개에 휩싸여 있었습니다. 이 안개는 마력을 띠고 있는 모양입니다. 레레어도 무언가에 겁을 먹은 것처럼 몸을 떨고 있습니다.

"?! 레이, 저것 좀 봐요!"

저는 레이한테 다급하게 소리쳤습니다. 안개 너머, 바다 쪽에서 너덜너덜한 범선 하나가 이쪽을 향해 다가오는 게 보였습니다.

"저건…… 유령…… 선……?"

멜 씨의 아연실색한 목소리가 우리들의 심정을 그대로 대변하고 있었습니다.

평민 주제에
건방지군요!

막간

첫 출진
(로렛타 크글렛)

"이야아아아아앗……!"

해골 형태의 언데드를 베어 쓰러트리고서 나는 다음 사냥감을 찾아 눈을 돌렸다. 지금 이곳 유클레드 해안에는 유령선에서 튀어나온 언데드들이 꾸역꾸역 밀려드는 중이다.

"로렛타, 뒤!"

"?!"

날카롭게 날아드는 목소리에 재빠르게 뒤를 돌아 어느새 지근거리까지 다가온 좀비를 단칼에 두 동강으로 베었다.

"방심은 금물이야, 로렛타."

"그렇지. 고마워, 피피."

그러면서 피피는 풍속성 마법으로 내 신체능력을 향상시키는 버프를 걸어줬다. 이걸로 계속 싸울 수 있겠어.

유령선이 나타나고, 마력을 수반한 안개에 갇힌 유클레드는 위기에 빠졌다. 피피와 나는 기왕 유클레드에 온 거니까 바다를 보고 가자는 생각에 둘이서 해변을 산책하던 중 언데드와 마주쳤다.

처음에는 떠돌이 언데드라고 생각했는데 어째선지 점점 숫자가 불어났다. 뭔가 이상하다는 생각이 들었을 때 무장한 모험가들과 마을의 장정들이 합세해서 같이 싸워줬다.

얘기를 들어보니 유클레드는 지금 유령선한테 위협받는 상황이라고 한다. 도르 님께서 진두지휘하고 계시다는데 그 덕분인지 사람들이 혼란에 빠지지는 않았지만, 이대로 유령선이 계속 언데드를 토해낸다면 궁지에 몰리는 것도 시간문제다.

클레어 님을 비롯한 소수의 인원이 이번 소동의 원흉인 유령선을 공략하는 동안 해변으로 밀려오는 언데드를 물가에서 막아내는 게 우리의 역할이다. 그래서 피피와 나는 모험가 몇몇과 함께 해골과 좀비, 박쥐형 몬스터들을 격퇴하는 중이었다.

"히야— 제법이잖아, 아가씨들."

"보통내기가 아닌걸. 모험가로 전직하면 바로 B급을 따낼 실력은 되는 거 아니야?"

"……별말씀을요."

"칭찬 감사합니다."

모험가 따위, 평민 중에서도 깡패나 다름없는 작자들이다. 게다가 아무리 무장을 갖추고 있다고 해도 평민들이란 본래 귀족인 내가 지켜줘야 할 사람들. 그런 사람들과 협력해서 싸워야 한다는 건 귀족으로서의 자존심과도 직결되는 문제다.

하지만 언데드들은 다른 건 둘째치고서라도 숫자가 너무 많다. 일대일이라면 결코 지지 않겠지만 이만한 숫자를 상대하려면 사람 손이 절실하다.

그리고——.

"A반과 B반은 동쪽으로 돌아가라! 서쪽 반과 협공하는 거다."

"범위 마법 간다! 다들 숙여!"

"지금이야! 몰아붙여!"

인정하고 싶진 않지만, 일반 평민들과는 달리 모험가들은 싸움에 능숙했다. 평소 나와 함께 전장에 서는 크글렛 가문의 사람들이나 사병들과는 또 달랐다. 언뜻 조잡해 보이면서도 실리에 맞는 전법이다.

"왠지 저쪽은 언데드들이 우왕좌왕하고 있는데."

"유령선에 돌입한 귀족님이 키우는 종마라나 봐."

"물속에 들어가니 큼직한 바위만 한 덩치로 변했어."

"이야, 종마는 처음 봤는데 제법 믿음직스러운걸."

태평하게 저런 소리를 떠들 여유가 있을 정도다.

(이 자들이 강해서 그런 게 아니야. 내 동료들이 약해서 그런 것도 아니야. 약한 건 나야——!)

언데드 헌트는 지금까지 여러 번 경험해 봤다. 크글렛 가문의 여식으로서, 그리고 왕국 첫 여성 군인이 될 거라 촉망받는 사람으로서, 나름대로 여러 전장을 거쳐 왔을 터였다. 그런데 정작 지금처럼 가문의 힘도 정규군도 없는 전장에 서보자 깨달았다.

——나는 보호받고 있다.

(이래서야 뭐가 무예로 이름 높은 명가의 딸이라는 거야…… 뭐가 첫 여성 군인 이라는 거냐고!)

가문의 사람들이나 정규군과 함께 싸웠을 때는 조직적인 전투였다. 나는 진두지휘를 맡아서 그들의 힘을 빌려 싸웠다. 하지만 정작 내가 직접 전열에 나서보니 보이는 풍경이 전혀 달랐다. 나는 지금까지 전장을 숫자로만 보고 있었다. 전선에서 싸우며, 부상을 입는 한 사람 한 사람에게 생명이 있고, 가족이 있고, 지켜할 것이 있고, 돌아갈 장소가 있다는 사실에 생각이 미치지 못했다.

직시할 수밖에 없는 사실이 내 마음을 무겁게 짓누르자 칼끝이 무뎌지고 발놀림이 둔해진다.

"위험해, 아가씨!"

"?!"

정신을 차리자 나는 전열에서 튀어나와 앞으로 지나치게 돌출된 상태였다. 눈 깜짝할 사이에 언데드들이 내 주변을 에워싸 포위했다.

"큭……!"

"바람의 칼날이여!"

재빠르게 칼을 휘둘러 대응하려고 했으나, 그전에 바람의 칼날이 날아와 내가 빠져나올 길을 열어줬다. 푹푹 빠지는 모래사장 위를 밟으며 다시금 전열에 복귀했다.

"살았어, 피피."

"멍하니 있다가는 그냥 다치는 걸로 끝나지 않는다고!"

험악한 목소리로 나를 질타한 사람은 피피였다. 언제나 빠짐없이 단련하고 있는 나와는 다르게 피피의 전투력은 보잘것없다. 그런데 그런 피피가 나보다도 훨씬 싸움에 능숙하게 대처하고 있었다. 나만 여기서 겉돌고 있다.

"주근깨 아가씨, 당신 귀족님이지."

"그런데 그게 어쨌다는 거야?"

"당신은 후방으로 빠져."

"?! 나를 우롱할 생각이야?!"

수염을 기르고 있는 중년 모험가의 말에 나도 모르게 울컥했다.

"아니, 그게 아니야. 원래 인재는 적재적소에 배치해야 하는 법이지. 보아하니 당신은 지휘를 맡는데 익숙한 타입이지? 우리 모험가들은 각개전투는 특기지만 이런 집단전은 익숙하지 못하거든. 누군가가 지휘를 맡아줘야 해."

"……그 역할을 나한테 맡기겠다고?"

"이만한 머릿수가 벌이는 집단전을 경험해 본 녀석은 우리 중에 없어. 당신은 어떻지?"

"……있어."

작년 언데드 헌트 때 오백 명 규모의 부대를 지휘해 본 경험이 있다. 지금 이곳에 있는 사람은 모험가와 평민들을 다 합쳐봐야 겨우 백 명쯤 될까 말까. 구성을 살펴봐도 모험가 스무 명을 제외하면 전부 무기를 들었을 뿐인 평범한 일반인이다.

"그럼 잘 부탁한다. 마음껏 부려먹어 줘."

"……알겠어."

"결정됐군. 어이, 그쪽 아가씨. 당신은 주근깨 아가씨의 호위로 붙어 있어."

"알겠습니다."

"이 자식들아, 저놈들을 한 발짝도 마을에 들여보내지 마라!"

"""오오!"""

모험가들이 사기를 고무시키는 함성을 지르는 와중, 우리는 길 안내를 해줄 모험가 한 사람을 대동하고서 후방으로 물러났다. 근처에 있는 적당한 높이의 바위에 올라가자 시야가 확 트이며 해변의 상황이 한눈에 들어온다.

"텔레파시 채널을 준비해놨어. 할 수 있겠어?"

"그래."

"좋아, 부탁한다."

바위까지 안내해 준 모험가가 찰싹 소리가 나도록 등을 한 대 때리는 바람에 숨이 턱 막혔다. 나는 얼굴을 찡그리면서도 어지럽게 돌아가는 해변의 전황을 냉정히 관찰했다.

"로렛타……."

"괜찮아. 나한테 맡겨."

이제 망설임도 갈등도 없다. 지금의 나는 이 부대의 지휘관. 전장을 숫자로 인식하고 피도 눈물도 없는 한 명의 군인이다.

떨쳐내.

냉정해져.

나약한 마음으론 싸움에서 이길 수 없어.

나는 크게 숨을 들이마신 뒤 전장 구석구석까지 울리도록 큰 소리로 명령을 내렸다.

"좌측 부대는 10미터 전진, 중앙은 20미터 후퇴! 적을 중앙으로 끌어들여 언데드를 포위해!"

드디어 유령선이 소멸하고 언데드 무리도 점점 소탕되고 있었다. 대세가 기울었다. 우리는 승리했다.

"해냈어, 로렛타! 네가 이긴 거야! ……로렛타?"

당혹스러운 표정을 짓는 피피를 뿌리치고서 나는 뒤쪽 바위 사이에 있는 바다로 뛰어갔다. 그리고 뱃속에 있는 것들을 전부

게워냈다.

"허억…… 허억…… 허억……."

"로렛타……."

내 뒤를 쫓아온 피피가 부드럽게 등을 쓸어주었다. 피피는 그이상 아무 말도 하지 않았다. 나를 배려해주는 걸까.

(군인도 아닌 사람들을 죽게 만들었어…… 내 지휘로…….)

군인이란 자신의 의지로 싸울 것을 선택한 사람들이다. 그들에겐 각오가 있다. 최악의 경우엔 목숨을 잃게 되더라도 명령에 따르겠다는 각오가.

하지만 저들은 아니었다. 어쩌면 모험가들은 스스로 모험가의 길을 선택했을지도 모르지만 목숨까지 걸고서 싸울 결심이 있었을지 어떨지는 또 사람마다 다르겠지. 하물며 일반 평민들은 두말할 여지 없는 피해자다. 그런 사람들을 내가 죽음으로 내몰았다.

나는 그 사실을 견디기 힘들었다.

"……여어, 주근깨 아가씨. 그 모습을 보니 어지간히도 꾹 참고 있었나 보네."

나한테 말을 건넨 사람은 아까 나보고 후방의 지휘를 맡으라고 권했던 수염을 기른 모험가였다.

"……었어?"

"……응?"

"……몇 명, 죽었어?"

"……그걸 물어서 어쩌려고."

내 질문에 바로 대답하기를 피하고서 되묻는 모험가.

"자기만족이야. 내가 맡은 지휘의 결과를 알고 싶어."

"……로렛타……."

"그것 때문에 평생 후회하게 된다고 해도?"

"그게 지휘를 맡은 자가 떠안아야 할 업보잖아."

죽은 자는 돌아오지 않는다. 책임을 지는 건 불가능한 것이다. 그래서 나는 일축했다. 자기만족이라고.

"열한 명이야. 저 정도 머릿수의 언데드를 막아냈으니 훌륭하다고 표현해도 부족한 전과지."

"……열한 명이나."

한 사람, 한 사람에게 가족이 있고, 돌아갈 장소가 있고, 살아온 인생이 있었다. 나는 그 미래를 꺾어버렸다.

"당신 같은 귀족도 있었군."

"……?"

"귀족 나리들은 우리 같은 평민들 따위 체스판 위의 폰 정도로만 생각하고 있을 줄 알았어."

"……그런 사람이 있을지도 모르지."

하지만 나는 도저히 그렇게 생각할 수 없었다.

"죽은 사람들도 당신 같은 사람을 위해서 죽었다면 조금쯤은 미련이 덜할 거다."

"무슨 말도 안 되는……."

"말도 안 되는 소리가 아니야. 아픔을 공유할 수 있는 지휘관은 귀중해. 그러면서 지휘할 땐 그런 감정을 떨쳐낼 수 있는 녀석은 더더욱 귀하지."

모험가는 그러면서 작은 병을 품속에서 꺼냈다.

"술이야. 죽은 녀석들에게 바치는 진혼이다."

그대로 뚜껑을 열고서 병을 거꾸로 뒤집어 바다에 술을 뿌렸다.

"……잠깐만 기다려 줄래?"

"피피?"

피피는 잠깐 기다리라는 말을 남기고서 어디론가 달려가더니 몇 분이 지나 다시 돌아왔다. 손에는 바이올린이 들려 있었다.

"피피, 소금기에 악기가 상할 거야."

"잠깐 정돈 괜찮겠지."

그렇게 대답하고서 피피는 바이올린 활을 들고 현을 당겼다.

"레퀴엠인가. 그 녀석들한텐 과분할 정도군."

말은 그렇게 하면서도 표정에선 숨길 수 없는 기쁨이 드러났다.

"주근깨 아가씨, 당신 이름은?"

"로렛타. 로렛타 크글렛."

"이거 놀랍군. 크글렛 가문의 아가씨였어? 어쩐지 지휘가 범상치 않더니."

"빈말은 됐어."

"진심이야. 기억해 두겠어. 당신의 첫 출진을 말이지."

내가 지휘를 맡은 건 이번이 처음이 아니다. 하지만 그가 하고 싶은 말이 뭔지 알 수 있었다.

(……그래, 이게 내 첫 출진.)

싸움이란 어떤 것인가. 군대를 지휘한다는 건 어떤 의미를 가지는가.

──그리고 누군가를 죽음으로 밀어 넣는다는 게 어떤 것인가.

(결코 잊지 않겠어.)

언데드의 잔해가 흩어지고 그 자리에 남은 수많은 마법석만이 반짝이는 해안에는 피피가 연주하는 진혼곡이 끝없이 울려 퍼졌다.

【막간 · 끝】

평민 주제에
건방지군요!

유령선 안으로 돌입한 우리 앞을 막아선 사람은 레이의 소꿉친구인 루이였습니다. 제국의 사주를 받은 거겠죠. 언데드로 변한 루이는 레이의 책략에 걸려 수많은 은제 검에 몸이 꿰뚫렸습니다.

대체 누구 꾐에 넘어간 건지는 몰라도 소중한 사람을 배신하다니 어리석은 짓을—— 저는 그런 생각을 하고 있었는데,

"……고마워, 아아……. 그 녀석들, 결국 돈을 떼먹게 돼서, 원망하려나…….."

그가 마지막으로 남긴 말에 머릿속이 차갑게 식는 걸 느꼈습니다.

"정말로 가실 건가요, 클레어 님?"

"당연하죠. 우리가 전해 주지 않으면 누가 전해 주겠어요."

내키지 않아 하는 기색인 레이를 끌고서 제가 향한 곳은 유령선 소동의 흑막이었던 루이의 집이었습니다. 루이가 이용당한 약점인 아픈 어머니가 집에 있을 테니까요. 저는 루이의 최후를 그녀에게 전할 의무가 있다고 생각합니다.

루이가 저지른 짓은 분명 잘못된 행동입니다. 제국의 의도에 놀아났다고는 해도 그가 한 행동 탓에 희생자가 나왔습니다. 하

지만 그렇다고 해서 루이의 행동에 정상참작의 여지가 아주 없다고 생각하지는 않았습니다.

어머니의 목숨을 구하고 싶다── 그 마음이 어떨지, 저는 아플 정도로 잘 압니다. 어머님이 사고를 당했을 때, 만약 저에게 선택지가 주어졌다면── 제국에 영혼을 팔아 어머님의 생명을 구할 수 있다는 말을 들었다면 틀림없이 그 꾐에 넘어갔겠죠.

"루이의 죽음은 언젠가 다른 사람이 전할 거라고요. 듣자 하니 루이의 어머니는 아직 병이 다 낫지 않았다고 하는데 병세가 호전될 때까지 기다렸다가 전하는 편이 낫지 않을까요?"

"다른 사람한테 맡길 수는 없어요. 어머니를 위해 행동한 것도 그렇고, 마지막에 친구들에게 전하는 사과의 말을 남기며 죽었던 모습을 끝까지 지켜본 우리가 직접 전하지 않으면 어쩌겠다는 거예요."

그러자 레이는 어째선지 고통스러운 표정을 짓고서,

"……클레어 님은 귀족이네요."

"? 무슨 뜻이에요?"

"아뇨, 이해하지 못하셨다면 그걸로 충분합니다."

이때 레이가 무슨 말을 하려고 했던 건지 깨닫게 되는 건 좀 더 나중의 일이었습니다.

루이의 집은 유클레드 변두리에 외따로 세워진 집이었습니다. 평민 기준으로 봐도 그다지 유복하다고는 볼 수 없는 작은 집이었고, 건물 여기저기 낡은 흔적이 보였습니다. 돌보는 사람이 없는 건지 마당도 황량하게 방치된 상태입니다.

저는 힐끔힐끔 곁눈질로 살림을 살피면서 문을 노크했습니다. 들어오라는 목소리를 듣고서 바로 문을 열고 안으로 들어갔습니다.

"어머나, 레이 짱, 오랜만이네."

레이를 본 루이의 어머니── 오프리아 씨는 부드러운 웃음을 지었습니다. 아직 병이 다 낫지 않았다던 레이의 말대로 안색은 파리했고 팔다리도 비쩍 마른 나뭇가지처럼 앙상했습니다.

다른 얘기지만 오프리아 씨가 놀라지 않도록 오늘은 레레어를 데리고 오지 않았습니다. 모험가 길드에서 일하는 친구를 도와줄 예정이라는 멜 씨한테 레레어를 하루만 맡아달라고 부탁드렸습니다. 저번 방어전에서 활약한 덕분인지 레레어는 모험가들 사이에서 인기인이 된 모양이라 모험가들이 벌이는 술 파티에 참가하게 됐다나요.

"이렇게 누워있는 채로 맞이해서 미안해. 몸이 좀 좋지 않거든. 대단한 병은 아니지만……."

"아니에요, 아주머님. 누워 계세요."

콜록콜록 기침하는 오프리아 씨한테 서둘러 다가가 말을 건넸습니다. 그러고는 조금이라도 기침이 가라앉도록 등을 쓸어드렸습니다. 아픈데 무리를 하게 만들어선 안 되겠죠.

"어머, 아가씨는 누구? 레이 짱의 친구일까?"

"아뇨, 그게 아니──."

"네 맞아요, 아주머니. 클레어라고 해요. 루이 씨와도 친구랍니다?"

저는 거짓말을 했습니다. 제가 솔직하게 귀족이라고 밝히면 오프리아 씨는 분명 어찌할 바를 몰라 당황할 거라고 생각했기 때문입니다. 저는 오프리아 씨가 최대한 안심할 수 있도록 힘껏 상냥한 미소를 지었습니다.

"어머, 루이와도? 나한테 약을 건네줬던 날을 마지막으로 한동안 얼굴을 못 봤단다. 그 애는 잘 지내니?"

루이 얘기에 눈에 띄게 표정이 밝아진 오프리아 씨의 말에 저는 한순간 얼어붙고 말았습니다. 저 말만으로도 충분히 알 수 있었습니다. 그녀가 얼마나 아들을 사랑하는지. 병상에 누워있으면서도 자기 몸보다 아들을 더 염려하고 있다는 것까지.

하지만 저는 반드시 전해야 합니다. 자기 나름대로의 신념에 목숨을 바친, 상냥하면서도 강한 마음을 가졌던 남자의 마지막을.

"루이 씨는…… 그만 세상을 떠나고 말았어요."

저는 전해야만 하는 사실을 또박또박 말했습니다.

"그런……. 그럴 수가, 거짓말이지……?"

오프리아 씨는 처음엔 질 나쁜 농담이라고 생각했는지 쓴웃음을 지으며 믿으려 들지 않았습니다. 하지만 제 표정을 통해 그게 엄연한 사실이라는 걸 마침내 깨달은 모양입니다.

잠시 침묵이 흘렀습니다. 그건 길게도, 혹은 짧게도 느껴지는 침묵이었지만 어머니가 자식의 죽음을 받아들이기에는 너무나도 부족한 시간이었겠죠.

"……그 아이는…… 어쩌다 목숨을 잃고만 거니……?"

오프리아 씨는 지금 당장이라도 꺼져 들어갈 것 같은 목소리였지만 어떻게든 말을 쥐어짜서 물었습니다.

"루이 씨는——."

저는 한순간, 그래도 어머니에게는 진실을 전해야 할까 망설였지만 오프리아 씨의 모습을 보고 바로 생각을 고쳤습니다.

"루이 씨는 마을을 습격한 유령선을 퇴치하기 위해 동료들을 지키다 그만 변을 당했습니다."

제 입에서 나온 말은 이번 일의 진상을 은폐하기 위해 꾸며낸 이야기였습니다. 레이는 맹렬히 반대했지만 저는 이런 각본으로 가자고 밀어붙였습니다. 모든 진상을 아는 건 미샤를 포함해 우리 셋뿐. 아버님은 어느 정도 눈치를 챈 기색이었지만 제가 보고했을 땐, "그런가"라고 한마디 했을 뿐 깊이 캐묻지 않았습니다.

"루이 씨는 굉장히 용감했습니다. 그가 없었다면 이 마을은 심각한 피해를 입었겠죠."

저는 오프리아 씨의 손을 잡았습니다. 가녀리고 유약한 손이 조금씩 떨리고 있었습니다. 저는 부디 그녀가 아들의 죽음에 긍지를 갖기를 바라면서 말을 이었습니다.

"루이 씨는 이 마을을 구해낸 영웅입니다."

제가 그렇게 말하자 오프리아 씨는 잠시 동안 넋이 나간 것 같기도 하고 무언가를 생각하고 있는 것 같기도 한, 속내를 짐작할 수 없는 표정으로 가만히 있었습니다.

"그래…… 그렇구나……. 울보였던 그 아이가 그렇게 훌륭한 일을 해내다니……."

오프리아 씨는 이윽고 미소를 지었습니다. 저는 그 미소를 보고 루이도 안심하고 성불할 수 있을 거라 생각했습니다.

하지만 그건 크나큰 착각이었습니다.

"하지만…… 설령 그렇다고 해도, 울보인 채로도 좋으니까……
그 아이가 내 곁으로 돌아와 줬으면 했어."

오프리아 씨는 그렇게 말을 맺고서 흘러나오는 오열을 꾹 억
누른 채 눈물을 흘렸습니다.

"평민의 죽음은 귀족의 죽음과는 다르군요."

며칠 후. 루이의 장례식을 마치고 돌아오는 길에 제가 힘없이
말했습니다.

"어떤 점이 다르다고 느끼셨어요?"

제가 침울해하는 걸 알아챈 걸까요. 레이가 부드러운 어조로
물었습니다.

"귀족이 전사했을 경우 성대한 추모식이 열리지만, 루이는 자
기 집의 작은 정원에 묻히고서 그 위에 남은 건 소박한 묘표와
꽃다발뿐이죠. 너무나도 슬픈 일이에요."

귀족과 평민은 죽음이 가지는 의미마저 격차가 있다는 사실에
장례식 내내 기분이 석연치 않았습니다.

"루이는 그래도 복 받은 편입니다. 그나마 묫자리라도 남겼으
니 나은 거죠. 훨씬 가난한 평민이나 길에서 객사한 사람들은
공동 매장지에 묻힌 채로 끝이니까요."

"……."

레이는 냉정한 현실을 얘기해 줬습니다. 그런 건 장례라고 부를 수 없다는 게 제 생각입니다. 그건 이미 장례가 아니라 『처리』라고 불러야 하지 않을까요.

"죽음에서 명예를 찾아내는 것도 귀족의 특권이라고 생각합니다. 평민 중에도 그런 경우가 없지는 않지만 대부분의 경우 죽음은 슬프고 비참한 법이니까요."

"……?"

저는 그 말을 듣고서야 비로소 레이가 지금 저한테 하는 말이 아니라, 자기 자신한테 하는 말이라는 걸 깨달았습니다.

"레이, 당신 괜찮아요? 마음이 많이 안 좋아 보이는데요?"

"……아뇨, 그렇지 않아요. 돌아가면 클레어 님으로 어떻게 놀아 볼까 하는 망상이 멈추질 않아서——."

"얼버무리지 마세요. 이제 당신과 같이 지낸 시간도 짧지 않아요. 진짜로 하는 소린지 아닌지 정도는 구별할 수 있게 됐다고요."

"……죄송합니다."

레이는 크게 후우, 하고 한숨을 토해내더니 천천히 입을 열었습니다.

"저는 루이에 대해 어떠한 마음도 없었습니다. 옛날에 저한테 호감을 드러냈을 때도, 싸웠을 때도, 그를 죽였을 때조차도."

"그런데?"

"……처음으로 사람을 죽였어요."

"……!"

"루이가 한 짓은 용서받을 수 없는 행동이라고 생각해요. 하지만 그 목숨을 끊어서 오프리아 씨가 숨죽여 울게 만든 장본인은 바로 저입니다."

레이가 속마음을 솔직하게 말하는 모습은 오랜만에 봤습니다. 언니랑 한바탕 다퉜을 때 이후로 처음 아닐까요.

"레이……."

"루이, 마지막에 웃었어요. 속에 남은 미련들이 잔뜩 있었을 겁니다. 어머니에 대해, 동료에 대해, 앞으로의 일들에 대해—— 하지만 제가 거기에 종지부를 찍었어요……!"

"레이."

저는 참을 수 없는 심정에 레이를 껴안았습니다. 제 품에 안긴 레이는 가만히 떨고 있었습니다.

"레이, 잘 들으세요."

"……네."

"먼저, 루이를 죽인 사람은 당신 혼자만이 아니에요. 저랑 미샤도 마찬가지예요. 자기 혼자서 모든 짐을 짊어지려고 하는 건 그만두세요."

"하지만——!"

"우리가 한 일은 스틸레토 같은 거예요."

"……스틸레토?"

스틸레토——『자비의 일격』이라는 별명을 가진 단검은 회복할 가망이 없는 사람에게 최후의 안식을 주는 용도로 쓰였다고 합니다.

"칸타렐라를 복용한 루이는 늦든 빠르든 더 이상 인간으로 남을 수 없었어요. 그럼에도 루이는 마지막에 어머니나 친구들을 염려하며 죽었죠. 아직 인간으로 남아있을 때 죽은 거예요."

사람을 죽인 행위를 미화할 생각은 없지만 그건 고통을 덜어 주는 행동이었다고 생각합니다.

"……그런 걸까요."

"그래요. 그렇게 생각해도 자기가 한 행동을 용서하기 힘들다면 그를 잊지 않으면 돼요."

"잊지 않는다?"

"맞아요. 루이라는 사람이 있었다는 사실을. 당신을 좋아했고, 어머니를 사랑했고, 동료를 생각했던 상냥한 남자가 있었다는 사실을 계속 기억하기로 하죠."

"……."

"그리고 그의 목숨을 이 손으로 끊었다는 사실도. 당신의 죄는 제가 절반 떠안아 주겠어요. 함께 갚도록 해요. 우리들이 죽을 때까지."

"……클레어 님."

레이는 울지 않았습니다. 하지만 눈물을 보이지 않더라도 레이가 깊은 후회와 함께 루이의 죽음을 애도하고 있다는 걸 알 수 있었습니다. 저는 레이를 안아주면서 그녀한테도 이렇게 약한 부분이 있다는 걸 느꼈습니다.

그날 우리는 하나의 죄를 나눠 가지게 된 겁니다.

막 간

수단과 신념
(피피 발리에)

"으~~~~~~~~!"

"자, 거기까지. 10분 휴식입니다, 피피 님."

"후우! ……하아, 하아, 하아……"

공기의 진동을 제어하는 마법을 광범위하게 확대하는 연습을 이어가던 중 미샤의 종료 선언에 제어를 풀자 피로감이 엄습해 왔다. 격렬한 운동을 한 것도 아닌데 폭포수처럼 땀이 쏟아진다.

"피피 님, 이걸."

"……하아, 하아……. 고마워, 미샤."

미샤가 건네준 수건으로 땀을 닦으면서 스커트가 더러워지는 것도 개의치 않고 지면에 털썩 주저앉았다.

지금 이곳은 유르 가문의 정원이다. 유르 가문은 몰락 귀족이라서 정원은 넓지만 변변찮은 화단조차 놓여 있지 않았다. 아마 정원을 관리해 줄 정원사를 고용할 여유가 없어서겠지.

나는 유르 가문의 넓은 정원에서 미샤를 대동하고서 마법 연습을 하는 중이었다.

"이제 꽤 넓은 범위까지 풍마법을 전개할 수 있게 되셨네요."

"응, 미샤의 조언 덕분이야. 정말 고마워."

"아뇨, 저희 집안도 도움을 받았으니까요. 저 같은 사람한테 가정교사를 맡겨주시다니."

그렇다. 나는 미샤한테 마법 가정교사가 되어 달라고 부탁했다. 내 마법 적성은 풍속성 중간 적성. 지금까지는 심플하게 바람의 칼날을 생성해서 싸우는 식이었지만 이것만으로는 부족하다는 생각이 들었다.

(두 번 다시는 로렛타가 그런 표정을 짓게 만들고 싶지 않아.)

해변에서 겪었던 싸움은 로렛타뿐만 아니라 나에게 있어서도 충격적인 경험이었다. 나는 로렛타의 호위로서 활약했지만 실상은 로렛타가 나보다 훨씬 더 강하다. 나에게는 로렛타처럼 대규모 병력을 지휘할 재주도 없으니 하다못해 로렛타의 걸림돌이 되지 않도록 마법을 연마하자고 결심했다.

(그도 그럴 게…… 로렛타, 울고 있었는걸.)

로렛타는 자신의 힘이 부족해 자기가 지휘한 사람들을 죽게 만들었다면서 진심으로 원통해했다. 만약 나에게 좀 더 힘이 있었더라면 로렛타가 그런 표정을 짓지 않아도 됐을 것이다. 가령 그때 그 자리에 내가 아니라 미샤가 있었다면 전투가 훨씬 수월하게 풀렸겠지.

그런 생각이 들 정도로 미샤의 세이렌은 엄청나다. 마법 가정교사를 부탁하면서 미샤의 마법을 다시 견학할 수 있었는데 그야말로 압도적이었다. 특히 대단한 점은 바로 효과 범위다. 세이렌은 공기의 전파를 이용해서 발동하는 마법이라서 공기만 있으면 마력이 허락하는 한 얼마든지 범위를 넓힐 수 있다. 미샤가 그때 해변에 있었다면 아마 언데드 수십 정도는 가뿐하게 섬멸했겠지.

(미샤 수준만큼 가능할 거라는 생각은 안 들지만…… 적어도 지금보다는 강해지고 싶어.)

이런 이유로 나는 미샤한테 마법을 가르쳐달라고 부탁하기로 마음을 먹은 것이다.

"좋아, 휴식 끝. 다음은 뭘 하면 될까?"

"그러네요……. 범위는 꽤 넓어졌으니 이건 앞으로도 꾸준히 연습하시면 될 것 같고, 다음은 정밀한 제어일까요."

"흠흠."

"표적을 준비할 테니까 제가 지시하는 표적만 바람의 칼날로 명중시켜 보세요."

"알겠어."

미샤는 학교 마법 수업에서 쓸 법한 표적들을 준비해서 맞은 편에 세웠다. 거리는 대충 50미터 정도. 지금의 나에겐 그리 멀지도 가깝지도 않은 거리다.

"1번."

"에잇!"

"4번."

"하앗!"

"9번."

"이얍!"

"2번."

"타앗!"

미샤의 지시에 따라 연달아 칼날을 생성해서 표적을 향해 날렸다.

"다음입니다. 2번과 8번."

"야앗!"

"4번과 10번."

"흐랴아앗!"

"3번과 5번."

"으랴아압!"

점차 난이도가 올라가기 시작했다. 나는 필사적으로 지시에 따라 마법을 날렸다. 하지만 한 번에 노려야 할 표적이 3개까지 늘어나자 점점 지시에 맞춰 표적을 명중시키기가 힘들어졌다.

"해결해야 할 과제는 제어력인 것 같네요."

"하아…… 하아……. 응…… 그런 모양이야……."

마력의 효과 범위를 넓히는 훈련은 비교적 순조롭게 실력을 늘릴 수 있었다. 그런데 제어력 훈련은 상당히 어렵게 느껴졌다. 미샤한테 시범을 한번 보여 달라고 부탁했더니 미샤는 세 개는 기본이고 1부터 10까지 아무 숫자나 불러도 한 치의 오차도 없이 명중시켰다.

"대단해……."

"이래 보여도 장학생으로 입학했으니까요."

미샤의 마법이 대단하다는 거야 이미 알고 있는 사실이었는데도 이렇게나 확연하게 수준 차이가 나니 어쩔 수 없이 어깨가 처진다.

"제어력을 올릴 수 있는 훈련은 없어?"

"그렇군요……. 없지는 않은데……"

"뭔데? 가르쳐줘!"

내 재촉에 미샤는 조금 주저하는 기색이었다.

"무슨 문제라도 있어?"

"그게, 이걸 문제라고 해야 하나, 신념이나 가치관의 영역이라고 해야 할까요."

"일단 말이라도 해봐. 할지 말지는 내가 정할 테니까."

"……그렇죠. 악기를 써보는 건 어떤가요?"

악기?

"피피 님의 바이올린 솜씨는 잘 알고 있습니다. 바캉스 전에 있었던 콘서트에서 음악제 초대장을 받으셨죠?"

"맞아."

학교 창립기념제에서 로렛타가 음악제 초대장을 따냈듯이 나도 가을 음악제에 초대를 받았다. 가을 음악제에 나가는 게 정해졌던 날엔 로렛타와 둘이서 얼싸안고 기쁨을 나눴다.

"바꿔 말하면 피피 님에게 있어서 바이올린은 신체의 일부나 마찬가지라고 표현해도 과언이 아닐 정도로 섬세한 조작이 가능한 악기라는 뜻이에요."

"그게 마법이랑 어떤 연관이 있는 거야?"

"마도구의 중에는 악기 형태를 가진 것도 있습니다."

"!"

그건 다시 말해——.

"악기를 무기로 사용한다…… 그런 뜻이네?"

"네."

일리가 있었다. 마법의 제어가 어렵게 느껴지는 건 이미지를 구현하는 게 모호하고 추상적이기 때문이다. 만약 그걸 구체적으로 구현할 수 있다면 제어력도 크게 향상될 거라고 기대할 수 있겠지. 하물며 바이올린은 내 수족보다도 섬세하게 다룰 수 있는 물건이다. 상상도 못할 시너지가 발휘될지도 모른다.

"문제는 그걸 피피 님 스스로가 용납할 수 있을 것인가, 그 점입니다."

"……그러네."

바이올린은 나에게 특별한 의미를 가지는 악기다. 음악을 마법에 이용하는 정도야 허용범위라는 생각이 들지만 바이올린 연주를 싸우는 용도로 쓴다는 건 심정적으로 커다란 저항감이 있다. 이건 이거고 그건 그거라고 쉽게 선을 그을 수 있는 사람도 많겠지만 내 입장에선 바이올린은 거친 일과 가장 거리가 먼 악기다.

이건 결코 깨끗한 척하려는 게 아니다. 감성은 연주 속에서 뚜렷하게 드러난다. 만약 바이올린을 싸움의 도구로 삼는 걸 허용했을 때 그게 내 연주에 어떤 영향을 끼치게 될지는 미지수였다. 텔레파시 마법을 발명했다고 전해지는 유명한 풍마법사는 원래 저명한 가수이기도 했는데 목소리를 마법에 사용하고 나서부턴 더 이상 노래를 할 수 없게 됐다는 일화도 전해진다.

"개인적으로는 추천드리고 싶지 않습니다. 예술과 피비린내 나는 싸움은 별개로 두는 게 좋겠죠."

"……그래, 나도 그렇게 생각해."

"그럼 다른 방법을——."

"그렇게 생각하긴 하지만 일단 어떻게 하는지 가르쳐줄래? 여차할 때를 대비해서 알아두고 싶어."

"……알겠습니다."

실제로 이 방법을 쓸지 어떨지는 별개로 치고서라도 머릿속에 지식으로 담아둬서 나쁠 건 없을 테니까. 나는 미샤한테서 악기형 마도구를 제작하는 공방의 위치와 악기로 마법을 제어하는 요령을 배웠다.

"고마워, 미샤."

"아뇨, 제가 도움이 됐을지 어떨지."

"무척 도움이 됐어. 적어도 예전보다는 확실히 강해졌다는 실감이 나는걸."

사람은 작은 진전일지라도 발전이 있으면 성취감을 느낄 수 있다. 무력함을 통감했던 그 날에 비하면 커다란 진보였다.

"피피 님은 정말 로렛타 님을 좋아하시는군요."

"……뭐야, 그럼 안 돼?"

쓴웃음을 짓는 미샤를 향해 퉁명스레 말했다. 미샤한테 마법을 가르쳐달라고 부탁했을 때, 그런 결심을 한 동기와 무슨 일이 있었는지를 털어놨다. 그러지 않으면 내 절실함이 전해지지 않을 것 같았기 때문이다.

"아뇨, 그렇지 않아요. 오히려 부럽다고 생각합니다."

"너는 어떤데, 미샤? 유 님을 위해서 강해지고 싶다고 생각하지 않아?"

"……."

미샤는 아무 말 없이 쓰게 웃을 뿐이었다. 내가 속마음을 솔직히 털어놨다고 해서 미샤까지 나한테 솔직한 속마음을 말하라는 법은 없다. 하지만 왠지 마음에 들지 않았다.

"뭐, 됐어. 연습을 계속하자."

"네."

나는 다시 마법의 효과 범위를 넓히는 훈련을 개시했다. 눈을 감고서 집중한다.

"……피피 님도 레이도, 정말 부럽습니다."

그런 중얼거림이 귀에 닿았던 것 같은데 그건 내 기분 탓이었을까.

【막간 · 끝】

"클레어 쨩, 사탕 주라—."

"네에네에."

카트린은 언제나처럼 제 침대 위에서 뒹굴거리며 사탕을 달라고 졸랐습니다.

저는 이런저런 고민거리들을 생각하느라 머릿속이 복잡했지만 그런 내심을 감추고 이제 제법 가벼워진 사탕 상자에서 리코리스 사탕을 꺼내 카트린에게 건넸습니다.

고마워, 하고 가벼운 감사를 건넨 카트린이 다시 소설로 눈을 돌립니다. 저는 책상 앞에 앉아 다시 생각에 잠기려고 했습니다.

"클레어 쨩, 쌍둥이 이스케이프 3권 좀 집어줘—."

"어휴, 정말이지 어쩔 수 없네요."

"……클레어 쨩, 어깨 주물러줘—."

"이번만이에요."

"…….."

침대로 가서 카트린의 가녀린 어깨를 주물러 주면서도 머릿속에 떠오르는 건 유클레드에서 있었던 일들입니다.

"클레어 쨩, 여기 딱 앉아봐."

"네?"

"무슨 일이 있었어? 말해줘."

"무, 무슨 일이에요, 갑자기."

어느새 카트린은 몸을 일으켜 고쳐 앉은 상태였습니다. 진지한 표정으로 제 눈을 가만히 응시합니다. 그제야 저도 정신을 차리고 제가 지금 무슨 행동을 하고 있었는지 깨달았습니다.

"클레어 쨩이 이렇게 순순히 내가 해달라는 대로 다 해줄 리가 없는걸. 분명 무슨 일이 있었던 게 분명해―."

"그, 그렇지는……."

"아니야―?"

"…….."

아무래도 카트린한테는 숨길 수 없는 모양입니다. 저는 순순히 털어놓기로 했습니다.

"……저, 가난이 어떤 건지 알게 됐어요."

"……계속 말해줘."

제 말에 카트린은 한순간 깜짝 놀란 표정이었지만 바로 뒷말을 재촉했습니다.

"지금까지 사전적인 단어로야 당연히 알고 있었고, 의미도 이해하고 있다고 생각했어요."

"응."

"하지만 실제로는 그걸 겉핥기로만 알고 있었을 뿐 제대로는 모르고 있었다는 사실을 깨닫게 됐어요."

저는 유클레드에서 있었던 일들을 카트린에게 솔직히 얘기했습니다.

바캉스로 별장에 갔던 일.

레이네 집에서 느꼈던 충격.

언데드 소동.

유령선에서 벌어진 결전.

진상은 어둠 속으로 묻혔던 일.

다른 사람한테 얘기하면 안 된다는 당부도 포함해서 전부 털어놨습니다.

"사건이 끝난 뒤에 레이와 유클레드의 거리를 함께 걸었어요. 그랬더니 지금까지 눈에 들어오지 않았던 것들이 보이기 시작했어요."

부모를 잃은 아이들이 모여서 살아가는 고아원.

노쇠한 몸을 채찍질하면서 필사적으로 일하는 농부.

한쪽 팔을 잃고서 무기력하게 주저앉아 있는 전직 모험가.

누구 하나 나서서 도와주는 사람이 없어도 그들은 있는 힘껏 살아가려고 발버둥 치고 있었습니다.

"평민 운동 때, 저는 거리에서 구걸하는 아이들을 본 적 있어요. 그때 저는…… 아이들을 더럽다고 생각했어요."

"후회해?"

"네. 얼마나 오만한 생각이었던 걸까요. 얼마나 세상 물정 모르는 꼴이었을까, 싶어요."

저는 그 아이들이 그렇게 된 건 자업자득일 거라고 생각했습니다. 그럴만하니까 저렇게 됐겠지, 게을러서 가난한 거라고.

하지만 그렇지 않아요. 그렇지 않았던 거예요.

"레이가 이것저것 설명해 줬어요. 자기가 원해서 가난해지는 사람은 없다고. 누구나 가난에 『빠지게』 되는 거라고요."

고아원 아이들이 부모를 잃은 거에 무슨 책임이 있을까요.

농부가 나이를 먹은 건 사람이라면 누구나 피해 갈 수 없는 일입니다.

부상으로 직업을 잃은 그 모험가에겐 어떤 잘못이 있는 걸까요.

저는 그런 죄가 없는 약자들을…… 그저 외면하고 있었을 뿐이었습니다.

"저는…… 스스로가 부끄러워요."

"클레어 쨩……."

카트린이 제 손을 쥐었습니다. 손에서 전해지는 따뜻한 온기를 통해 조금이나마 마음을 진정시킬 수 있었습니다.

"하지만 계속 풀 죽어 있을 수는 없어요. 저는 지금까지 잘못을 저질렀어요. 바로잡아야 해요."

"어떻게 할 거야—?"

"왕국에서 가난을 몰아내고 싶어요."

"……그건…… 굉장히 어려울 거라고 생각하는데—?"

"그래도 꼭 해야만 하는 일이에요. 프랑소와 가문의…… 도르 프랑소와와 밀리아 프랑소와의 딸로서."

레네가 상기시켜줬던 어머님의 말이 있습니다.

『알겠어요, 클레어? 귀족으로서 이상을 포기하고 현실에만 안주해서는 안 된답니다? 프랑소와 가문의 일원이라면 언제나 이상을 내걸고 스스로 이상을 실천하도록 하세요.』

가난의 심각성을 알게 된 지금, 그걸 해결하는 게 쉬울 거라곤 생각하지 않습니다. 하지만 그렇다고 해서 거기서 시선을 돌리고 외면해서야 프랑소와 가문의 영애라는 이름이 울어요. 저는 귀족입니다. 귀족이라면 평민의 생활에도 책임이 있어요. 사람들이 보다 나은 인생을 살아갈 수 있도록 만드는 게 저에게 부과된 사명일 것입니다.

그 점을 잊어서야 저 클레망 님과 비교해도 하등 다를 게 없는 사람이 되겠죠. 평민을—— 약자를 괴롭히고 착취할 뿐인 사람. 절대로 그런 사람만큼은 되고 싶지 않습니다.

"클레어 짱…… 성장했네—."

"……네?"

정신을 차려보니 카트린은 굉장히 따스한 표정으로 저를 바라보고 있었습니다. 마치 새로운 일을 할 수 있게 된 대견한 딸을 바라보는 엄마와도 같은 표정입니다.

"잠깐, 카트린. 그 뜨뜻미지근한 시선은 뭐예요."

"이야— 하지만 그 클레어 짱이 말이지—."

제가 뭐 어쨌다는 건가요.

"레이 짱이 많이 힘써준 덕분이기도 하지만 귀족으로 태어나서 그만큼 생각할 줄 아는 사람은 보기 드물 거라 생각하는데—?"

"그, 그런 걸까요."

"그렇다니까—. 하지만 바꿔 말하면 클레어 짱을 지지하는 사람도 적을 거라는 뜻이 될 텐데—?"

귀족들은 부패했다고 외치던 평민 운동가들의 말이 무슨 뜻이었는지 지금은 조금쯤 이해할 수 있습니다.

"그렇군요…… 한층 더 문제가 어려워졌다는 뜻이네요."

"겁먹었어—?"

"오히려 의욕이 타올라요."

"역시 그래야 클레어 짱이지—."

그러면서 카트린은 갑자기 저를 확 끌어안았습니다.

"잠깐, 카트린, 갑갑해요."

"에헤헤, 그치만 기쁜 걸 어떡해—. 클레어 짱이 한층 똑똑해지다니—."

"저는 예전부터 똑똑했다고요!"

"알고 있어—. 하지만 지금은 훨씬 총명해졌는걸—."

"그, 그렇게 치켜세워줘도 아무것도 안 줄 거예요!"

"아냐, 진심이야."

그 말과 함께 카트린은 포옹을 풀었습니다. 그러고는,

"클레어 짱이라면 할 수 있어. 응원할게."

활짝 웃으며 말했습니다.

"흥, 당연한 소리예요. 제가 누구라고 생각하는 건가요."

"그런 부분은 쭉 변하지 않았으면 좋겠네—."

"그런 부분이 뭔데요?!"

"지금 그런 점—."

"우씨—!"

그렇게 장난을 치면서도 제 머릿속은 카트린에 대한 생각으로 가득했습니다.

(분명…… 제 행동 때문에 계속 안타깝게 여겼던 거겠죠.)

카트린은 원래 평민입니다. 카트린 입장에서 보면 제가 이제야 깨달았을 뿐이지 옛날부터 자명한 사실들이었을 겁니다. 제 미숙함, 오만함을 카트린이 몰랐을 리가 없겠죠.

(그런데도 카트린은 끝까지 저를 포기하지 않았어요.)

저는 그런 카트린의 마음에 보답해야만 합니다.

"카트린."

"응?"

"지켜봐 주세요."

"물론이야—."

해야 할 일들은 산더미처럼 있습니다. 일단 내일부터는 현재 상황을 파악하는 것부터 시작해야겠다고 계획을 짜면서 카트린에게 웃음으로 화답했습니다.

제 6 장

능글맞은 레이와 저

이튿날. 저는 제 방에서 바우어 왕국의 정치체제에 관련된 책과 신문기사를 탐독했습니다. 마음을 먹었으니 일단은 제가 할 수 있는 일들부터 차근차근 해나갈 생각입니다.

레이한테서 교회의 시책이 빈부 격차를 해결하는 데 참고가 될지도 모른다는 얘기를 듣고, 레이한테 교회에 방문하겠다는 기별을 보내 달라고 부탁했습니다.

레이가 제 부탁을 받고 방을 나간 뒤, 저는 신문에 실린 한 기사에 눈길이 갔습니다.

"인신매매……."

모 귀족이 비밀리에 인신매매를 저지르고 있다는 기사가 실려 있었습니다. 제가 바캉스로 유클레드에 가 있던 동안 나온 기사인데, 보도가 나온 직후엔 귀족계에 큰 소란이 일어났지만 눈 깜짝할 사이에 잠잠해졌다고 아버님이 말씀해 주셨습니다. 게다가 기사를 쓴 기자는 행방불명됐고, 기사를 냈던 신문사도 더 이상 후속 기사를 쓸 기미가 없다고 합니다.

"……입막음을 당했군요."

인신매매는 중죄입니다. 오랜 옛날에는 왕국에도 노예제도가 존재했었다고 들었지만 지금은 아주 엄중하게 금지되어 있습니다. 만약 이 기사 내용이 사실로 드러난다면 이런 짓을 저지른 귀족 가문은 풍비박산이 날 게 분명하겠죠. 인신매매는 그만큼이나 커다란 스캔들이니까요. 아마 뒤가 구린 귀족이 남몰래 사람을 써서 신문사에 압력을 넣은 게 틀림없습니다. 행방불명된 기자는…… 이미 이 세상 사람이 아닐 겁니다.

기사를 잘 읽어보면 『모 귀족』이라는 게 누구인지 대충 유추가 됩니다. 평범한 귀족이라면 거기까지 읽어내긴 힘들겠지만, 저는 돈의 흐름을 파악하고 있는 재무장관의 여식입니다. 돈의 흐름은 곧 사람의 흐름. 그리고 정보와 권력의 흐름입니다. 제가 가진 지식과 기사의 내용, 그리고 프랑소와 가문의 정보원들을 풀어서 조사한 정보를 조합하면 사건의 개요를 대략적으로 알 수 있습니다.

"클레망 아샤르 후작…… 정말로 당신인가요……?"

그래요. 모든 정보가 확실하다면 사건의 주모자는 클레망 님이 분명합니다. 아샤르 저택에서 대면했던 쓰디쓴 기억이 떠오릅니다. 귀족지상주의의 화신이라고 불러도 좋을 괴물은 결국 이런 지독한 짓까지 저지르게 된 모양입니다.

"가문의 명성이 있으면 무슨 짓을 저질러도 용납된다고 생각하는 걸까요……? 명문가인 아샤르 후작가의 이름이 울겠군요……."

아샤르 가문은 원래 프랑소와 가문과 어깨를 나란히 하던 공작 가문이었습니다. 하지만 지금 클레망 님의 대에 이르러 후작으로 강등당하고 말았죠. 이유는 단순합니다. 로세이유 폐하가 클레망 님을 권력의 중심에서 떨어트려 놓고자 했기 때문입니다.

지금이라면 로세이유 폐하의 의도를 이해할 수 있습니다. 귀족정치의 부패── 그걸 해결하고 싶었던 겁니다. 프랑소와 가문과 달리 아샤르 가문은 뒤에서 음험한 짓들을 잔뜩 저지르고 있었습니다. 그걸 추궁당하지 않으려고 도마뱀 꼬리 자르기 식으로 가지치기를 자행한 결과, 권세도 예전 같지 않고 작위도 후작으로 추락하고 말았습니다. 아샤르 가문 파벌이 가졌던 힘을 대폭 깎아낸 일은 로세이유 폐하가 현왕이라 칭송받는 이유 중 하나이기도 합니다.

"예전 권세를 되찾으려고 하는 클레망 님에겐 이런저런 안 좋은 소문이 끊이질 않지만…… 인신매매만큼은 차라리 오해였으면 좋겠어요."

개인적으로는 결코 클레망 님을 좋아할 수 없습니다. 클레망 님은 귀족이란 무엇인가에 대해 잘못 생각하고 있다고 생각합니다. 하지만 적어도 귀족으로서 갖추어야 할 긍지와 최소한의 선은 알고 있을 거라 믿고 싶었습니다.

"그건 그렇고…… 귀족의 부패가 어쩜 이럴 수가."

귀족의 부패는 아샤르 후작가에만 국한되는 이야기가 아니었습니다. 학교 강의만 듣던 저로선 몰랐던 얘기지만 많은 지식인과 논객들이 현재 바우어의 귀족정치가 가진 문제점을 지적하고 있었습니다. 제가 그걸 알게 된 건 학교 밖에서 들여온 책과 신문기사를 통해서였습니다. 아무리 로세이유 폐하가 지금 상황을 타파하고자 노력하고 있다고 해도, 왕립학교는 여전히 귀족의 전유물. 왕립학교에서 이뤄지는 교육이 보수적으로 편향되는 건 필연적인 일입니다.

"설마 이렇게나 심각할 줄이야."

저는 이상적인 귀족의 표본이나 마찬가지인 아버님의 모습을 보면서 자라왔기 때문에, 귀족들은 다들 고결한 정신과 사명감을 가지고 직무에 임하고 있을 거라 믿어 의심치 않았습니다. 하지만 이제 그런 귀족들은 실제론 한 줌도 남지 않았나 봅니다. 예전에 평민 운동가 학생이 내뱉은 말이 떠오릅니다.

——왕후 귀족 따위, 평민한테서 세금이나 빨아먹는 기생충이다.

지금 떠올려 봐도 절로 부아가 끓어오르는 폭언입니다. 하지만 현실을 직시하면 그 말이 크게 틀리지 않았다는 사실을 점차 깨닫게 됩니다.

"대체 어쩌다 이렇게……."

어떤 학자는 이렇게 지적했습니다—— 귀족정치는 너무 오래 지속되었다고요. 긴장감 없는 체제는 필연적으로 부패하기 마련입니다. 귀족들은 서로 권력투쟁을 벌이느라 날이 가는 줄도 모르고, 귀족제 자체를 견제할 세력조차 오랫동안 존재하지 않았던 결과 이념마저 잊어버리게 된 거 아니냐는 고찰이었습니다. 참고로 그 학자는 이 학설을 발표하자마자 학계에서 추방당했습니다. 지금보다 훨씬 더 귀족의 힘이 강했던 한 세대 전에 있었던 일입니다.

"……제 주변 사람들은…… 무관하겠죠……?"

피피의 발리에 가문, 로렛타의 크글렛 가문에 대해선 아직까지 나쁜 소문을 들어보지 못했습니다. 하지만 발리에 가문은 요즘 아샤르 가문과의 결속을 강화하고 있는 모양이고, 크글렛 가문은 크리스토프 님과 혼담을 나눴습니다.

발리에 남작과 크글렛 백작만큼은 만에 하나라도 그럴 가능성이 없다고 생각하긴 하지만 역학 구도에 따라서 얼마든지 입장을 바꿀 수 있는 게 바로 귀족입니다. 지금이라도 피피와 로렛타에게 한마디 언질이라도 해두는 편이 좋지 않을까 싶습니다.

"설마하니…… 아버님마저 관련되어 있거나 하지는 않겠죠?"

존경하는 아버님한테 이런 의심을 품는 것 자체가 불경한 짓임은 압니다. 하지만 평민의 빈곤에 대해 조사하면 할수록, 그리고 귀족의 부패에 대해서 알면 알수록, 제가 믿어왔던 『상식』을 의심해 볼 필요성을 느끼게 됩니다. 제가 우울한 기분에 잠겨 있었을 때,

"누구~게?"

"꺄악?!"

태평스러운 목소리와 함께 눈을 덮는 손길이 있었습니다.

"어휴, 레이! 무슨 장난을 치는 거예요!"

"아니, 그치만. 다녀왔습니다, 하고 인사를 드려도 클레어 님은 칙칙—한 표정만 짓고서 반응 한마디 없으셨는걸요. 서운해서 그만."

"네……? 아, 그랬군요……. 실례했어요."

레이가 인사했는데도 정신을 딴 데 두고서 무시했다니, 제 잘못입니다. 저는 순순히 사과를 건넸습니다.

"……정말 무슨 일이신가요, 클레어 님. 솔직하게 사과하시다니 클레어 님답지 않아요."

"잠깐, 그게 무슨 뜻이에요."

"그야 보통 클레어 님이라면—— 어머, 있었어요? 같은 소리 정도는 하시잖아요."

"……당신이 생각하는 저는 대체 얼마나 방약무인한 사람인 가요."

하지만 부정할 수 없다는 점이 분합니다.

"조금 생각할 게 있었을 뿐이에요."

"무슨 생각을 하셨나요?"

"딱히 그것까지 말할 필요는 없잖아요."

"쌀—쌀—맞—아! 클레어 님, 고민은 함께 공유하자고요. 기쁨은 나누면 두 배가 되고, 고민은 나누면 절반이 되는 법인데요?"

신기할 정도로 제 가슴에 부드럽게 스며드는 말이었습니다.

"……멋진 말을 하네요."

"옛날에 친구가 가르쳐 준 말입니다."

"그럼 그 친구한테 감사 인사를 해야겠네요. 사실은——."

저는 가슴을 짓누르고 있던 고민들을 레이한테 털어놨습니다. 클레망 님에 관한 의혹부터 시작해서 아버님에 대한 의심까지 속 시원하게 전부 다요.

"도르 님이 부패 귀족에 속해있을 가능성인가요."

"아버님만큼은 결코 그럴 리가 없을 거라고 생각하지만, 그렇게 치면 다른 부패한 귀족들 또한 지금까진 상상도 못 했던 일이에요."

제 말에 레이는 으음, 하고 곰곰이 생각하더니,

"이건 뭐라고 대답해야 좋을까—. 부패…… 부패라—. 그렇다면 그렇다고도 할 수 있지만 어디까지나 위장이다 보니⋯⋯."

뭐라뭐라 혼자 중얼거리기 시작했습니다.

"혼자서 뭘 그렇게 중얼거리는 거예요."

"아, 죄송합니다. 혼잣말입니다. 뭐, 도르 님은 괜찮을 거라 생각하는데요?"

"무슨 근거로요?"

"흠, 그렇죠. 근거라면 클레어 님일까요."

"저요?"

저는 레이가 무슨 말을 하고 싶은 건지 잘 이해가 안 가서 뒷말을 재촉했습니다.

"클레어 님처럼 바르고 올곧은 심성을 가진 분을 키워내신 도르 님이 부정을 저지를 거라곤 생각하기 힘들어서요."

"⋯⋯."

"설령 무언가 남들 앞에서 떳떳하지 못한 일을 하고 있다고 해도, 도르 님이 그랬다면 분명 그럴만한 이유가 있었을 거라고 생각하는 편이 좋겠죠."

"⋯⋯아버님을 아주 높이 사는군요?"

"그야 공범⋯⋯ 크흠흠, 클레어 님의 아버님이시니까요."

레이는 도중에 뭔가 황급히 말을 고치긴 했지만 아무튼 그렇게 말했습니다.

"⋯⋯역시 그렇죠. 아버님이 사리사욕을 위해 부정을 저지른다니 말도 안 되는 소리겠죠."

"참고로 저는 사리사욕 만땅으로 클레어 님에게 봉사하고 있습니다."

"알고 있으니까, 입 다무세요."

"차가워라—, 하지만 그 점이 좋아—!"

레이는 그 뒤로도 계속해서 장난을 멈추지 않았지만, 레이와 나눈 대화 덕분에 제 안에 있던 망설임이 사라졌습니다. 분하지만 레이는 아주 좋은 대화 상대입니다.

"그나저나 이 신문기사는 어딘가 이상하네요."

"이상하다? 어떤 점이 말인가요."

"그도 그럴 게 이 정도로 조사했으면 기자나 신문사도 범인이 클레망 님이라는 사실을 알았을 거잖아요? 그럼 직접 이름까지 폭로하는 편이 자연스러워 보이는데요."

"아……."

얘기를 듣고 보니 확실히 이상합니다.

"확실한 증거가 없어서 모 귀족이라고 쓸 수밖에 없었다거나?"

"그렇다면 확실한 증거를 잡을 때까지 기사 자체를 내지 않았을 겁니다. 귀족의 영향력이 큰 왕국에서 이런 기사를 낼 거라면 아예 확실하게 급소를 찌르지 않는 이상 역풍을 맞을 테니까요."

"……맞는 말이에요."

실제로도 기사를 쓴 기자가 행방불명이 됐다는 사실이 레이의 추론을 뒷받침하고 있습니다.

"그럼 당신은 이 기사를 어떻게 생각하나요?"

"으음— 지금 단계에선 딱히 할 말이 없네요. 하지만 왠지 모르게 이 기사 자체가 작위적인 무언가라는 느낌이 드는군요."

"작위적인 무언가……."

레이가 "의도까지는 잘 모르겠지만요" 하고 덧붙였습니다.

"뭐, 모르는 걸 계속 붙잡고 끙끙거려봤자 별 수 없어요. 일단은 할 수 있는 일들부터 시작하자고요."

"그 말이 맞네요. 교회 쪽은?"

"네, 기별을 보내놨습니다. 내일쯤 방문해 보죠."

"좋아요."

저는 어디까지나 제가 할 수 있는 일들을 차근차근 할 수밖에 없습니다. 무턱대고 고민하기보다는 먼저 행동으로 나서는 겁니다.

"……저는 점점 당신을 닮아가는 걸지도 모르겠어요."

"엥?"

"아무것도 아니에요."

레이는 얼빠진 표정을 지었지만 저 바보 같은 표정이 저에게 얼마나 큰 안심을 주는지—— 물론 그걸 솔직하게 말하는 건 분하니까 본인한텐 절대로 말 못 하지만요.

옛 바우어 왕조 형식의 장엄한 부조가 새겨진 석조 문을 지나 건물 안으로 발을 들였습니다. 램프와 촛대의 불빛이 건물 안을 찬란하게 밝혀주고 있습니다. 새하얗게 칠해진 벽만 보면 바우어 곳곳에 있는 치료소를 떠오르게 만들지만, 이곳에선 치료소와 다르게 세월이 새긴 역사를 느낄 수 있었습니다.

지금 우리가 방문한 곳은 정령교회 바우어 대성당입니다. 정령교회는 세계 각지에 지부를 두고 있는데 바우어 수도에 있는 대성당이 그 총본산입니다. 세상에는 정령교 말고 다른 종교들도 물론 있지만, 대부분이 정령교에서 갈라져 나온 종파들이고 아예 정령교와 관련이 없는 종교는 매우 드뭅니다.

온 세상 사람들의 신앙을 받고 있는 종교의 총본산에 걸맞게 대성당은 아주 웅장한 건물입니다. 아무리 그래도 바우어 왕궁만큼은 아니겠지만 이 정도면 프랑소와 공작가보다는 크겠죠. 재물을 밝히지 않고 청렴함을 지향하는 정령교인데도 건물이 이만한 규모라는 것만 봐도 정령교회의 권세가 어느 정도인지 쉽게 짐작할 수 있습니다.

자, 아무튼 언제까지 관광 기분에 젖어있을 수는 없겠죠. 우리는 명확한 목적이 있어서 온 거니까요.

"일단 온 건 좋은데 이야기를 들으려면 어디로 가야 하려나."

"아, 접수처에 말하면 담당 직원분이 대응해 주시는 모양인데요?"

저번에 기별을 넣으러 갔을 때 들었다면서 레이가 말했습니다. 어휴, 하여간 생각이 부족하네요.

"정식 절차대로는 교회가 들려주고 싶어 하는 틀에 박힌 얘기밖에 못 듣잖아요. 제가 알고 싶은 건 있는 그대로의 생생한 모습이에요."

저는 그 말과 함께 접수처를 지나 성당 안으로 들어갔습니다.

레이가 황급히 제 뒤를 쫓아옵니다.

"그렇게 말씀하셔도, 그러면 어떻게 하실 생각이세요? 교회 안에도 책이라면 갖춰져 있겠지만 마음대로 열람할 수 있을 거 같지는 않은데요?"

"굳이 서적에만 의지할 필요는 없어요. 사정을 알 만한 사람한테 얘기를 들어보면 되는 거예요. 아, 거기 있는 당신——."

입구를 지나 예배당으로 들어가자 기도를 올리고 있는 수녀가 보여서 말을 걸었습니다. 수녀는 작은 어깨를 움찔 떨었습니다.

"?! 무, 무슨 일이시죠……?"

수녀는 갑자기 들려온 목소리에 놀랐는지, 왠지 겁먹은 다람쥐를 떠올리게 하는 표정을 짓고서 대답했습니다.

검은 윔플로 가리고 있는 은빛 머리카락과 붉은 눈동자가 특징인 아름다운 미소녀입니다.

"교회에 대해서 조금 물어보고 싶은 게 있어요. 시간 좀 내줄 수 있나요?"

"아…… 저, 저기…… 지금은 예배시간이라서……."

"그럼 끝날 때까지 기다리겠어요."

저는 수녀 옆에 자리 잡고 앉아서 예배당 안을 관찰하며 시간을 때우기로 했습니다. 그러고 있으니 레이가 참 어쩔 수 없다는 듯한 표정을 지으며 제 옆에 앉는 게 보였습니다. 그 표정은 뭐예요.

"그, 그러니까…… 저기……."

"뭔가요."

"히익! 죄, 죄송합니다…….."

수녀가 우물쭈물 입을 여는 걸 보고 제가 뒷말을 재촉했더니 어깨를 움츠리면서 몸을 떨었습니다.

"당신이 사과할 만한 짓은 안 했잖아요."

"……죄, 죄송합니다."

"봐요, 지금도 또. 어쨌든 마저 기도를 끝내주세요. 우리는 여기서 기다리고 있을 테니까요."

"……네…… 네에."

수녀는 힐끔 레이 쪽을 봅니다. 레이는 아무 말 없이 고개를 저었습니다. 그러니까 대체 뭐냐고요.

"……."

다시 기도를 시작한 수녀는 옆에 있는 우리가 신경 쓰이는지 처음엔 산만한 기색이었지만 점점 집중하기 시작했습니다. 방금 전까지 보여줬던 겁먹은 다람쥐 같은 모습은 점차 자취를 감췄고, 기도에 몰두하는 모습은 가히 신비로울 정도입니다.

그건 그렇다 치고, 레이 당신 말이죠.

"뭘 그렇게 뚫어져라 보는 거예요."

이 수녀가 예쁘고 사랑스러운 인상이긴 하지만 다른 사람도 아니고 제 앞에서 그런 시선을 보내다니.

"아뇨, 딱히 뚫어지게 보는 건…… 헉?! 이건 설마 질투인가요?! 클레어 님 현재 질투 진행형인가요?!"

"무슨 소릴 하는 거예요?! 질투하는 게 아니라고요! 그리고 질투 진행형이 대체 뭐예요?!"

또 레이가 이상한 헛소리를 꺼내기에 기가 막혀서 쏘아주었
더니,

"예배당에선 조용히 해, 이 문어 대가리들아."

수녀의 입에서 폭언이 튀어나왔습니다. 제가 잘못 들었나 싶
어서 한순간 귀를 의심했지만 지금 그 폭언은 확실히 이 수녀의
입에서 나왔습니다.

"저기요……?"

"앗! 그, 그게…… 죄송합니다……! 릴리는 때때로 이상한 말
투가 입에서 나올 때가 있어서……."

릴리라고 이름을 댄 수녀는 당혹스러워하는 레이를 향해 해명
했습니다. 이상한 말투라기보다는 그냥 대놓고 매도하는 걸로
들렸는데요…….

그건 그렇고, 릴리라고요……?

"릴리……? 어디서 들어본 적 있는 것 같은데……. 뭐, 됐어
요. 그래서 기도는 마치셨나요?"

"네, 네에. 기다리게 했습니다."

릴리는 자세를 고쳐 앉았습니다.

"저는 교회의 제도에 대해서 물어보고 싶어요. 처음엔 대략적
인 개요로도 괜찮으니까 얘기를 들려줄 수 있을까요?"

"교, 교회의…… 제도 말인가요? 그거라면 접수처에서 홍보
담당자를 불러 달라고 말씀하시면……."

"제가 알고 싶은 건 교회가 보여주고 싶어 하는 교회의 모습
이 아니라 지금 안고 있는 문제점까지 포함한 교회의 생생한 모

습이에요."

"네, 네에……?"

릴리는 당혹스러워하는 표정이었습니다. 제 의도를 짐작하지 못하는 모양입니다.

"저도 부탁드리겠습니다. 클레어 님은 평민의 빈곤을 어떻게든 해결하고 싶다는 생각을 품고 계세요."

"비, 빈곤을요……?"

"네. 교회의 제도와 시스템이 그걸 위한 단서가 되지 않을까 싶은 거죠."

"……그, 그런 거군요. 그건 확실히 일리가 있어 보이네요. 릴리의 설명으로도 괜찮다면 힘이 되어드리고 싶어요. 그나저나──."

레이가 옆에서 설명을 거들자 릴리는 드디어 납득한 기색을 보였습니다. 그리고서는 이번엔 레이를 물끄러미 바라봅니다.

"리, 릴리는 어디선가 당신을 만난 적이 있나요……?"

"사실은 저도 릴리 씨랑 어디서 만난 적 있는 것 같은 느낌이 든단 말이죠."

저는 두 사람의 대화를 듣고 속으로 부글부글 끓는 심정을 느끼며 지켜보다가 결국엔 참을 수 없어서,

"……아주 고전적인 작업 멘트군요."

툭 쏘듯이 말이 튀어나왔습니다.

"?! 아, 아니에요! 릴리는 결코 그럴 생각이……!"

"그렇다고요. 제 눈에는 클레어 님 말곤 보이지 않는데요? 앗, 과거 질투 완료형인가요? 이번에야말로 과거 질투 완료형인

거죠?"

"과거 질투 완료형이 아니라고요! 그러니까 이제는 좀, 대체 무슨 소린지 알 수 없는 말을 하는 건 그만해줄래요?!"

다시 이상한 농담을 하기에 항의했더니,

"예배당에선 조용히 하라고 했잖아, 얼간이들아."

"……."

"……."

"어버버버…… 죄, 죄송합니다…….."

또 튀어나온 매도. 아무리 생각해도 무심코 튀어나오는 수준이 아닌 것 같지만 어쨌든 본인은 나쁜 의도가 없었던 모양입니다.

"릴리 님, 무슨 일 있으십니까?"

단정하게 차려입은 중년의 남성이 지나가다 우리 모습을 보고서 말을 걸었습니다.

릴리…… 님?

"아, 로나 주교. 여기 이분들이 교회에 대해 알고 싶다고 하셔서 얘기를 나눠보려고 하던 참이었습니다."

"그런 잡무는 릴리 님께서 직접 하실만한 일이 아닙니다."

"그, 그래도 귀족분…… 그것도 재무장관의 영애께서 흥미를 가져주시는 건 드문 일이니까요."

그 대화를 듣고서야 간신히 깨달았습니다. 사라스 재상과 똑같은 머리카락과 눈 색깔. 일반 수녀와는 다르게 훌륭한 자수가 새겨진 수녀복. 그리고 릴리라는 이름.

그녀는──.

"마, 말씀드리는 게 늦었습니다. 릴리의 이름은 릴리 릴리움. 바우어 왕국 재상 사라스 릴리움의 딸이자 정령교회의 추기경을 맡고 있습니다."

막 간

고독한 싸움의 끝
(릴리 릴리움)

교회의 빈곤 대책과 경제주체로서의 특징에 대한 설명이 어느 정도 일단락되자 레이 씨가 잠깐 자리를 비웠습니다.

　기다리는 동안 클레어 님과 잡담을 나누고 있었는데, 클레어 님의 찻잔이 비었는데도 좀처럼 새로 차를 가져올 기미가 보이지 않아서 담당자를 찾아보려고 릴리도 자리에서 일어났습니다.

　"릴리 님, 이번엔 재무장관의 딸이랑 그러고 있대."

　"싫다…… 더러워라."

　그리고 손님의 시중을 맡아야 할 수녀들을 발견했지만, 귓가에 들려오는 대화의 일부분만 듣고도 무슨 대화를 나누는지 짐작이 가서 서둘러 그늘 뒤로 숨었습니다.

　"역시 릴리 님이 동성애자라는 소문은 진짜였던 거네요."

　"유 님이라는 약혼자가 있는데 불결하기 그지없어."

　역시나, 싶었습니다. 남들의 입방아에 오르내리는 거야 항상 겪는 일입니다. 릴리 나이에 추기경의 지위까지 오르는 건 정말 이례적인 일이라서, 덕분에 사람들의 시기가 섞인 온갖 말을 다 듣고 있습니다. 그중에서도 가장 많이 언급되는 건 릴리가 좋아하는 상대의 성별에 대해서입니다.

　어째서일까요. 릴리는 오직 동성에게만 연애 감정을 품습니다. 스스로도 이상하다는 거야 알고 있습니다만……. 아직 일반 수녀였던 시절, 마음을 주체하지 못하고 연상의 사제한테 고백한 적이 있습니다. 결과는── 이젠 떠올리고 싶지 않습니다. 그날 이후로 릴리는 이상한 사람 취급을 받으며 바늘방석에 앉은 것처럼 살아왔습니다.

"변태적인 취향을 갖고 있어도 재상님의 딸이라는 이유만으로 추기경이 됐으니 참 부럽네."

"그뿐만이 아니라나 봐. 듣자 하니 차기 교황에 오를 거라고 기대하는 사람도 있다나."

"교회의 권위가 더럽혀지겠어."

수녀들의 말이 다 맞는 말이라고 생각하지는 않지만 어느 정도는 정곡을 찌르고 있습니다. 재상인 아버님이 없었다면 릴리 나이에 추기경이 되는 건 불가능했겠죠. 릴리의 연애관이 교회의 가치관에 어긋난다는 점도 사실입니다. 사람들이 눈살을 찌푸리는 것도 어쩔 수 없는 일이라고 생각했습니다.

——지금까진, 그렇게 생각했는데.

"그건 너무 일방적인 거 아닌가요."

수녀들의 얘기에 끼어든 사람은 레이 씨였습니다.

"어, 당신은……?"

"클레어 님의 메이드 분이셨죠? 뭔가 용무라도?"

수녀들은 의아한 표정을 지으면서 레이 씨를 바라봤습니다. 그 표정에선 주눅 든 기색이라곤 찾아볼 수 없습니다.

"동성애는 그렇게까지 해서는 안 될 일인가요?"

"저기……."

"적어도 자연스러운 일은 아니라고 생각하는데요."

레이 씨가 정색하고 묻자, 얼버무릴 수 없다는 걸 깨달았는지 수녀 한 사람은 말을 흐렸고, 한 명은 일반론으로 응대했습니다. 말을 흐렸던 수녀가 "야, 그만해"라며 말렸지만 다른 한 명은 자신의 지론을 꺾을 생각이 없나 봅니다.

어쩌면 당연한 일일지도 모릅니다. 수녀의 사회적 지위는 결코 낮지 않으니까요. 적어도 귀족의 메이드로 일하는 평민보다는 확실히 높다고 말할 수 있습니다. 수녀 중에는 정치 싸움에서 패배해서 수녀가 된 귀족가 영애들도 존재합니다. 그러니 일개 메이드한테 굽히고 들어갈 이유가 없는 겁니다.

"자연스럽다고요?"

"왜냐하면 동성 커플 사이에서는 아이조차 생겨나지 않잖아요. 비생산적이에요."

릴리는 그 말을 듣고 반박할 말을 떠올릴 수 없었습니다. 남녀 사이라면 자식을 남길 수 있고, 자손 번영과 종족 확산에 기여할 수 있겠지만 동성애자한텐 불가능한 일입니다. 이득을 보는건 당사자들뿐인 이기적인 연애의 형태라는 소리를 들어도 어쩔수 없겠다는 생각이 들었습니다.

그런데――.

"아이를 낳는 것이 올바른 사랑의 조건이라고 한다면 아이를 낳을 수 없는 이성애 커플도 안 된다고 말씀하시는 거네요?"

"그건……."

"애초에 자연스러운 것이 옳은 것이라고 주장한다면 당신은 병에 걸렸을 때도 의학에 의지하지 않는 건가요? 의학도 엄밀하게 따지면 자연스러운 상태와는 다른 건데요."

레이 씨가 한 말은 릴리로선 지금까지 생각조차 못 해봤던 말들이었습니다. 사랑의 조건이란 무엇인가, 그런 시점으로 스스로의 연애관을 고민해 본 적이 없었기 때문입니다. 그리고 생산성이라는 관점에서 사랑을 판단할 경우, 이성애자 커플 또한 부정할 수밖에 없는 사례가 있다는 레이 씨의 지적에는 절로 수긍이 갔습니다.

또한 자연스러움이란 무엇인가에 대한 정의 역시 새롭게 시야가 확 트이는 기분이었습니다. 따라오는 반론이야 당연히 존재하겠지만, 어떤 사람이든 언젠간 반드시 병에 걸리기 마련이니 거기에 따르는 고통 또한 인간에게 자연스러운 일이라고도 볼 수 있습니다. 그걸 인위적인 조치를 취해서 『치료』하는 게 자연스럽다고 할 수 있는가, 그게 레이 씨의 말이었습니다. 그건 치료소를 운영하고 있는 교회 자체를 부정하는 거나 다름없는 소리입니다.

그런 반박을 들을 거라곤 생각조차 못 했던 거겠죠. 레이 씨의 반론을 들은 수녀는 얼굴이 뻘겋게 되어서 돌려줄 말을 찾지 못했습니다.

"궤변을……!"

"어느 부분이 궤변인지 구체적으로 말씀해 주세요. 그게 아니라면 당신의 주장은 감정론에 지나지 않는다고 판단하겠습니다."

"아무리 그럴싸하게 말을 늘어놓는다고 한들 동성애는 평범한 것도 아닐뿐더러 극히 소수인 이단이에요! 자신들이 평범하지 않다는 것을 인정해야 합니다."

이번에도 릴리로선 뭐라 대꾸할 말이 없었습니다. 어떤 주장을 늘어놓든 동성애자는 극히 소수파에 불과합니다. 릴리 같은 사람들은 대다수를 차지하는 이성애자들을 향해 어떤 대의명분을 부르짖을 수 있을까요.

"동성애자가 이성애자에 비하면 적은 숫자라는 건 인정합니다. 하지만 그래서 뭐가 어떻다는 겁니까? 수가 적으면 해선 안 되는 짓이라는 뜻인가요?"

"그게 평범하지 않다는 증거겠죠."

"수가 많으면 그게 『평범』한 거긴 하겠죠, 하지만 그렇다면 수적인 의미로서 평범하지 않으면 그게 어떤 점에서 잘못된 건지 여쭤보고 있는 겁니다."

"그건…… 그야……."

"자신의 성적 지향성이 어쩌다 우연히 다수파에 속했다고 해서 그게 소수파를 공격해도 되는 이유로 삼을 수 있는 건 아닙니다. 그건 그냥 단순히 숫자의 폭력일 뿐이지 정의가 아니에요."

"큿……."

레이 씨는 이번에도 막힘없이 반론을 쏟아냈습니다. 숫자에서 앞선다는 게 소수에 속하는 사람을 공격해도 되는 이유는 아니라고. 릴리는 속이 시원해지는 기분을 느끼면서 레이 씨가 주장하는 논리를 들었습니다.

"논리 같은 건 아무래도 좋아! 기분 나쁘다고!"

"결국 그런 거겠죠. 생리적인 혐오감인 거예요. 자기들은 이해 못 하겠다. 이해하고 싶지도 않다. 그러니까 공격한다."

"그게 뭐가 나쁘다는 거야?!"

"아시겠습니까, 그게 바로 차별이라는 겁니다. 교회의 가르침으로는 정령신의 이름 아래 평등을 실현하고 있는 거 아니었습니까? 당신의 가치관은 교리에 반하는 거 아닌가요?"

"!"

이번에는 수녀들도 반론하지 못하고 쩔쩔맸습니다. 독실한 신앙을 가진 수녀일수록 교의에서 벗어나는 일에 두려움을 품을 수밖에 없습니다. 정령신 아래 모두가 평등하다는 건 교회의 근본적인 교리 중 하나. 그 부분을 찌르고 들어오면 경건한 정령교도인 수녀로서는 견딜 수 없겠죠.

아마 레이 씨는 계속해서 수녀들과 언쟁을 벌일 수도 있었을 겁니다. 하지만 레이 씨의 선택은 달랐습니다.

"저는 당신을 논파하거나 당신을 깎아내리고 싶은 게 아닙니다. 동성애자에 대한 편견에서 벗어나 줬으면 할 뿐입니다."

"……."

"이해하라고 말하지는 않겠습니다. 하지만 적어도 존중해주고 부정하지 말아 주실 수는 없나요?"

"……당신도 동성애자야……?"

"네."

레이 씨는 한발 물러나 양보하는 자세를 취했습니다. 상대방을 부정하는 것보다 그저 존중해줄 것을 요청했습니다. 만약 이대로 계속 팽팽하게 맞섰다면 끝난 뒤에도 수녀들의 마음에는 불만이 남았겠죠. 하지만 레이 씨는 그러지 않았습니다.

레이 씨와 논쟁을 벌였던 수녀도 창끝을 거두고 양보할 자세를 보였습니다. 그녀도 결코 나쁜 사람은 아닙니다. 그녀가 가진 사고방식은 세상 사람들 대부분이 공유하는 일반론일 뿐이니까요.

"지금 당장은…… 힘들어. 하지만 당신이 말하고자 하는 건 이해할 수 있었어. 잘 생각해볼게. 반론할 말이 떠오른다면 또 부딪히게 될지도 모르지만."

"감사합니다. 그걸로 충분해요."

수녀는 벌레라도 씹은 듯 씁쓸한 표정으로 말하고 나서 동료를 데리고 자리를 떠났습니다. 눈앞에서 일어난 일련의 대화를 릴리는 그저 멍하니 지켜볼 뿐이었습니다. 레이 씨가 인기척을 느꼈는지 제 쪽으로 고개를 돌리더니 깜짝 놀란 표정을 지었습니다.

"무, 무슨 일 있으셨나요, 릴리 님?!"

릴리는 저도 모르는 사이에 눈물을 흘리고 있었습니다. 처음으로…… 처음으로 릴리가 품고 있던 고뇌를 이해해주고 긍정해주는 사람과 만났습니다.

릴리는 신앙을 기반으로 살아가는 사람입니다. 릴리에게 신앙이란 절대적인 기준입니다. 그리고 그 기준이 끊임없이 릴리를 계속 부정하고 있었습니다.

그런데 그런 고독한 싸움을 긍정해주는 사람과 만났습니다.

"……워요."

"네?"

"정말로…… 고마워요……."

깨달았을 때는 레이 씨의 품을 향해 뛰어들고 있었습니다. 레이 씨가 당황하면서도 릴리를 마주 안아줍니다. 레이 씨는 릴리보다 키가 커서 온몸을 감싸 안아주는 느낌이라 무척 안심됩니다.

"……지금까지 저는 제 연애 감정을 죄라고 생각하고 있었어요……. 그런데 그걸 그런 식으로……."

목소리가 뚝뚝 끊어지듯 나옵니다. 레이 씨가 해준 말 한마디 한마디는 지금까지 릴리가 얼마나 갈망했던 말들인가. 지금의 대화가 릴리의 마음에 얼마나 큰 구원이었는가. 그걸 말로서 전하고 싶은데 눈물로 목이 메어 말이 나오지 않았습니다.

"리, 릴리의 마음을 긍정해 준 사람은…… 레이 씨가 처음이에요. 자신의 생각을 당당하게 표현하는 레이 씨는 정말로 멋있었어요……."

간신히 쥐어 짜낸 목소리로 그것만 말하고서 눈물 젖은 눈으로 레이 씨를 올려다보았습니다. 레이 씨는 깜짝 놀란 표정입니다. 하지만 그런 표정도 굉장히 매력적이에요.

릴리는 이건 운명이라고 느꼈습니다.

"릴리는 레이 씨에게 사랑에 빠진 걸지도 몰라요."

릴리가 그 말을 입에 담자마자 바로 옆에서 뭔가 땅에 툭 떨어지는 소리가 났습니다. 물론 지금의 릴리한테는 아무래도 좋은 일입니다.

이 사람을 놓칠 수는 없어.

오직 그 생각만이 릴리의 머릿속을 꽉 채우고 있었습니다.

【막간·끝】

평민 주제에
건방지군요!

막 간

모의
(피피 발리에)

바캉스 기간도 슬슬 막바지에 접어든 어느 날. 집에 아샤르 후작 부인—— 캐롤 님을 초빙해서 바이올린 연습을 하고 있었는데 누군가가 저택의 초인종을 울렸다.

"누굴까."

"어머, 분명 크리스토프일 거야. 패트리스 님께 할 얘기가 있다고 했는걸."

"아버님한테요?"

캐롤 님은 벨소리 때문에 레슨이 끊긴 김에 잠깐 휴식을 취하자고 제안했다. 나는 땀을 닦고 몸에 향수를 뿌린 다음 방을 나와 계단을 내려갔다.

"······진짜네."

캐롤 님 말대로 저택을 찾아온 사람은 크리스토프 님이었다. 아샤르 후작가의 적남이자 로렛타의 약혼자이기도 하다. 나한테는 연적이나 마찬가지지만 그것 외에 특별한 접점은 없었다.

발리에 가문이 소속된 프랑소와 가문 파벌과 아샤르 가문 파벌은 사이가 나쁘다. 이렇게 캐롤 님에게 음악 레슨을 받는 것도 옛날부터 이어진 친분이 없었다면 불가능했겠지. 그런 관계인데 어째서 크리스토프 님이 우리 발리에 가문에?

"아버님······ 아무리 상대가 훨씬 더 격이 높은 가문이라고 해도 그렇게 굽신거릴 필요는 없잖아요."

몸소 나와 크리스토프 님을 맞이하는 아버님은 시종일관 저자세로 굽신거리는 태도라 보고 있자니 썩 기분이 좋지 않았다. 물론 아버님도 좋아서 저렇게 행동하는 건 아니다. 이 험한 귀족 사회를 살아가기 위한 처세술의 일종이라는 거야 나도 잘 알고 있다. 하지만 알고 있어도 싫은 건 싫은 거다.

"……방으로 돌아가자."

바이올린에 집중하면 이 답답한 마음도 금방 해소되겠지, 싶어서 발걸음을 돌렸다.

그런데——.

"이 일은 부디 도르 님에게는 꼭 비밀로 해주시길 부탁드립니다."

아버님의 그 한마디는 내 발걸음을 멈추고 관심을 끌기에 충분했다. 방금도 말했다시피 우리 발리에 가문은 클레어 님의 가문인 프랑소와 가문 파벌이다. 파벌에 속한 이상 그 안에서 다시 상하관계가 나뉘는 거야 어쩔 수 없는 일이지만, 발리에 가문이 프랑소와 가문에게 입은 은혜는 그런 불만을 잠재우고도 남았다.

그런 상황인데 아버님이 프랑소와 가문의 당주인 도르 님께 숨기는 게 있다고……?

아버님은 크리스토프 님을 대동하고서 안쪽 응접실로 들어갔다. 일반적으로 응접실은 귀족들이 조용한 밀담을 나눌 수 있도록 마련된 장소라 밖에서 엿들을 수 없는 구조다.

——그래, 어디까지나 일반적으로는.

"아버님, 죄송해요. 하지만 저는 염려돼요."

나는 응접실 옆방인 서고에 들어가 문을 잠근 뒤, 응접실 쪽 벽을 향해 가만히 손을 올렸다. 그리고선 온 신경을 집중해 벽에 마력을 주입한다.

"텔 미."

시동어와 함께 벽을 타고 흐르는 마력이 그대로 응접실을 침식하면서 방 안의 공기까지 장악했다. 잠시 그러고 있었더니 두 사람이 나누는 대화가 귀에 들려온다.

『더 이상은 무리입니다. 도르 님이 눈치챌 겁니다.』

가장 먼저 들려온 목소리는 아버님이었다. 내가 지금 사용하는 마법은 미샤와 특훈을 하면서 새롭게 익힌 풍속성 마법이다. 이 마법은 공기의 전파를 이용해서 마력 범위 안에 있는 소리를 수집해 들을 수 있다. 마법적인 방어막을 미리 쳐뒀다면 통하지 않겠지만 지금처럼 물리적인 수단으로 방음 대책을 해둔 곳이라면 꽤 효과적으로 사용 가능하다.

절박한 심정이 묻어 나오는 것처럼 목소리가 덜덜 떨리고 있어서 평소의 밝고 활기차던 아버님이라고는 생각하기 힘들었다.

『흐음…… 그러면 어쩌시겠습니까? 지금이라도 손을 떼겠다는 소리를 하시려고요?』

그에 비해 크리스토프 님의 목소리는 담담하게 가라앉아 있었다. 어찌나 담담한지 차분함을 넘어 차갑게 들릴 정도였다. 두 사람은 대체 무슨 대화를 나누고 있는 걸까.

『저도 도울 수 있는 만큼은 돕고 싶어요! 하지만 인신매매가 벌어지고 있는 곳은 바로 제 영지입니다! 이대로라면 우리 가문은 파멸입니다!』

나는 귀를 의심했다. 인신매매라고요?! 게다가 발리에 가문

영지 안에서?!

『패트리스 님, 진정하시죠. 아직 이 일은 아무도 모릅니다. 당분간은 문제없습니다.』

『문제없을 리가 있습니까! 크리스토프 님도 알고 계시겠죠? 가까운 시일 내에 로세이유 폐하가 직접 귀족들에게 대대적 감찰을 실시할 거라는 소문이 파다합니다!』

『소문은 소문일 뿐이죠.』

『하지만 만약 그게 사실이라면 어쩌려고 하십니까?! 발리에 가문은 물론이고 아샤르 가문도 무사히 넘어가지 못할 텐데요?!』

대화가 이어질수록 벽에 대고 있는 손이 점차 떨리는 것을 느꼈다. 나는 지금 대체 무슨 대화를 듣고 있는 거야. 자칫하면 깨닫지도 못하는 사이에 발리에 가문에 커다란 변고가 일어나게 되는 건 아닐까.

『감찰이 시작되더라도 우리한테까지 손이 닿는 건 한참 후의 일이겠죠. 실제로 인신매매를 벌이고 있는 건 정령교회니까요.』

정령교회까지 가담했다고……?! 나는 부모님 세대에 비하면 정령교회에 대한 공경도 신앙심도 부족한 편이다. 하지만 아무리 그렇다고 해도 설마 정령교회가 이런 악행에 가담하고 있다니 충격적이었다. 어쩌면 나는 지금 터무니없는 범죄의 일부분을 엿보게 된 게 아닐까.

『클레망 님은 뭐라고 말씀하셨습니까?』

『아무 말도요. 아버지는 항상 그렇죠. 아무 말 없이 그저 그곳에 군림할 뿐. 아버지의 표정을 보고 의중을 살핀 부하들이 알아서 행동하게 만든 다음 여차하면 잘라내는 방식.』

『……저도 그렇다는 겁니까.』

『저 또한 마찬가지죠.』

어쩌지. 어쩌지. 이건 나 혼자서 어떻게 해볼 수 있는 문제가 아니야. 누군가와 의논해야 해.

하지만 대체 누구랑?

가장 먼저 떠오른 사람은 클레어 님이다. 클레어 님이라면 신뢰할 수 있다. 파벌의 역학관계만 따져 봐도 클레어 님한테 가장 먼저 털어놓는 게 도리에 맞았다. 하지만 클레어 님한테 이일을 털어놓으면 도르 님의 귀에 들어가는 것도 시간문제겠지.

그럴 경우 과연 도르 님은 우리 가문을——— 아버님을 보호해 주실 것인가. 짐작하건대 먼저 배신을 저지른 사람은 아버님이다. 도르 님은 관대한 분이시지만 적에게 자비를 베풀지 않는다. 게다가 도르 님을 적으로 돌리고서 살아남은 귀족은 지금까지 손에 꼽을 정도다.

(달리…… 상담해 볼 사람은…….)

뇌리에 로렛타의 얼굴이 떠올랐다. 로렛타는 가장 친한 친구다. 분명 내 말에 귀를 기울여 주겠지.

본래대로라면 말이다.

하지만 로렛타가 크리스토프 님의 약혼자라는 사실을 잊어선 안 된다. 로렛타가 마음에 품은 사람이 크리스토프 님이 아니라는 사실이야 명백하지만 지금 이 문제만큼은 개인적 감정이 끼어들 여지가 없다.

약혼은 가문과 가문 사이의 약속이다. 아무리 로렛타가 내 힘이 되어주려고 노력하더라도 크글렛 가문이 그걸 두고 볼지는 생각해봐야 한다. 최악의 경우에는 지금 아무것도 모르고 있는 로렛타까지 말려드는 결과가 될 가능성도 존재한다.

『아시겠습니까, 패트리스 님. 우리가 할 수 있는 일은 시기를 기다리는 겁니다. 그 시기가 지금은 아니겠지만 제 짐작으론 머지않아 적절한 때가 오겠죠.』

『……그 말을 제가 믿어도 되겠습니까.』

『믿으실 수밖에 없을 겁니다. 저희들로서도 이건 목숨을 걸고 벌이는 일이니까요.』

크리스토프 님의 목소리는 조금의 떨림조차 없었다. 항상 온화하게 미소 짓고 있는 표정이 지금만큼은 견딜 수 없을 정도로 두려웠다.

응접실 문이 덜컥 열리는 소리가 들린다. 대화는 이걸로 끝인 모양이다. 나는 숨을 죽이고 두 사람이 서고 앞을 지나쳐가길 기다렸다. 손의 떨림이 멎지를 않는다.

"어쩌지…… 어쩌지……."

정리되지 않는 생각들이 어지럽게 머릿속을 맴돌고, 숨이 가빠져온다. 지금 레슨을 받고 있을 때가 아니다. 두 사람이 눈치채지 못하도록 조심스레 방으로 돌아가자 캐롤 님이 바이올린을 손질하고 있었다.

"그럼 다시 레슨을 해볼…… 어머, 무슨 일이야? 안색이 새파란데?"

"캐롤 님, 정말 죄송하지만 오늘 레슨은 여기까지만 해도 괜찮을까요."

"컨디션이 안 좋은 모양이네. 물론 괜찮아. 금방 사람을 불러올게."

"정말로 죄송합니다."

캐롤 님 눈에도 내 안색이 아주 안 좋아 보였는지, 레슨을 빨리 끝내자는 내 부탁에도 이유를 묻기보다 내 컨디션부터 걱정해 주시는 기색이었다. 아무리 봐도 거짓말을 하는 표정은 아니었다.

아니, 이건 그저 내가 그렇게 믿고 싶을 뿐일지도 모른다. 캐롤 님도 아샤르 가문 사람이다. 만약 아샤르 가문이 발리에 가문과 합심해서 뒤숭숭한 일을 벌이고 있다면 아샤르 부인인 캐롤 님 또한 뭔가 알고 있을지도 모른다.

갑작스레 알게 된 음모 탓에 나는 아무도 믿을 수 없는 상태였다.

(누가…… 누가 제발 도와줘……!)

아무한테도 닿지 않는 목소리는 그저 내 가슴속에서만 공허하게 메아리칠 뿐이었다.

【막간·끝】

평민 주제에
건방지군요!

레이의 첫사랑 이야기는 충격적이었습니다.

코사키라는 애를 좋아했었던 것.

동성에게 연심을 품은 자기 자신을 인정할 수 없었던 일.

시이코라는 애를 만난 다음 비로소 스스로를 받아들일 수 있었던 일.

코사키한테 고백한 걸 미사키한테 들켜서 따돌림을 당한 일.

좋은 친구라고 생각했던 시이코도 사실은 자신의 사랑을 이루기 위해서 레이를 곤경에 몰아넣었던 일.

그러다 학교를 쉬게 된 것.

부모님은 레이를 이해하려고 노력했던 것.

최종적으로는 실의를 극복하고 다시 일어났던 것.

그런 과거의 얘기를 간추려서 들려주었습니다. 항상 태연자약한 표정을 짓고서 무서울 게 없다는 것처럼 굴던 레이한테 그런 아픈 과거가 있었을 줄이야. 첫사랑은 이루어지지 않는다고들 흔히 말하지만 아무리 그래도 이건 너무 심하다고 느꼈습니다.

"정말 지독하기 짝이 없는 분들이군요. 듣고 있자니 열이 뻗치기 시작했어요. 불태워버리죠. 레이, 그 자식들이 있는 곳으로 안내하세요."

"저, 저도 함께하겠어요, 클레어 님."

미사키라는 여자는 물론이고, 전부 일러바친 코사키도, 레이를 궁지에 빠트린 시이코도, 잘못이 없는 사람이 없습니다. 릴리 추기경도 저와 같은 마음인지 바로 제 말에 동조했습니다.

"자자, 그 시절엔 미사키도 가정에 불화가 있었던 모양이라 어쩔 수 없었던 거예요. 게다가 졸업한 후에는 다시 재회했고, 지금 와서는 다 함께 츠치노코를 찾으러 다닐 정도로 친해졌으니까요."

"츠치노코?"

"아 실례했습니다. UMA를 말하는 거예요."

"유, 유엠에?"

"아 죄송합니다. 그냥 잊어주세요."

또 레이가 뭔지 알아들을 수 없는 소리를 꺼냈어요.

"어쨌든, 그때는 정말로 이런저런 복잡한 사정이 얽히고설켜 있었어요."

"아무것도 복잡할 거 없잖아요. 그 미사키인가 뭔가 하는 여자가 모든 일의 원흉이에요."

문제를 더욱 악화시켰다는 점에서 코사키와 시이코한테도 책임이 있지만 모든 원흉은 누가 봐도 미사키예요.

"그게 또, 사실은 그렇지도 않아서요."

"무, 무슨 말씀이신가요?"

그런데 레이는 의외로 고개를 가로저었습니다.

"방금 말한 가정 사정에 더불어 미사키는 시이코를 좋아하고 있었던 거예요. 하지만 그 사실을 스스로가 인정할 수 없었죠."

"그, 그랬던 건가요?"

"네. 저를 따돌렸던 건 시이코를 저한테 뺏겼다고 여겼기 때문이었죠."

"우, 우와――…… 삼각관계라는 거네요."

연애소설이나 희곡에서만 등장하는 설정이 아니었군요. 제가 그런 생각을 하고 있었더니,

"아니요. 사각관계입니다."

"무슨 말이죠?"

"코사키는 미사키를 좋아하고 있었거든요."

"와, 완전 아수라장이 되어버렸어요……."

레이의 설명으로는 쉽게 말해 이런 구도였던 모양입니다.

레이 → 코사키 → 미사키 → 시이코 → 레이

레이가 종이와 펜을 들고 화살표를 그려 설명해 줬습니다.

"진흙탕이네요."

"저, 정말이에요."

"뭐, 모두들 그땐 다들 어렸으니까 말이죠……."

"당신, 이제야 10대 중반이잖아요?"

"그랬던 시절도 있었죠."

"현재진행형이잖아요?!"

왜 먼 산을 아련하게 바라보는 거예요.

"어쨌든 간에, 그 세 사람과는 나중에 다 같이 화해했어요. 가장 웃겼을 때는 코사키의 본성을 알게 됐을 때였네요."

"코, 코사키 씨한테도 뭔가가 있었던 건가요……?"

"네. 작은 동물 같다든가, 천사 같다든가, 그렇게 생각했었던 코사키가 사실은 우리 중에서 가장 성격이 나빴던 거죠."

돌이켜 보면 참 재밌는 일이었다고 술회하는 레이.

"저는 왠지 모르게 알 거 같네요. 코사키는 스스로가 제일 귀엽다고 생각하는 타입인거죠?"

"클레어 님. 완벽한 정답입니다."

코사키 같은 타입은 저도 잘 알아요. 엄밀하게 말하면 코사키처럼 구는 타입이라고 해야겠죠.

귀여운 동물 같은 분위기? 애교 있는 달콤한 미소? 소심한 성격? 다툼이나 분쟁을 싫어하는 평화주의자? 그런 여자는 현실에 아~~~~~~~~주 드물다고요. 그렇게 보이려고 내숭을 떠는 여자는 대부분 의도적으로 상대가 자신을 얕보길 바라고 그런 행동을 하는 거예요. 상대의 경계심을 낮춰서 자기 손바닥 위에 놓고, 대화의 흐름을 자기한테 유리하게 끌고 가는 거죠. 지방에 있다가 왕도에 갓 상경한 젊은 귀족 남성이라면 피해갈 수 없는 첫 세례기도 하고요.

"결국 코사키는 미사키랑 사귀게 됐어요. 아, 미사X코사가 아니라 코사X미사예요."

"당신은 대체 무슨 영문 모를 소리를 하는 건가요."

"영문을 모르겠다니! 커플링에서 공수가 얼마나 중요한데요!"

"어, 어째서 화내는 건지 모르겠어요……."

이유는 모르겠지만 레이한테는 누구 이름이 먼저 오는지가 중요한가 봅니다. 아무튼 이해는 안 가도 레이는 진지한 기색이라 저도 별말 없이 넘어갔습니다.

"뭐, 이게 제 첫사랑 이야기예요. 별거 아니었죠?"

"그렇지 않았어요."

"마, 맞아요. 정말로 참고가 됐어요."

"그러신가요?"

누구든 그런 과거가 있으면 성격이 삐뚤어질 만도 하죠. 레이의 배배 꼬인 성격도 저런 슬픈 과거가 만들어낸 결과물이라고 생각하면 조금쯤 눈감아줄 수 있을 것 같습니다.

"참으로 고생이 많았던 거네요."

"그렇지도 않아요. 지금 와서는 웃으면서 이야기할 수 있고요. 어떠셨나요, 릴리 님. 환멸 하셨나요?"

"아, 아니요. 오히려 한층 더 좋아하게 됐어요."

"얼레—?"

오히려 지금 얘기는 여자를 꼬시는 용도로 써도 꽤 잘 먹힐 거 같은데요, 싶은 생각이 들었습니다.

"어쨌든 첫사랑은 이뤄지지 않는 법이고 동성애자의 연애는 실연이 기본 베이스니까, 맷집을 단련하는 게 중요한 거예요."

"매, 맷집을 단련, 인가요."

"네. 저도 그 덕분에 클레어 님의 틱틱거리는 태도만 가지고도 밥 세 공기를 뚝딱 해치울 수 있을 정도가 됐습니다."

"레이는 너무 뻔뻔스럽다고 생각하는데요?!"

방금 전에 눈감아주니 어쩌니 했던 말은 취소예요. 역시 레이는 좀 더 솔직해질 필요가 있고, 저 골치 아픈 언동도 좀 고쳐야 해요.

"클레어 님의 첫사랑은 마나리아 님이셨던 거죠?"

"아, 아니라고요! 그건 저기……, 언니가 너무나도 멋졌기 때문에 착각했던 거라고나 할까."

"뭐, 지금의 사랑은 저니까 말이죠."

"……레이, 당신 너무 까불면 해고해버릴 거예요?"

"잘못했습니다."

제가 꾸짖자 레이는 바로 고개 숙여 사과했습니다.

"그러고 보니 어쩌다가 이런 이야기를 하게 됐죠?"

"저희들, 평민의 가난을 해결해 보려고 교회에 왔던 거죠……."

"뭐, 뭐어, 가끔씩은 이렇게 탈선하는 것도 나쁘지 않잖아요."

원래 목적을 떠올리고서 멋쩍어하자 릴리 님이 옆에서 다독였습니다.

"바, 방금 전 레이 씨가 한 얘기와도 통하는 거지만 역시 이상과 현실은 다른 거네요."

"무슨 말씀이세요?"

"교, 교회도 빈부의 격차가 없어졌으면 좋겠다고 생각하고 있고, 그걸 위한 청사진도 몇 개쯤인가 있어요. 하지만 그것들이 실제로도 잘될 수 있는가를 묻는다면 의문을 표할 수밖에 없어요."

"? 좀 더 자세히 설명해 주실 수 있나요?"

"저, 정치라는 건 이상만으론 이루어지지 않는다는 이야기예요."

아버님도 비슷한 말을 자주 입에 담았습니다. 저도 얼마 전까지는 맞는 말이라고 생각했습니다. 하지만 옛날에 어머님이 이렇게 말씀하셨어요. 이상에서 현실로 도피하지 말라고. 지금 저는 상충되는 두 말 사이에서 흔들리고 있다고 생각합니다. 그런 상황이니만큼 릴리 추기경의 말에 귀를 기울여볼 가치가 있다고 느꼈습니다.

"아, 아무리 합리적이고 올바르더라도 정치는 현실에서 작동하지 않는다면 의미가 없어요. 그리고 불행히도 대다수의 경우에 있어서 현실이란 건 불합리한 법이에요."

릴리 추기경은 그 어린 나이에 대체 지금까지 어떤 경험을 했던 걸까요. 하는 말에서 그 나이에 어울리지 않는 무게감이 담겨 있었습니다.

"리, 릴리는 이젠 정치란 건 아무리 노력해 봤자 어쩔 수 없는 거라고 생각하게 됐어요. 교회는 정치랑은 선을 긋고 있기도 하고요."

"그건 또 가차 없는 말씀이네요."

"하지만 그래서는!"

체념이 섞여 있는 릴리 추기경의 말을 듣자 저도 모르게 거친 목소리가 튀어나왔습니다.

"그래서는……. 백성들이 보답받지 못해요. 저는 이상을 잃고 싶지 않아요."

현실은 이상대로 흘러가지 않습니다. 하지만 이상에서 현실로 도피하고 싶지도 않아요. 그럼 대체 저는 어떻게 해야 하는 걸까요.

"그렇다면 이상을 계속 추구할 수밖에 없네요. 이상을 부르짖는 자는 언제나 자기 자신이 몸소 그 이상을 실현해야만 하죠."

"레이……."

"결코 클레어 님 혼자가 아니에요. 저도 미력하나마 옆에서 힘을 보탤 테니까요."

"고마워요."

우리가 마침 좋은 분위기에 접어드려는 참이었는데요.

"염장 지르는 건 니들끼리 있을 때 하란 말이야, 쓰레기들."

""…….""

"……저, 정말로 고의로 그러는 게 아니에요. 믿어주세요!"

"아뇨 뭐, 믿습니다만."

오히려 고의로 그런다고 하는 편이 더 믿기 힘들 정도로 신랄한 매도네요.

"그건 그렇고 릴리 추기경에게는 정말 크게 신세를 지고 말았네요. 뭔가 보답이라도 할 수 있게 해주시면 좋겠는데요."

"처, 천만에요! 릴리는 클레어 님이 교회에 대해서 알아주신 것만으로도……."

"가령, 지금 릴리 님이 가장 고민하고 계시는 일은 어떤 건가요?"

레이가 뜬금없이 화제를 바꿔 물었습니다.

"고, 고민하는 일, 말인가요?"

"네. 우리들의 힘이 되어주셨으니까 이번엔 거꾸로 우리가 릴리 님의 힘이 되어드린다면 어떨까 싶어서요."

"후후. 기뻐요."

"거기, 좋은 분위기 내지 마세요."

저도 가끔은 험한 소리를 내뱉고 싶을 때가 있다고요?

"그, 그러네요……. 저는 지금 어떤 질병에 대한 연구를 하고 있어요. 이성병이라는 병인데요……."

"아아, 성별이 바뀌어버린다고 하는 그거 말이죠."

저도 들어본 적 있습니다. 병에 걸린 사람은 성별이 뒤바뀌어버리는 병입니다.

"분명 교회가 보유하고 있는 달의 눈물이라는 도구의 힘으로 효과를 경감시키거나 소멸시킬 수 있을 거예요."

"다, 달의 눈물을 알고 계시나요?! 교회의 특1급 기밀 사항인데요?!"

"아."

레이는 저도 모르게 실수했다는 듯 자기 입을 손으로 막았습니다. 저야 이제 저러는 행동에도 슬슬 익숙해진 참이라 그리 놀라지 않았습니다. 물론 언젠가는 반드시 캐물어봐야겠다고 생각하고는 있지만요.

"어, 어디서 달의 눈물에 대한걸?!"

"아— 저기…… 유 님이 가르쳐주셨어요."

"그, 그럴 리가 없어요. 유 님이 이성병의 해결책을 알고 있었다면 자기 몸부터 진즉에——. 아!"

이번엔 릴리 추기경이 황급히 자기 입을 막았습니다. 지금 뭐라고요?

"릴리 추기경. 지금 뭐라고?"

"어버버버……."

"유 님, 이성병이셨나요?"

우리가 놀라서 묻자 릴리 추기경은 결국 포기한 기색으로 한 숨을 쉬었습니다.

"레, 레이 씨는 이성병의 해결책을 알고 계신 모양이니까 말 씀드리겠지만 부디 꼭 비밀로 해주시길 부탁드려요. 만약 입 밖 에 내면 목숨이 위험하다고 생각해주세요."

"알겠어요."

"네."

전제부터 참 흉흉했지만 우리는 고개를 끄덕였습니다. 단념한 릴리 추기경은 머뭇거리며 얘기를 시작했습니다.

"사, 사실은——."

쉽게 말해서——.

유 님은 여성이었던 겁니다.

"……."

"우물우물……. 클레어 짱, 레이 짱이랑 싸우기라도 했어—?"

유 님의 비밀을 알게 된 지도 벌써 며칠이 지났지만, 매일같이 계속 속으로 끙끙 앓고 있었으니 카트린이 제 기색을 눈치 못 챌 리가 없었습니다. 오늘도 자기가 좋아하는 리코리스 사탕을 입에 굴리며 묻는 카트린.

시간은 늦은 밤. 언제나처럼 불 꺼진 방 안에서 한창 대화를 나누던 중이었습니다.

"그런 거 아닌데요?"

"진짜 진짜로—? 얘기 들어줄 수 있는데—?"

"정말로 레이랑 관계없는 일이에요."

"그럼 누구 일인데—?"

"유 님의 몸에 대해서 좀 들은 게 있어서요. 신경 쓰지 말아 줘요."

"……아, 혹시 비밀을 들었어?"

"네?"

설마.

"카트린. 당신도 알고 있었어요?"

"응."

카트린은 아무렇지도 않게 수긍했습니다.

"유르 가문과 마찬가지로 아샤르 가문도 유 님의 비밀을 지키는데 협력해왔으니까—."

"그랬군요."

한마디로 카트린은 미샤랑 같은 입장이었다는 뜻입니다.

"사실 아샤르 가문은 선의에서 그런 행동을 한 게 아니라 유 님 파벌에 제동을 걸기 위해 억지로 비밀을 파헤친 거지만—."

"그렇군요, 확실히 클레망 님이 할 법한 짓이에요."

클레망 님은 대체 어디까지 흉흉한 음모의 손길을 뻗고 있는 걸까요. 귀족들 사이에 권모술수가 판치는 거야 당연하지만 지나친 과욕을 부렸다간 예상치 못한 곳에서 발목을 잡히는 법입니다. 관점을 바꿔보면 그만큼 여러 범위에 모략을 펼치면서도 굳건하게 버티고 있으니 역시 클레망 님이라고 감탄해야 할지도 모르겠지만요.

"그럼 숨길 필요 없이 얘기할 수 있겠네요. 요 며칠 동안 많은 일이 있었어요."

"사랑의 라이벌도 등장했고 말이지―?"

"카트린!"

"쿡쿡, 미안미안."

저를 놀리는 카트린의 목소리에는 아무런 악의도 느껴지지 않았습니다. 단순히 재밌어하는 기색입니다. 아래쪽 침대에 누워 있어서 보이지는 않지만 분명 지금 카트린은 만면에 웃음을 짓고 있겠죠.

카트린한테는 릴리 추기경을 만난 것도 얘기했습니다. ……릴리 추기경이 레이한테 연심을 품고 있다는 사실도 포함해서요. 지금 생각해 보면 그런 쓸데없는 정보는 굳이 말할 필요 없었던 것 같지만, 그날은 그런 판단력을 발휘하지 못할 정도로 당황하고 있었다고밖엔 할 말이 없습니다. 그 후부터 카트린은 틈만 나면 그걸 가지고서 저를 놀려댑니다. 어휴, 정말이지.

"하지만 클레어 짱, 우물쭈물 거리다간 레이 짱을 뺏길지도 모르는데―?"

"그럴 걱정은 없어요. 애초에 레이는 제 메이드일 뿐이에요.

뺏기고 자시고 할 것도 없어요."

"또 그렇게 솔직하지 못하게 군다ㅡ."

카트린이 불만스러운 어조로 말을 이었습니다.

"듣자 하니, 릴리 짱은 굉장히 자기 마음에 솔직한 아이잖아ㅡ? 그런 솔직함은 훌륭한 무기야ㅡ."

"그런 걸까요."

"그렇다니깐. 무엇보다 클레어 짱은 한 번이라도 레이 짱한테 좋아한다고 말한 적 있어ㅡ?"

"무슨……! 바보 같은 소리 하지 마세요! 누가 그런 평민을ㅡㅡ!"

제 얼굴이 빨갛게 달아오르는 걸 느꼈습니다. 하지만 카트린은 아랑곳없이 계속 몰아붙입니다.

"레이 짱은 지금까지 몇 번이고 기회만 있으면 클레어 짱한테 좋아한다는 마음을 숨김없이 드러냈지ㅡ? 그런데 클레어 짱이 계속 그런 태도만 고집해서야, 언제 정나미가 떨어져도 이상하지 않다는 생각은 안 들어?"

"으……."

듣고 보니 그럴지도 모르겠습니다. 만약 입장을 바꿔서 제가 레이였는데 상대방이 이렇게 쌀쌀맞은 태도밖에 안 보여준다면 진즉에 포기해버렸을 겁니다.

"……하지만 저는 대체 어떻게 해야 좋을지 모르겠어요……."

"그런 거야 간단하지. 좋아한다고 말해주면 그만인 거야ㅡ."

"그걸 어떻게 말해야 할지 모른다고요! 창피해요!"

"아아…… 그러고 보니 클레어 짱은 귀족 영애다운 몸가짐을

철저하게 교육받았으니까—."

그렇습니다. 귀족 간의 연애에서 호의를 겉으로 드러내는 역할은 언제나 남성 쪽입니다. 귀족 여성이 상대에게 먼저 호감을 드러내는 건 상스러운 행동으로 여깁니다. 어릴 때부터 빈틈없는 교육을 받아온 저로서는 상대방한테 호의를 드러내는 게 너무너무 창피하게 느껴지는 겁니다.

"하지만 레이 짱은 같은 여자잖아—? 친구끼리 서로 좋아한다고 말하는 거야 아주 평범한 일이라고 생각하는데—?"

"레이는 친구한테 느끼는 좋아함이랑 다른걸요. 레이는 저에게 있어서 무엇보다도 소중한——."

거기까지 말하고 나서야 퍼뜩 깨달았습니다. 어느샌가 카트린이 위쪽 침대에서 고개를 빠끔히 내밀고 저를 바라보고 있다는 사실을요.

얼굴에는 히죽거리는 웃음이 가득했습니다.

"무엇보다도 소중한? 뭔데—?"

"카트린!"

"어이쿠, 위험해라—. 아하하, 미안미안."

제가 베개를 휙 던지자 카트린이 고개를 쏙 집어넣었습니다.

"자자, 그래도 다행이야—. 클레어 짱도 이제야 자기 마음을 자각하게 됐구나."

"흥, 몰라요. 이 얘기는 이걸로 끝. 유 님에 대해서 얘기하도록 하죠."

"유 님이라—. 참 안타깝지—."

릴리 추기경의 설명을 떠올렸습니다. 유 님은 여성으로 태어났는데도 불구하고 리세 님의 야망 때문에 이성병에 걸리게 되었다고 합니다. 자기 자식을 왕위에 올리고 싶어 하는 마음이야 이해가 안 가는 것도 아니지만 그렇다고 자식을 희생시키겠다는 사고방식에는 동의할 수 없었습니다.

　"고칠 방법이 있다며—?"

　"교회가 소장하고 있는 도구를 쓰면 치료할 수 있대요."

　"그렇구나—. 하지만 일이 쉽게 풀리진 않겠지—."

　"네."

　치료할 방법이 있다고는 해도 이건 유 님 혼자만의 문제가 아니라 다양한 이해관계가 복잡하게 얽혀 있습니다. 왕위 계승권을 가진 왕자가 사실은 여자였다는 추문이 흘러나가는 걸 왕실이 가만두고 볼 리가 없습니다.

　유 님은 올해로 열다섯. 릴리 추기경이라는 어엿한 약혼자가 있다는 건 누구나 아는 사실입니다. 그런데 이제 와서 사실은 여자였습니다, 라고 고백하면 그냥 넘어갈 리가 없습니다.

　"하지만 이대로 놔두면 그 누구도 행복해질 수 없어요. 리세 님 말고는요."

　"하긴 그건 그렇지."

　유 님은 자신의 본래 성별로 살아갈 수 없는 상황입니다. 그러면 언젠가는 원래 동성인 사람과 결혼하는 게 되겠죠. 그건 부부 사이에 금이 갈만한 이유로는 차고 넘칠 정도 아닐까요. 이런 상황에서 득을 보는 건 아들(딸?)의 왕위 계승권을 계속 유지할 수 있는 리세 님밖에 없습니다.

"레이 짱은 뭐래—?"

"어떤 식으로 행동하든 일단은 유 님의 의향부터 파악하고 싶다고 그랬어요."

레이는 레이 나름대로 생각하는 바가 있는 모양이지만 가장 중요한 건 유 님 본인의 마음이라고 생각하는 것 같습니다. 유 님을 위해서 행동에 나선다고 해도, 먼저 유 님의 속내를 확인하기 전에는 손쓸 도리가 없다는 게 레이의 주장입니다.

유 님의 문제는 왕실의 어두운 부분과 맞닿아 있습니다. 어설프게 건드렸다가 레이한테 위험이 닥치는 사태는 피하고 싶은 게 제 솔직한 심정입니다.

"유 님한테 면회를 요청한 건 그것 때문이야—?"

"소식이 빠르네요. 네, 맞아요. 저로선 그다지 내키지 않았지만요."

이번 일에 레이가 아주 적극적으로 나서는 모습을 보면서 저는 약간 위화감을 느꼈습니다. 레이는 원래 그다지 남의 일에 집착하거나 관심을 보이는 타입이 아니었을 텐데 이번에는 왜 저럴까 싶어서요.

"레이 짱이 걱정되는 거지?"

"그럼 안 되나요? 레이는 제 메이드예요."

"또 그런 식으로 얼버무린다."

"흥, 뭐라 하든 상관없어요."

레이가 걱정되는 것도 사실이지만, 그게 카트린이 생각하는 이유 때문이라고 인정하기는 여전히 힘들었습니다.

"슬슬 자야겠어요. 내일은 왕궁에 가봐야 하니까요."

"응. 열심히 해, 클레어 짱."

그 대화를 마지막으로 우리는 잠자리에 들었습니다. 잠들기 직전에,

"레이 짱이 있으면…… 이젠 괜찮으려나……."

어딘가 슬픈 기색을 띤 목소리가 들렸던 것 같은 느낌이 들었지만 그건 제 기억에 남지 못하고 금방 희미해졌습니다.

"나는 어쩌고 싶은가, 그걸 묻는 거니?"

신학기가 얼마 남지 않은 어느 날 아침, 레이와 저는 왕궁에 있는 유 님을 찾아갔습니다. 원래 왕자님을 뵙기 위해서는 차례차례 절차를 밟아서 면회 신청을 넣어야 하고, 요청이 통과될 때까지 많은 시간이 걸립니다. 학교에 있을 때가 오히려 이례적인 케이스입니다. 하지만 이번에는 릴리 추기경을 통해서『유 님의 병을 낫게 할 좋은 치료법이 있다』는 특수한 이유를 달아서 신청했기 때문에 금방 면회 허가가 나왔습니다. 명목상으로는 제가 알현을 요청한 걸로 되어 있고, 레이는 유 님의 문제를 해결할 단서를 가진『의사』라는 이유를 붙여서 함께 왔습니다.

유 님이 품은 문제를 해결하기에 앞서, 레이는 먼저 유 님의 의지를 확인하길 원했습니다. 미샤한테서 이미 어느 정도 얘기

를 듣고 온 모양이지만 말이라는 건 전달되는 과정에서 왜곡되기도 하는 법입니다. 유 님 스스로가 어떤 생각을 품고 있는지 직접 들어보고 싶다는 게 레이의 주장이었습니다.

"선택의 여지는 없습니다, 유 님."

유 님의 기탄없는 솔직한 마음을 듣고 싶었기 때문에 주변 사람들을 물리쳐달라고 부탁했지만 왕궁의 치부와도 관련이 있는 내용이니만큼 셋이서만 얘기를 나눌 수는 없었습니다. 아마 감시역인 거겠죠. 재상도 자리를 함께 했습니다.

사라스 님은 우리 쪽으로 몸을 돌리면서 말을 이었습니다.

"저로서도 이런 말씀드리기 괴롭습니다만 유 님은 왕자님으로 계셔주시지 않으면 곤란합니다. 이미 사태는 개인의 의지가 어떤지를 논할 수 없을 정도로 커졌습니다."

"사라스 님의 생각은 잘 알겠어요. 물론 그건 저뿐만 아니라 여기 있는 레이도 잘 알고 있어요."

저는 사라스 님의 염려를 부드럽게 달랬습니다. 왕족은 일거수일투족만으로도 국가의 행방을 좌우하는 몸입니다. 레이한테는 미안하지만 귀족인 저로서는 사라스 님이 하려는 말을 잘 이해할 수 있었습니다.

"하지만 그런 사정은 그렇다 쳐도, 유 님의 솔직한 마음이 어떤지를 모르는 상태로는 혹여나 나중에 남성화가 이루어지더라도 유 님의 정신적인 케어를 도와드릴 수가 없어요."

계속 성별을 남성으로 유지한다고 해도, 그러기 위해서는 사전에 나름의 준비를 갖출 필요가 있다는 점을 지적하며 사라스 님을 설득했습니다. 사라스 님도 귀족이자 뛰어난 재상입니다. 합당한 이유를 들어 조리에 맞게 설명하면 귀를 기울여줄 거라고 믿고 있습니다.

"즉, 당신들은 유 님의 성별을 어느 쪽으로 고정할지는 둘째 치고, 정신적인 케어를 위해서 먼저 유 님의 본심을 듣고 싶다는 거군요?"

"말씀하신 대로입니다."

사라스 님은 흠…… 하고 턱에 손을 올린 채 생각에 잠겼습니다. 차분히 사색에 잠긴 사라스 님은 무척이나 멋졌습니다. 릴리 님과 똑같은 은발에 붉은 눈동자와 차가우면서 뚜렷한 이목구비 덕에 귀족과 평민을 가리지 않고 폭넓은 여성 팬을 보유하고 있을 정도입니다. 미남미녀를 질리도록 봐온 저조차도 그렇게 느껴지니 평민 여성쯤이야 껌뻑 넘어가겠죠. 다행히도 레이는 남자한테 흥미가 없으니 안심이에요.

……아니 안심이긴 뭐가 안심이라는 거람, 나도 참.

"두 사람의 말에도 일리가 있다고 생각합니다, 유 님."

"그럼 사양하지 않고 솔직하게 말해도 괜찮은 거지?"

감시역인 사라스 님이 양보의 뜻을 보이자 유 님은 솔직하게 속내를 털어놓기로 결심한 모양입니다.

"나로서는…… 역시 돌아갈 수만 있다면 여성으로 돌아가고 싶지."

"유 님……."

"그런 표정 짓지 마, 사라스. 어쩔 수 없다는 건 알고 있으니 계속 남성으로 있을 거야. 하지만 그래도 내 심정까지는 어떻게 할 수 없는 거라고."

불안한 표정을 짓는 사라스 님을 향해 유 님도 면목 없다는 듯이 말했습니다.

"지금도 그나마 한 달에 한 번 보름달이 뜨는 날엔 진짜 내 몸으로 돌아오고 있으니까 가까스로 몸과 마음의 밸런스를 유지할 수 있는 거야. 그런데 남자 몸으로 완전히 고정된다고 그러면 당연히 괜찮을 리가 없지."

유 님은 왕자님다운 기품이 흐르는 여유로운 표정을 무너뜨리지 않았지만 지금 그 말에는 숨길 수 없는 본심이 가득 담겨 있는 것처럼 느껴졌습니다.

"클레어, 레이, 뭔가 해결책이 있습니까?"

사라스 님이 우리한테 물었습니다.

"레이에게 발언을 허가해 주실 수 있나요."

"상관없습니다. 저는 신분보다 실력을 중시하니까요."

"감사드립니다. 자, 레이."

"네. 방법은 두 가지가 있습니다."

"경청하지요."

두 가지 방법이 있다는 레이의 대답에 사라스 님이 몸을 내밀며 흥미를 표했습니다.

"첫 번째는 지금 현재 상태를 이어가는 것입니다."

"……그래서는 아무런 해결책도 되지 않는 거 아닙니까?"

"유 님이 남성으로서 있어 줬으면 하는 왕궁과 여성으로 돌아

가고 싶어 하는 유 님의 소망을 양립하기 위해서는 지금 현 상
태가 최선이라고 생각합니다."

"……두 번째 방법은?"

살짝 실망한 기색인 사라스 님이 이야기를 재촉했습니다.

"또 한 가지 방법은…… 유 님을 여성으로 되돌리는 것입니다."

"……당신은 제 이야기를 듣기는 했습니까? 이미 그런 선택지
는 없는 거라고——."

"표면적으로는 유 님을 폐적합니다."

"……당신은 지금 무슨 소리를 하는 겁니까."

당혹스러워하는 사라스 님의 기색에도 레이는 멈추지 않고 거
듭 말을 이었습니다.

"유 님을 왕위를 계승할 왕자로서 대우해야 하니까 이야기가
복잡해지는 겁니다. 유 님을 그 속박에서 해방해 드린다면 유
님의 신체가 남성이든 여성이든 딱히 상관없을 테지요."

"왕궁의 치부를 만천하에 드러내라는 뜻입니까?"

"그런 얘기가 아닙니다. 폐적한 후에 유 님은 병에 걸렸다고
공표하고 수도원으로 옮깁니다. 시중을 들어줄 사람 몇 명을 붙
이고, 유 님은 거기서 평생을 보내시면 됩니다. 다소 행동에 제
약이 따르기는 하겠지만 신체에 관련된 문제는 전부 해결할 수
있겠지요."

"지금 자신이 무슨 소리를 하고 있는지 이해하고 있는 겁니까?"

사라스 님의 날카로운 목소리가 날아들었습니다. 레이의 발언
은 평민에게 허락된 한도를 아득히 뛰어넘는 말이었습니다. 그

럼에도 레이는 굴하지 않았습니다.

"그건…… 나는 평생 수도원에서 유폐 생활을 보내라는 뜻이야?"

"기본적으로는 그렇습니다만 유폐는 아닙니다. 처음에는 어쩔 수 없이 그렇게 되겠지만 머리를 기르고 화장을 한다면 고위직 수녀로서 밖으로 나갈 수 있을 겁니다. 다행히도 유 님의 얼굴은 여성스러우니까요."

쓴웃음이 섞인 유 님의 말에 레이가 설명을 보탰습니다. 다소 불편한 점들이 있더라도 지금보다는 훨씬 나을 게 분명하다고요.

"레이라고 했나요. 신체를 남성으로 고정할 방법은?"

"저는 그 방법을 모릅니다."

"……문제를 해결할 방법이 있다고 해서 유 님과의 알현을 특별히 허가한 건데 이래서는 아무런 의미도 없는 거 아닙니까."

사라스 님이 실망스럽게 어깨를 늘어뜨렸습니다. 그런 반응에도 레이는 끈질기게 물고 늘어졌습니다.

"사라스 님, 유 님이 원래 성별로서 살아갈 수 있게 되는 걸 해결법이라고 부르는 건 안 되는 겁니까?"

"안 됩니다. 왕궁의 의향은 유 님이 계속 남성으로 남아주시는 거니까요."

"왕위를 이을 사람은 두 분이 더 있는데도요?"

"알겠습니까, 레이 테일러? 당신은 폐적이라는 단어를 쉽게 내뱉지만 본래 폐적이라는 건 무거운 중죄를 범한 왕족에게 내려지는 처벌이라고요. 유 님에게 그런 짓을 시킬 수는 없습니다."

"지금 상황을 이어가는 쪽이 유 님에게는 오히려 더 큰 처벌이라고 생각합니다."

저는 이 시점부터 레이의 기색이 평소랑 달리 이상하다는 사실을 깨달았습니다. 레이가 남의 일에 이 정도로 매달리는 건 아주 드문 일이었기 때문입니다.

"……조금 말이 지나치군요. 클레어라면 또 모를까 평민인 당신이 왕궁의 어두운 부분에 참견할 필요는 없습니다."

"유 님에겐 아무런 죄도 없는데 평생 리세 님의 뒤치다꺼리를 하도록 만들 생각인가요."

"알현은 이걸로 끝입니다. 물러가도록 하세요."

"사라스 님!"

"……레이, 그 마음은 고마워. 하지만 이 세상에는 어쩔 수 없는 일도 있는 거야."

그러면서 덧없는 미소를 짓는 유 님은 지금 당장이라도 사라져버릴 것 같았습니다. 남성으로 살아가길 강요받았던 지난날의 세월이 원래 성별로 살아간다는 선택지를 포기하도록 종용하고 있었습니다.

저는 지금이 물러날 때라고 판단했습니다.

"레이 여기까지예요. 유 님, 사라스 님, 오늘은 고마웠습니다."

"이 일에 대해서 다음은 없다고 생각해주십시오."

"……네, 잘 알겠어요."

레이는 아직도 하고 싶은 말이 한가득 있는 표정이었지만 제 손에 이끌려 반쯤 끌려 나오듯이 알현실을 빠져나왔습니다. 왕

궁 밖으로 나오자 비가 내리기 시작했습니다. 우리는 왕궁 문
앞에 서서 마중 올 마차를 기다렸습니다.

저는 한숨을 푹 내쉬었습니다.

"……레이…… 당신 말이죠……."

"클레어 님은 그걸로 괜찮다고 생각하시는 건가요?!"

제가 불편한 기색을 숨기지 않고 입을 열자 레이가 성난 어조
로 되받아쳤습니다. 땅을 때리는 빗줄기가 점차 강해집니다.

"괜찮다고 생각하지는 않아요. 하지만 유 님도 말씀하셨듯이
세상에는 도저히 어쩔 수 없는 일도 있는 거예요."

"클레어 님이 그런 소리를 하시는 건가요. 이상에서 현실로 도
피하고 싶지 않다고 말씀하셨던 건 그저 허울뿐이었던 건가요."

"……당신은 언제부터 잘난 듯이 그런 소리를 지껄일 수 있게
된 거죠."

"잘났다든가, 못났다든가, 그런 문제가 아니에요. 하지만 유
님 한 사람조차도 구해낼 수 없어서야 평민 전체를 구하겠다는
소리는 잠꼬대나 마찬가지입니다."

"레이!"

목소리에 힘을 담아 질책하자 레이는 그제야 이성을 찾았는지
자기가 흥분했던 걸 깨달은 표정입니다.

"……정말 죄송합니다."

"뭘 흥분하는 건가요. 레이 당신답지 않잖아요?"

"미사키도 마찬가지였어요. 그녀…… 아니, 그는 다른 성별로
살아갈 것을 강요받았습니다."

저는 레이의 딱딱한 어조에 말문이 막혔습니다. 미사키는 레이가 첫사랑 얘기를 들려줬을 때 들었던 이름입니다.

"역시나 지금의 유 님과 마찬가지로 주변 사람들에게 이해받지 못하고 계속 무리한 결과…… 자살했습니다."

"!"

시선을 숙이고 있어서 레이가 어떤 표정을 짓고 있는지 알 수 없었습니다. 하지만 저는 지금 레이가 울고 있을 거라고 생각했습니다.

"미사키는 스스로의 바람이 이루어지지 않았기 때문에 자살한 게 아니었습니다. 자신의 바람이 주변 사람들에게 폐가 된다는 사실을 견딜 수 없어서 자살한 거예요."

"……그건…… 괴로운 이야기군요."

여성으로 태어났고, 지금까지 자신이 여성이라는 사실에 의문을 가져본 적 없는 저로서는 미사키의 고뇌가 어땠을지 그저 상상밖에 할 수 없습니다. 필시 당사자가 느꼈던 고통은 제 상상을 아득히 뛰어넘겠죠. 하지만 분명 레이는—— 레이는 달랐던 겁니다. 레이는 아마 자기 나름대로 최선을 다해서 미사키를 이해하려고 노력했던 거 아닐까요.

미사키를 이해하려 애쓰고, 옆에서 지탱하려 했지만 결국 그 끝에서 잃어버리고 만 친구의 목숨. 미사키도 괴로웠을 테지만 저로선 레이가 맛봤을 쓰라린 심정이 훨씬 더 고통스럽게 느껴졌습니다.

"미사키한테는 해결 방법이 없었습니다. 이성병에 걸렸던 게

아니었으니까요. 하지만 유 님한테는 해결할 방법이 확실하게
있어요. 그런데도——."

"그만하면 됐어요. 이리 오세요."

제가 그렇게 말하자 레이는 제 품에 매달렸습니다. 레이의 뺨
을 적신 물기는 빗줄기 탓이었을까, 아니면······.

"지금도 여전히 떠올려요. 장례식 때 미사키의 관에 매달려서
울고 있던 코사키의 모습을."

"그래요."

"그런데도 세상 사람들은······ 미사키의 부모조차도 미사키를
탓했어요. 미사키가 나약했던 게 잘못이다. 미사키의 고뇌가 잘
못된 거라면서."

"그래요."

"두 번 다시는 그런 일이 반복되도록 만들 수 없어요. 잃고 나
서는 늦는 거예요. 정말로."

"그러네요."

이때 레이는 마치 떼를 쓰는 갓난아기처럼 연약해 보였습니
다. 저는 그런 그녀를 지탱해주고 싶다는 일념 하나로 빗물에
식어가는 몸을 꼭 끌어안아 줬습니다.

점점 강해지던 빗줄기는 어느새 폭우로 변해서 우리의 목소리
조차 지워버릴 정도로 쏟아졌습니다. 마차가 올 때까지 우리는
그저 서로 부둥켜안고 있었습니다.

그날, 비가 멈추는 일은 없었습니다.

막 간

암살미수
(사라스 릴리움)

"으음~~~! 피곤하다~~~."

"안 됩니다. 유 님. 그런 품위 없는 행동을 하시다니."

클레어 프랑소와와 평민이 방을 나가자마자 의자에서 팔을 쭉 뻗으며 크게 기지개를 켜는 유 님을 나무랐다.

다른 사람들은 물러나 있도록 지시해둬서 지금 이곳 알현실에는 나와 유 님, 단둘뿐. 유 님은 원래부터 누구에게나 살가운 태도로 다가가는 분이지만 이때는 한층 더 느슨한 분위기였다.

"나도 잘 안다니깐, 사라스."

"정말로 알고 계시는 겁니까?"

"응. 쉽게 말해서 포기하라는 거잖아?"

"――!"

말문이 막힌 나를 바라보며 유 님은 싱글벙글 웃는 얼굴로 말을 이었다.

"내 몸에 관한 문제를 해결할 수 있을지도 모른다는 말을 들었을 때야 뭐, 기대하긴 했지."

"유 님."

"하지만 해결 방법이 저래서야……. 왕궁이 인정해 줄 리가 없다는 것쯤은 잘 알아."

"……."

유 님은 의자에 팔꿈치를 올려 턱을 괴고서 아련한 눈빛으로 말했다.

"나는 이 나라의 제 3왕자야. 지금까지 그렇게 자라왔고, 키워 준 은혜도 있지. 그걸 손바닥 뒤집듯 배신할 생각은 없어."

"이해해주셔서 감사합니다."

"하지만 말이지……"

"?"

유 님은 마치 꿈이라도 꾸는 듯한 어조로,

"여성으로 살아갈 수 있다면 어떨까 망상해보는 건 나쁘지 않았어."

"……그건 망상에서 그치시는 거겠죠?"

나는 재차 확인하듯 물었다.

"응, 이건 망상이야. 왕자로서 등에 진 책무든, 나를 둘러싼 울타리든, 뭐든 다 내던지고서 여성으로 살아간다── 그게 가능하다면 얼마나 좋을까."

"……."

나는 직감적으로 깨달았다. 유 님은 지금 흔들리고 있다.

저 레이 테일러라는 자가 제시한 선택지는 너무나 현실에서 동떨어져 있었다. 지금 왕궁의 상황을 고려해보면 있을 수 없는 일이다. 그렇기 때문에. 현실적으로 불가능하기 때문에 더더욱 유 님에겐 그게 굉장히 달콤한 말로 들렸을 게 틀림없다. 아무리 말로는 부정하더라도 유 님은 앞으로도 계속 저 달콤한 유혹에 마음이 끌리게 되겠지.

만약 그렇게 된다면──.

"유 님, 모쪼록 허황된 미련에 얽매이지 않으시기를."

"알고 있어, 사라스. 그만 물러가도 돼. 나도 좀 쉴 테니까."

"……분부대로."

예를 올리고 물러서는 내 눈에 마지막으로 들어온 유 님의 얼굴에는, 예상대로 어딘지 꿈을 꾸는 소녀 같은 표정이 떠올라 있었다.

그날 늦은 밤.

나는 왕궁에 있는 내 방—— 이 아닌, 왕도 외곽에 위치한 폐허에 가까운 저택으로 향했다.

"……접니다. 들여보내 주시죠."

내가 그렇게 말하자마자 철컥, 하고 문이 열렸다. 아마 내가 이 저택으로 다가오는 모습을 계속 지켜보고 있었겠지.

"웬일이야, 당신이 직접 여기까지 오다니."

나를 맞아준 사람은 검은 가면을 쓴 남자였다. 내 최고 걸작—— 얼터다.

얼터는 빛이 들지 않는 실내에 자연스레 녹아들어 있는 것처럼 느껴졌다. 지금은 어두워서 잘 보이지 않지만, 어수선하게 어질러진 큰 방 안에는 침대들이 줄지어 놓여 있겠지.

"급한 일이 생겼습니다. 암살자를 한 사람 준비해 주십시오."

"그거 또 뜬금없는 소리네? 누구를 죽이게?"

"바우어 왕국 제 3왕자, 유 바우어를."

"……헤에?"

얼터의 유들유들한 목소리가 들렸다.

"어이, 유는 당신이 차기 왕으로 추대할 작정 아니었어? 저 불쌍한 리세를 꼬드겨서 이런저런 계략들을 펼치던 중이었잖아?"

"그건 전부 백지화됐습니다. 유 왕자는 이제 써먹을 수 없어요. 더 이상 발을 담갔다가는 제가 타격을 입게 됐습니다."

유가 유력한 카드였던 건 맞지만 이제는 그만한 가치가 있는지 의심스럽다. 게다가 나한테는 세인이라는 비장의 패가 있다. 얼터의 독단적인 폭주 때문에 하마터면 내 손으로 없앨 뻔했지만.

"흐응……? 무슨 일이 있었구만?"

"당신은 몰라도 되는 일입니다."

"아, 그래그래."

건성으로 대답하면서 어깨를 으쓱하는 얼터.

"그래서? 언제 죽일까?"

"가능한 한 빨리."

"죽인다면야 내일 당장이라도 죽일 수야 있지만 가장 중요한 건 왕자의 스케줄인데 그건 어떻지?"

"그 점은 문제없습니다. 내일 유 왕자는 수도원으로 위문을 갈 예정입니다."

"……핫, 그거 딱 좋군."

얼터는 내 의도를 정확하게 파악한 모양이었다.

"그럼 교회에서 조달한 녀석들을 쓰면 되는 거지? 지금 바로 써먹을 수 있는 건…… 이 녀석이려나?"

얼터는 자기 옆에 줄지어 있는 침대 중 하나를 골라 덮여있던 이불을 들췄다. 침대 위에는 수녀 한 명이 잠들어 있었다.

"얼마 전에 막 손에 넣은 녀석이야. 요즘 왕실에서 뭔가 냄새를 맡은 모양이라서 제법 고생했다고?"

"자랑은 됐습니다. 쓸 수 있겠습니까?"

"뭐, 내가 직접 준비했으니만큼 그 점은 안심해도 좋아. 다음은 당신이 입력하기 나름이야."

"좋습니다."

나는 누워있는 수녀에게 다가가 뺨에 손을 올렸다. 수녀의 눈은 게슴츠레 뜨여 있었다. 나는 멍한 눈동자를 응시하면서 암시 마법을 발동했다.

"귀엽고 사랑스러운 내 딸. 제 목소리가 들립니까……?"

"……들……려요…….."

"당신에게 부탁이 있습니다. 들어줄 수 있겠죠……?"

"……네…… 아버님…….."

수녀에게 표적에 대한 정보와 암살 수단을 입력했다. 하나하나 세세하게 지정하기보다는 어느 정도 자율적인 여지를 주는 편이 좋다. 인간이란 의지를 가진 생물. 인간을 이용 수단으로 삼는 최대의 메리트가 바로 이런 점이다.

"……자 이런 겁니다. 이해했습니까?"

"……네, 아버님…….."

"그럼 복창해 보십시오."

"……먼저——."

수녀는 계획을 제대로 이해한 모양이었다. 이러면 문제없이 잘 풀리겠지.

"그럼 뒷일은 부탁하겠습니다."

"그래그래. 좋은 밤 되라고."

얼터의 경박한 목소리는 무시하고서 저택을 나왔다.

이튿날 오후, 왕궁은 커다란 소란에 휩싸였다.

"유는?! 유는 무사한 건가요?!"

"진정해 주십시오, 리세 님. 괜찮습니다. 왕자님은 무사합니다."

"이게 진정할 일인가요! 하마터면 유가 암살당할 뻔했다고요!"

결론부터 말하자면 유 왕자의 암살은 실패로 돌아갔다. 대체어디서 정보가 새어나간 건지, 정령교회 쪽에 밀고가 들어왔다고 한다. 무언가 흉계가 있다는 밀고 탓에 왕자의 호위가 평소보다 강화되었다.

나는 내심 혀를 차고 싶은 심정이었다. 암살은 한 번에 성공시키는 게 중요하다. 첫 시도가 실패로 돌아가면 상대방도 경계심을 품기 때문에, 다시 경계가 느슨해질 때까지 기다리려면 오랜시간이 필요하다.

"사라스."

"넷."

로세이유가 나를 불렀다. 이 바쁜 때 무슨 볼일이지.

"주모자로 짐작되는 자는?"

"송구합니다만 아직 아무런 단서도."

"정령교회는 뭐라고 하는가."

"하수인은 며칠 전부터 행방이 묘연해졌던 자라고 합니다. 이번 사건은 교회와 무관하다고 주장하고 있습니다."

"흐음."

로세이유는 생각에 잠겼다.

"범행이 일어난 수도원을 폐쇄하고 정령교회에 엄중히 항의해야 해요! 아니, 겨우 그 정도로는 용납할 수 없습니다!"

"진정하도록, 리세."

"폐하야말로 어찌 그렇게 침착하신 겁니까! 아들이 암살당하기 직전까지 갔다고요!"

"이런 상황이니 더더욱 그런 것이다. 나는 어째서 이번 사건이 일어났는지, 그리고 이제부터 어떤 행동에 나서야 할지를 신중히 알아봐야 한다."

"무슨 그런 태평한——."

그러고서도 계속해서 히스테리를 부리는 리세를 달래느라 정신이 없었다. 결국 리세는 빈혈이 일어나 시녀의 부축을 받으며 자기 방으로 떠났다.

"사라스."

"넷."

"두 번째 시도가 있을 거라 생각하는가."

로세이유의 말에 나를 의심하는 기색은 조금도 없었다. 내심 씨익 웃으면서 순순히 대답했다.

"제 소견으로는 당분간 경계를 강화해야 할 것으로 사료됩니다. 유 님뿐만 아닙니다. 로드 님, 세인 님도 호위병의 수를 늘려야 한다고 생각합니다."

"흐음."

"또한 이번 일은 외부로 새어나가지 않도록 엄중히 입단속을 해야 합니다. 추문이 퍼질 수 있습니다."

"그 말이 옳다. 그렇게 처리하도록."

"넵! 바로 실행하겠습니다."

호위병에게 지시를 내리기 위해 나도 자리를 떠났다. 이 어리석은 왕은 아무것도 모르고 있다. 역시 정점에 군림하는 자리에 어울리는 사람은 바로 나다.

"……사라스, 대체 무엇이 너를 그렇게까지 몰아세우는 것이냐……."

로세이유가 뭔가 중얼거린 것 같지만 내 귀에는 아무런 말도 닿지 않았다.

【막간·끝】

평민 주제에
건방지군요!

막 간

의심암귀
(미샤 유르)

바캉스를 마치고 왕도로 돌아오자마자 엄청난 사건이 터졌다. 레이와 클레어 님이 유 님의 비밀을 알게 된 일…… 을 말하는 게 아니다. 유 님에게 암살 미수 사건이 일어난 것이다. 왕실의 추문이나 마찬가지인 이 일이 밖으로 퍼져나가지 않도록 사실은 은폐되었지만, 나는 가문을 통해 사건의 경위를 알게 됐다. 레이한테도 설명했듯이 유르 가문은 지금도 유 님의 비밀 유지에 협력하고 있다.

사건은 유 님이 위문 차 수도원을 방문했을 때 일어났다. 그날 마침 수도원을 방문한 예전 수녀 한명이 갑자기 유 님에게 달려들었다고 한다. 흉기는 단검이었고, 칼날에는 독이 발려 있었다.

독의 이름은—— 칸타렐라. 루이 씨가 썼던 신형 칸타렐라가 아니라 세인 님 암살 미수 사건 때 사용됐던 구형이었던 모양이다. 칸타렐라가 쓰였다는 점에서 제국이 관여한 거 아니냐고 의심하는 중이다. 그러나 범행을 저지른 수녀는 사건 이후에 아무것도 기억이 나지 않는다고 진술하고 있어서 사건의 전모는 아직 밝혀지지 않았다.

나는 관계자들의 증언 속에서 마음에 걸리는 점들이 몇 가지 있었다. 첫 번째, 사건의 범인은 정신 조작 계열 마법에 당한 걸로 보이는 정황이 있다. 두 번째, 범인은 원래 얌전한 아이였는데 그날따라 갑자기 명랑하게 굴어서 마치 딴 사람 같았다고 한다. 세 번째, 같은 사람이라고 생각하기 힘들 정도로 노련한 움직임으로 유 님을 공격했다.

이 증언들은 전부 사건이 일어났던 수도원 사람이나 수사를 맡은 군 관계자에게 들은 내용이지만 나는 이걸 듣고서 문득 한 가지 짚이는 점이 있었다.

——이 증언에 부합하는 인물이 바로 내 곁에 있다.

그게 누구인지는 생각해 볼 것도 없다. 바로 내 친구—— 레이 테일러다. 레이는 입학식 날 아침을 기점으로 마치 딴 사람처럼 달라졌다.

원래 레이는 어딘가 멍하고 조용한 성격이었고, 두뇌 회전은 비상할 정도로 빨랐지만 지금처럼 학교 성적이 우수하진 않았다. 예절이나 법식도 평범한 평민 수준이었다. 레이가 편입생 수석을 차지한 건 발군의 마력을 가졌기 때문이지, 학문이나 예의범절이 뛰어나서 그런 건 결코 아니었다.

그런데 지금은 학년 전체에서 다섯 손가락 안에 꼽힐 정도로 우수한 성적이고, 예법도 평민치고는 차고 넘칠 정도로 능숙하게 구사한다. 성격도 이상할 정도로 적극적으로 변한 데다 특히 클레어 님한테 보이는 어프로치는 내가 알던 레이와 같은 사람이 맞나 싶을 정도다.

"……설마 레이도?"

그럴 리가 없다고 생각하면서도 의혹은 사라지지 않았다. 기분 탓인 걸로 치부하기엔 너무 조건들이 딱딱 들어맞는다. 레이는 유 님과도 가까운 관계를 유지하고 있다. 레이가 어떤 꿍꿍이속을 품고 있는 것처럼 보이진 않지만 그것도 어쩌면 유 님의 청개구리 같은 성격을 파악하고서 연기를 하는 걸지도 모른다.

"하지만…… 레이가 자객이라면 지금까지 유 님을 노릴만한 기회는 얼마든지 있었을 텐데."

학교에 다니는 학생들은 전부 출신이나 성장과정이 확실하게 확인된 사람들뿐이라, 학교 안에서는 유 님의 경호도 외부에 있을 때보다 느슨해진다. 레이가 마음만 먹으면 이번 사건보다 훨씬 손쉽게 일을 저지를 수 있었을 것이다.

"……하지만 그렇게 따지면 이번 사건도 왜 굳이 지금 타이밍이었냐 싶기도 하네."

유 님을 노리는 자도 뭔가 지금까지와는 사정이 달라졌던 걸지도 모른다. 그―― 아니 그녀를 빠르게 제거해야 할 어떤 이유가 생겼을 가능성이 있다.

그렇다면 레이도.

"군에 신고…… 해야 할까."

유 님의 신변을 위해서는 그게 가장 안전한 방법이다. 최악의 경우, 전부 내 지나친 착각에 불과했을 뿐이었다고 하더라도, 혐의가 풀리면 레이는 금방 석방되겠지. 내가 레이한테 원망을 사는 걸로 끝난다.

그런 생각에 잠겨 있었을 때,

"다녀왔어―."

레이가 방에 들어왔다. 조금 피곤한 기색이다. 메이드 복을 입고 있는 걸 보니 클레어 님과 함께 있다가 온 거겠지. 어느새 해가 뉘엿뉘엿 저물고 있었다.

"……어서 와."

"잘래―."

"잠깐, 레이. 옷은 갈아입고 자."

"피곤하니까 됐어……."

레이는 그대로 침대에 엎어지더니 바로 잠들어버렸다.

"……."

지금 나한테 의심을 한가득 안겨준 주제에 참 태평스럽기 그지없다.

"얘는 대체 나한테 얼마나 무방비한 거람……."

레이의 순진무구한 잠든 얼굴을 보고 있자니 밀고할까 망설였던 마음이 가라앉고, 조금만 더 상황을 지켜보자는 쪽으로 마음이 기울었다.

"믿고 싶어…… 하지만 확인해 볼 필요는 있겠어."

나는 잠든 레이의 옷을 갈아입혀 주기 위해 레이의 옷장을 열었다.

내가 의심을 풀 기회는 생각보다 빨리 찾아왔다.

"저기— 미샤."

"왜 그래?"

한밤의 기숙사 방. 책상 앞에 앉아 글을 쓰던 나한테 레이가 말을 걸었다.

"가출할 생각 없어?"

"……뭐?"

나도 모르게 고개를 돌려 레이를 쳐다보았다. 레이는 침대 위에 벌렁 누운 자세로 눈만 돌려 나를 보고 있었다.

"갑자기 무슨 소릴 꺼내는 거야."

"없어?"

"있을 리가 없잖아."

"그렇구나—."

나는 레이가 무슨 생각으로 그런 말을 꺼냈는지 알 수 없었다. 안 그래도 의심을 품고 있던 참이라 어떤 식으로 레이를 대해야 할지 계속 망설이게 된다. 그래서 일단은 대충 흘려 넘겼다.

"하지만 만약 가출할 경우 유 님과 함께할 수 있다고 한다면 어때?"

"……무슨 말이야."

"신경 쓰여?"

무시하고서 펜을 든 손을 계속 움직이려고 했지만 더는 모른 척할 수 없다는 사실을 깨달았다. 유 님의 이름이 나온 시점에서 이미 내 모든 관심이 레이 쪽으로 기운 상태다.

"레이 너, 뭘 생각하고 있는 거야?"

"친구의 행복."

"얼버무리지 말고."

"얼버무리는 게 아닌데 말이지."

레이가 웃차, 하고 노인네 같은 소리를 내면서 몸을 일으켰다.

"유 님의 신체 말인데, 어떻게든 할 수 있을지도 몰라."

"어떻게."

"방법은 이전에 얘기했던 그대로인데?"

레이가 클레어 님과 함께 유 님의 비밀에 대해서 알게 됐다는 사실은 이미 들었다. 교회가 가진 도구를 써서 이성병을 치료할 수 있다는 사실도 함께. 하지만 문제는 그게 아니다.

"그게 아니라 왕궁을 어떻게 설득할 생각이야?"

"설득은 안 해."

"뭐?"

나는 귀를 의심했다. 왕궁을 설득하지 않고서 대체 어떻게 유 님의 바람을 이룰 수 있단 말인가.

"그래서야 뭘 어떻게 할 수 있다는 거야."

"충격 요법."

"……또 변변치 못한 무언가를 꾸미고 있는 거네."

"내 평판이 너무하잖아."

투덜거리면서 말해봤자 레이가 충격 요법이라는 표현을 쓸 정도라면 보나 마나 정직한 방법은 아닐 거라고 생각한다.

"사실은 말이지——."

레이는 충격 요법이라고 표현한 계획의 개요를 설명해줬다. 봉납무가 절정에 이르렀을 때 유 님이 여성임을 폭로하는 걸로 국민들이 전부 알게 만들어서 아예 기정사실로 만들어버리겠다는 거였다.

"너…… 무슨 그런 터무니없는 짓을 생각하는 거야."

"하지만 이 방법밖에 없다고 생각하거든."

"네가 계획에 관여했다는 게 들통나면 처형감이라고."

"그건 어떻게든 잘 넘길 거야."

"······."

내 가슴속에 상반되는 두 가지 마음이 피어났다. 레이를 믿고 싶다는 마음과 레이를 도무지 믿을 수 없다는 의심.

"너는 어째서 그렇게까지 하는 거야?"

"말했잖아. 친구를 위해서라고."

"그건 반 이상은 거짓말이지?"

"그렇지 않다니깐."

"거짓말이야. 너는 나를 친구라고 생각하지 않아."

왜냐하면 너는 변해버렸으니까. 내 말에 레이는 살짝 기분이 상한 표정이었다.

"어째서 그런 말을 하는 거야?"

"너는 내가 알고 있는 레이 테일러가 아니니까."

이 참에 내가 가진 의혹을 솔직하게 털어놓자고 마음먹었다. 이 선택으로 내가 해를 입게 된다면, 결국 나도 그것밖에 안 되는 여자였다는 거겠지.

단언하는 내 말에 레이는 눈에 띄게 당황했다.

······이건 어쩌면.

"무, 무슨 말을 하는 거야, 미샤."

"학교에 입학했던 날이었겠지, 아마도. 네가 레이가 아니게 된 건."

"!"

본인도 짚이는 구석이 있는 거겠지. 정곡을 찔렸다는 표정이 얼굴에 여실히 드러났다.

"그전까지 너는 별난 구석은 있었지만 그래도 평범한 평민 여자애의 범주 안에 있었어. 하지만 그날을 기점으로 너는 명백하게 다른 사람이야."

나는 멈추지 않고 더욱 깊숙이 파고들었다.

"처음에는 바뀐 환경 탓에 노이로제라도 걸린 건가 싶었어. 하지만 아무래도 그건 아닌 것 같은 데다 원래대로 돌아올 낌새도 전혀 없지. 분명 너는 다른 사람이 되고 말았어."

"미샤, 지금 자기가 무슨 말을 하는지 알고 있어?"

"나로서도 말도 안 되는 소리를 하고 있다는 자각은 있어. 하지만 그렇게밖에 생각할 수 없는걸."

스스로 느끼기에도 이상한 소리를 하고 있다고 생각한다. 하지만 지금 내 추론은 틀림없이 어떠한 진실의 끄트머리를 붙잡았다고 확신했다.

"있지, 너는 누구야? 내 친구였던 레이 테일러는 어디로 간 거야?"

내가 묻자 레이는 고통스러운 표정을 지었다.

"나는…… 레이 테일러야."

"……그게 네 대답이야? 그렇다면 미안하지만 네가 말한 계획에는 따르지 않을 거야. 유 님을 위험에 빠트리는 행동도 막도록 하겠어."

내 말에 레이는 커다랗게 한숨을 내쉬더니 체념한 기색이었다.

"알겠어. 항복. 하지만 말한들 도무지 믿어줄 거라고 생각할 수 없는걸."

"그건 내가 판단할 일이야."

"……그러네. 그럼 말할게. 황당무계하게 들릴지도 모르겠지만 나는 진실만을 얘기하겠어."

"그렇게 해줘."

레이의 이야기는 그야말로 놀랄만한 내용이었다.

레이한테는 다른 세계의 사람이었던 기억이 있다는 것.

이 세계는 아마 그 세계의 게임 속 무대라는 것.

레이는 그 게임의 주인공으로 전생했다는 것.

클레어 님을 구하기 위해서 분투를 거듭하고 있다는 것.

황당무계하다고 해야 할 이야기였지만 나는 얘기가 끝날 때까지 입을 열지 않고서 귀 기울여 들었다.

"이 세계가 게임? 이라는 것의 무대……."

"믿어줄 수 있겠어?"

"……솔직히 너무 상상도 못 할 얘기라서 믿기 힘들긴 해. 네가 있었던 세계는 여기보다 훨씬 더 문명이 진보한 거네?"

대충 설명이 끝나자 나는 레이의 이야기를 들으며 느꼈던 궁금한 점들을 하나하나 물어봤다. 레이의 설명은 때때로 어려워서 이해하기 힘든 부분들도 있었지만 그래도 모순되는 구석 없이 일관성이 있었다.

"그럼 너는 레이 테일러지만 레이 테일러가 아니라는 거네."

"그렇게 되려나. 나한테는 레이 테일러로서의 기억도 분명히 존재하지만 원래의 나와 섞여버렸으니까. 그래서 미샤가 보기엔 다른 사람처럼 보이는 거라고 생각해."

"……."

얘기를 듣고 나서 나는 잠시 입을 다물고 생각에 잠겼다. 지금 들은 얘기를 믿어야 할까. 아니 믿어도 괜찮을까. 아직 망설임은 남았지만 지금 들은 얘기에서 결코 간과할 수 없는 부분이 있었다.

"이 세계에는 머지않아 혁명이 일어나는 거네?"

"응."

"혁명이 일어나게 되면 왕실은 소멸하게 되고."

"맞아."

"……그래. 그렇다면 내 대답은 정해져 있어."

나는 앉은 자세를 고쳐서 레이를 똑바로 마주 보았다.

"너한테 협력하겠어. 네가 말하는 걸 믿어."

그러자 레이는 그대로 쓰러지듯 침대에 풀썩 엎어졌다.

"자, 잠깐, 레이."

"다행이다아……."

"그렇게나 긴장하고 있었어?"

"그야 당연하지. 내 말을 믿어주지 않았다면 나는 완전히 머리가 이상한 애가 되는걸."

"그것도 그러네."

나는 거기서 하지만, 하고 말을 이었다.

"네가 한 말을 들으니 지금까지 있었던 여러 사건들이랑 앞뒤가 맞아떨어지니까."

"예를 들어?"

"테스트 때의 성적이라든가. 너는 그다지 공부를 잘하는 애가 아니었는걸."

"우와— 믿음을 준 요소가 불명예스러워—."

"그것 말고도 있어. 나 제국의 독을 해독했던 일."

"칸타렐라 말이네. 응, 그건 정말로 내가 전생자라서 다행이라고 생각했어."

칸타렐라의 성분을 아는 사람은 아무도 없었다. 그런데 레이는 세인 님이 중독된 독을 해독해냈다.

"하지만 뭐, 믿어줘서 다행이야. 미샤는 의외로 사고가 유연하구나."

"의외라는 건 또 뭐야. 게다가 네가 말한 이야기는 의외로 이쪽 세계 사람들한테 있어선 그렇게까지 못 믿을 만한 얘기는 아니라고 생각하는데?"

"무슨 말이야?"

"네가 있던 세계는 과학…… 이라고 했던가. 그게 있으니까 전생이라는 사례가 비과학적인 발상이 되는 거겠지. 하지만 이 세계에는 비과학적인 사례의 대표 격이나 마찬가지인 마법이 실존하잖아?"

"……아아."

"실제로 이 세계에는 정령의 미아라는 전승도 있으니까."

"아— 그랬었지."

정령의 미아라는 건 오래전부터 내려오는 전승이다. 세상에는 때때로 어디서 왔는지 알 수 없는 사람이 나타날 때가 있다. 그리고 그런 사람들은 특별한 힘을 지니고 있다.

"너도 그렇잖아?"

"응."

레이가 지닌 일반적인 범주를 뛰어넘는 마력이 바로 정령의 미아가 가지는 특별한 능력이 아닐까 싶었다.

"뭐, 이걸로 여러모로 납득이 됐어. 얘기해줘서 고마워, 레이."

"나도 조금 속이 후련해졌어. 긴장하긴 했지만."

"그랬어? 그래서야 부모님한테 얘기해드렸을 땐 훨씬 힘들었겠네?"

"엥?"

"엥…… 이라니. 너 설마 부모님한테 아직 말씀 안 드린 거야?"

"안 했는데?"

태연하게 말하는 레이의 말에 나는 머리를 감싸 쥘 수밖에 없었다.

"너 말이야, 이런 일은 가장 먼저 부모님한테 설명해야 하는 거잖아."

"그, 그런가?"

"당연하지. 고향에 갔을 때 무슨 말 안 들었어?"

"으음―, ……딱히."

"……그러고 보면 레이네 부모님도 어지간한 일에는 크게 신경 쓰지 않는 분들이셨지."

나는 기회가 오면 똑바로 설명해두라고 레이한테 못을 박았다.

"거의 철야에 가깝게 되어버렸네. 내일도 봉납무 연습이 있지? 괜찮아?"

"응. 오늘은 수면 마법을 걸고 잘게."

"아침에는 깨워줄 테니까 그렇게 하도록 해. 잘 자."

"응, 잘 자."

램프 불을 끄고서 침대에 누웠다. 레이한테 품은 의심은 거의 다 해소됐다고 봐도 좋다. 오히려 이제 레이는 유 님이 처한 상황을 개선해 줄 든든한 아군이다.

(……의심해서 미안해, 레이.)

예전과는 달라져 버렸다고 말했지만 그래도 레이는 여전히 나를 친구로 여겨주고 있었던 걸까. 그랬으면 좋겠다고 생각하면서 내 의식은 점차 몰려오는 수마를 따라 깊이 가라앉았다.

【막간·끝】

평민 주제에
건방지군요!

레이가 꾸민 계획은 문제없이 잘 진행됐습니다.

봉납무 도중에 스스로의 성별을 밝히고 왕위 계승권을 포기하겠다고 선언한 덕에 이제 유 님이 여성이라는 건 주지의 사실이 되었습니다. 왕실 일각에선 어떻게든 사태를 수습하고자 유 님의 발언을 이성병 때문에 일어난 일시적 정신착란인 걸로 해명하려는 모양이지만 아마 힘들겠죠.

유 님은 누가 봐도 제정신이었고 말하는 모습도 당당했습니다. 그걸 정신착란이라고 우기면서 없었던 일로 무마하기엔 목격자가 너무 많습니다. 어쩌면 레이는 이렇게 될 것까지 전부 내다봤던 걸지도 모릅니다.

하지만 문제는 왕가의 어두운 부분에 대해서입니다. 아무리 유 님을 비롯해 관계자들이 사전에 말을 맞춰놓았다고 해도, 레이가 완전히 무죄 방면될 수 있을지 어떨지는 아직 모르는 일입니다. 게다가 이번 일로 레이는 왕궁—— 특히 리세 님과는 확실하게 척을 지게 됐습니다. 투옥되어 있는 동안 무슨 짓을 당할지 알 수 없는 노릇입니다.

"그러니까 레이가 석방될 수 있도록 아버님이 직접 힘을 써주셨으면 해요."

저는 지금 프랑소와 저택, 아버님의 서재에 와 있습니다. 아버님은 파이프 담배를 피우면서 제 이야기를 가만히 듣고 계셨습니다.

"리세 님은 무서운 분이세요. 지금까지 유 님과 얽혔다는 이유로 수많은 귀족들이 실각당하고 쫓겨났어요. 그런 분이 손 놓고 가만히 계실 리가 없어요. 레이가 위험해요."

유 님이 포기한 왕위 계승권은 3위. 세 왕자님들 중에서 제일 아래입니다. 하지만 리세 님이 유 님을 왕위에 올리는데 집착하고 있다는 건 공공연하게 알려진 사실. 왕자님들 중에 제일 큰 세력을 가진 건 제 1왕자인 로드 님이지만, 로드 님의 가장 강력한 정적이 누구냐고 묻는다면 왕비인 리세 님입니다. 리세 님은 직접 손을 더럽힐만한 짓은 안 하지만 예전부터 끊임없이 로드 님 세력의 힘을 깎아내기 위해서 온갖 수단을 동원했습니다. 그러니 리세 님이 이대로 얌전히 포기할 거라곤 도저히 생각하기 힘듭니다.

어쨌든 저는 레이가 무슨 짓을 당할까봐 걱정이 이만저만이 아니었습니다. 그런데도 아버님은,

"네 걱정은 기우에 불과하다고 말해두마. 그 아이는 영리해. 내 손이 닿지 않는 곳에 있어도 알아서 자기 몸을 지킬 거다."

천천히 연기를 내뱉으며 태연하게 담배를 피우셨습니다.

"무슨 그런 태평한 말씀을! 혹시나 무슨 일이라도 생기면 어쩌려고요!"

"무슨 일이라면?"

"그건…… 예를 들어 쥐도 새도 모르게 제거당한다거나."

리세 님은 이 나라의 왕비입니다. 그 정도쯤은 식은 죽 먹기

겠죠.

"그 아이는 우리 프랑소와 가문의 메이드다. 아무리 리세 님이라고 해도 그런 짓을 하면 우리 가문을 적으로 돌리게 된다는 것쯤은 알겠지."

"그럴까요. 메이드 한두 명 가지고 시끄럽게 굴지는 않을 거라고 생각할지도 모르는 거예요."

슬픈 일이지만 왕후 귀족들이 느끼는 평민 메이드의 가치는 겨우 그 정도입니다.

"클레어, 너는 조금 걱정이 지나치구나."

"그래도!"

"어쨌든 레이는 문제없어. 그만 물러가도록."

"아버님……."

"……."

아버님은 더 이상 입을 열 생각이 없어 보였습니다.

"실례하겠어요."

속상한 마음을 감추면서 저는 서재를 나왔습니다.

"레이가 걱정이에요."

"클레어 님……."

"……."

레이의 빈자리를 채울 임시 메이드를 고용할 마음도 들지 않아서, 저는 로렛타와 피피가 다과를 즐기던 자리에 끼어들었습니다. 한숨을 내쉬는 저에게 두 사람이 걱정이 담긴 시선을 보냅니다. 레이가 없는 동안 제가 대신 맡고 있는 레레어도 어딘지 불안해 보입니다.

"클레어 님은 참 상냥하세요. 메이드 한 명한테 그렇게 신경을 써주시다니."

"……이러니저러니 해도 레이는 솜씨가 좋거든요. 대신할 만한 사람을 찾기가 그리 쉽지 않아요."

"……."

말은 이렇게 하지만 솔직히 말해 저는 이제 레이를 단순히 일개 메이드로 여기지 않았습니다. 레이는 이미 저에게 있어서 누구와도 바꿀 수 없을 정도로 소중한 존재로 탈바꿈했습니다. 그렇지만 그런 속마음을 두 사람한테 솔직히 말할 수도 없는 노릇. 저는 어디까지나 유능한 메이드를 걱정하는 척했습니다.

"마음을 굳게 드세요, 클레어 님. 그 평민이니까요. 어지간한 일로는 꿈쩍도 하지 않을 겁니다."

"저도 그렇게 생각하고 싶지만요."

"……."

그때 저는 문득 깨달았습니다. 아까부터 저랑 로렛타 둘이서만 대화가 오가고 있습니다. 피피는 정신이 딴 데 가있었고, 표정에 그늘이 가득해 보였습니다.

"피피, 무슨 일 있어요?"

"아…… 아뇨, 아무것도 아니에요. 멍하니 있어서 죄송해요."

"그건 괜찮은데 혹시 무슨 걱정거리라도 있는지 물어봐도 될까요? 우리 사이니까 속 시원히 말해보세요."

지금 제가 레이 걱정으로 머릿속이 꽉 차있는 건 맞지만 그렇다고 친구들의 고민을 그냥 넘어갈 생각은 없습니다.

"……사실은……."

피피는 뭔가 말을 꺼내려고 했지만 더 이상 말을 잇지 못하고 입을 다물었습니다.

"피피?"

"……아뇨, 역시 그만둘게요. 지금은 클레어 님도 힘드실 때니까요. 의논할 때가 오면 꼭 들어주세요."

"알겠어요. 그땐 얼마든지 말해줘요."

"네."

그러고서 피피는 힘없이 웃었습니다. 지금 떠올려 보면 이때 피피는 가문이 얽힌 커다란 고민을 품고 있었던 겁니다. 저는 말은 그렇게 하면서도 제 앞가림만으로도 벅차서 피피의 고민에 충분히 귀를 기울이지 못했습니다.

"그거 걱정이네—."

"그렇죠?"

그날 밤, 기숙사. 오늘은 드물게도 아직 불빛이 꺼지지 않은 시각에 카트린과 둘이서 차를 즐기고 있었습니다. 카트린은 언제나처럼 사탕을 먹는 중입니다. 상관이야 없지만 차에 곁들이는 다과로 사탕은 좀 안 어울리지 않나요?

"그런데 클레어 쨩. 걱정하는 마음은 이해하지만 너무 무모한 짓은 하면 안 되는 거 알지—? 자칫하면 레이 쨩의 입장을 더 위태롭게 만들 테니까—."

"……그래도 걱정되는 걸요. 레이한테 혹시 무슨 일이 생기는 건 아닐까 싶을 때마다 도저히 가만히 있기가 힘들어요."

전에 대화를 나눴을 때는 레이에 대한 마음을 솔직히 말하지 못했지만 지금은 저도 불안감에 마음이 약해져 있는 상태라 아닌 척 숨길 여유도 없었습니다. 저는 레이가 걱정된다고 솔직하게 카트린한테 털어놨습니다. 카트린도 그런 제 마음을 잘 아는지 그걸 가지고 놀리거나 하지 않았습니다.

"확실히 걱정은 걱정이지만 지금은 가만히 지켜볼 수밖에 없다고 생각해—. 소문을 들으니 왕궁은 몰라도 로세이유 전하는 이번 사건을 크게 만들 생각이 없다고 하니까 분명 그리 심한 일을 당하지는 않을 거야—."

"……그랬으면 좋겠어요."

침울한 마음으로 홍차를 마셨습니다. 아샤르 가문 전속 상인이 마련한 고급품인데도 전혀 맛이 느껴지지 않습니다.

"……아, 그런 거구나—. 밀리아 님이 생각났던 거네—."

"……당신의 그런 예리한 감이 때로는 싫을 때가 있어요."

"아하하, 미안."

카트린은 정곡을 찔렀습니다. 그래요. 저는 지금 트라우마를 자극당하는 중입니다. 솔직한 마음을 못다 전한 채 만날 수 없게 되어버린 어머님과의 이별처럼 제가 품은 마음을 고백하지 못한 상태로 레이와 사별하게 되는 건 아닐까 싶어서.

"확실히 그래서야 일단 상황을 지켜보자는 식으로 느긋하게 마음을 먹긴 힘들지—."

"저도 지나친 생각이라는 걸 알고 있어요. 하지만 이 불안한 마음만큼은 억누를 수 없는 걸요."

"으음—, 그렇구나—"

제가 심정을 토로하자 카트린이 팔짱을 낀 자세로 생각에 잠겼습니다. 잠시 침묵이 흘렀습니다.

"음—. 그래도 역시 레이 짱을 소중히 생각한다면 지금은 눈에 띄는 움직임을 삼가야 할 때야—."

"어째서인가요?"

"클레어 짱이 로드 님 파벌이니까 그런 거야—."

제가 무슨 말인지 바로 이해가 안 가서 갸웃거리고 있자 그걸 눈치챈 카트린이 설명을 보탰습니다.

"레이 짱이 클레어 짱한테 있어서 중요한 사람이라는 걸 리세 님이 알게 되면 리세 님은 망설임 없이 레이 짱한테 위해를 가할 거라고 생각해. 그것도 분명 화풀이를 넘어선 수준으로."

"……아, 그런 말이군요."

쉽게 말해 이런 겁니다. 리세 님은 유 왕자 파벌의 필두, 제가 속한 프랑소와 가문은 로드 님 파벌의 대표격입니다. 이제 가능성이 매우 희박해졌다곤 하나 리세 님은 아마 유 님을 왕위에 올린다는 야망을 포기하지 않았을 터. 로드 님 파벌의 선두에 서있는 프랑소와 가문과 저한테 타격을 줄 수 있다면야 기꺼

이 행동에 나서겠죠. 그런 의미에서라도 지금은 섣불리 움직여선 안 된다고 말하는 겁니다.

"하지만 리세 님도 아버님과 적대하는 사태는 피하고 싶을 텐데요?"

"응. 그래서 지금 상황에선 유 님과 도르 님을 지나치게 자극하지 않으려고 상대를 규탄하는 정공법에만 머무르고 있다고 생각해—. 하지만 레이 짱이 도르 님이나 클레어 짱한테 중요한 사람이라는 걸 깨닫게 되면 더욱 노골적인 수단—— 예를 들어 암살을 꾸미지 않을까—."

"?!"

"그러니까 지금은 그냥 주제도 모르는 성가신 평민 정도로만 여기도록 놔두는 게 안전하겠지—. 도르 님이 눈에 띄는 움직임을 보이지 않는 것도 레이 짱이 중요한 사람이라는 걸 들키지 않기 위해서라고 생각하는데—?"

설마…… 아버님은 거기까지 생각하고서……?

"그럼 어째서 아버님은 그 사실을 가르쳐주지 않으셨던 걸까……."

"그야 레이 짱과 가장 사이가 좋았던 클레어 짱이 너무 태연한 모습을 보이는 건 오히려 수상하니까. 안절부절못하는 태도를 보여주는 게 자연스럽거든—."

"그렇군요…… 아니, 딱히 사이좋은 게 아니에요!!"

"이제 와서 그러지 말고—."

부끄러움을 감추려는 시도도 카트린한텐 통하지 않나 봅니다.

"……답답하네요."

"클레어 짱은 가만히 있는 걸 잘 못 하지—."

"듣기 불편한 말은 하지 말아 주세요."

"아냐, 칭찬하는 거야—. 클레어 짱은 행동력이 있는 사람인 걸—."

그렇게 대충 대화가 일단락됐을 때 문을 노크하는 소리가 들렸습니다.

"실례하겠습니다. 두 분 다 아직까지도 안 주무시고 계셨나요."

"아하하. 미안—, 에마."

카트린의 메이드인 에마였습니다.

"그만 잠자리에 드시죠. 밤을 새우면 건강에 안 좋습니다."

"에이— 조금만 더—."

"안 됩니다."

에마는 그대로 램프의 불을 껐습니다.

"잠깐, 에마. 당신은 조금 더 주인의 체면을 생각하세요. 메이드잖아요?"

"메이드인만큼 주인의 건강관리도 제 업무의 일환입니다."

"……이게—."

"자자자자!"

살짝 험악한 분위기가 감돌기 시작하는 우리 둘 사이에 카트린이 끼어들었습니다.

"말은 이렇게 하지만 에마한테도 좋은 점들이 있다고—, 클레어 짱."

"?"

"아가씨."

천진난만하게 웃고 있는 카트린이 뭔가 말을 꺼내려고 하자 에마가 만류했습니다. 하지만 카트린은 만류에도 개의치 않고 말을 이었습니다.

"있잖아, 전에 클레어 짱이 선물해줬던 휠체어 있지—?"

"네."

"에마가 직접 나서서 휠체어는 예전에 학교에 있던 램버트 씨한테 받은 걸로 꾸며줬어."

"······잠깐, 에마. 당신은 왜 멋대로 그런 짓을 한 건가요."

"······."

제가 화난 표정을 지었지만 에마는 태연한 얼굴입니다.

"아, 그게 아냐. 봐봐, 그걸 솔직하게 클레어 짱한테 받았다고 그러면 아버님은 분명 그걸 압수하실 테니까—. 에마가 램버트한테 직접 고개 숙여 부탁해서 그가 만든 시제품을 받은 걸로 말을 꾸며준 거야—."

"아하, 그렇군요. 그런 거였네요."

듣고 보니 정치적으로 대립하는 상대한테서 사적인 선물을 받았다고 그러면 클레망 님은 달갑지 않게 여기겠죠. 그 점을 감안하면 에마는 적절한 행동을 취한 겁니다.

"어째서 해명하지 않은 건가요. 자칫하면 오해할 뻔한 참이었어요."

"그럴 필요가 없었으니까요."

"봐봐, 그치? 솔직하지 못하지만 에마한테도 좋은 점이 있어."

그러면서 카트린은 기쁜 듯이 웃었습니다. 카트린과 에마의 관계는 보고 있으면 절로 눈썹이 찌푸려지는 모습이라고 생각했는데, 의외로 이 두 사람 사이에는 나름의 신뢰관계가 형성되어 있는 걸지도 모르겠다고 생각을 고쳐먹었습니다.

결국 그날 밤의 다과회는 그대로 막을 내렸습니다.

아버님을 비롯해 많은 사람들이 『지금은 섣불리 움직이지 마라』라고 충고하니 저는 어쩔 수 없이 충고를 따르기로 했습니다. 그저 충고뿐이었다면 저도 반발했을지도 모르지만 카트린이 조리 있게 왜 그래야 하는지를 설명해 준 덕에 조금은 불안이 가라앉았습니다.

"레이…… 부디 무사하기를……."

그건 한 치의 거짓 없는 제 진심 어린 바람이었습니다.

"드디어 허가가 나왔군요."

저는 지금 왕궁 안에 있는 지하 감옥으로 이어지는 계단을 내려가는 중입니다. 이곳에 온 이유야 당연히 레이를 만나기 위해서입니다. 레이는 현재 유 님을 둘러싼 일련의 사건들과 관련이 있는 인물로서 조사를 받는 중이라, 저는 이제야 간신히 면회 허가를 받았습니다.

감옥으로 연결된 계단은 몇 미터 간격으로 설치된 불빛 말고는 아무런 조명도 없어서 발밑이 잘 보이지 않았습니다. 저는 안내인 뒤를 천천히 따라가면서 조심스럽게 계단을 내려갔습니다. 평소 어지간한 일에는 눈도 꿈쩍 안 하는 레이라도 이런 우중충한 장소에 갇혀 있으면 아무래도 심적으로 많이 불안하겠죠.

"다 왔습니다, 클레어 님."

"고마워요. 그럼 잠시 자리를 비켜주세요."

"넵…… 그리고…….”

"뭔가요?"

"도르 님께 말씀을 전해 주십시오. 레이 테일러한테 위해가 가는 일은 일절 없었다고요."

"!"

안내해 준 병사는 경례를 하고서 자리를 떠났습니다. ……뭐냐고요. 아버님도 참, 빈틈없이 손을 써두셨던 거네요.

제가 창살을 향해 다가가자 레이는 바로 인기척을 느꼈나 봅니다. 상태를 보니 상상했던 것보다 훨씬 더 괜찮아 보였습니다. 솟구치는 안도감을 내색하지 않도록 감추면서 말을 건넸습니다.

"생각했던 것 이상으로 안색이 괜찮아 보이네요."

"클레어 님이 직접 와주신 덕분이에요."

일주일 만에 하는 인사가 저겁니다. 이런 상황에 처해도 레이는 역시나 레이인가 봅니다. 떨어져 있던 기간이 겨우 7일밖에 안 되는데도 훨씬 더 오랫동안 만나지 못했던 것 같은 느낌이 듭니다.

그래서 그런 걸까 오랜만에 만나는 레이는 몹시도 기뻐 보였습니다.

"감옥 생활은 어땠나요?"

"걱정해 주신 덕분에 그렇게까지 심한 꼴을 당하지는 않았습니다."

레이 말로는 취조를 받긴 했어도 그다지 가혹하지는 않았다고 합니다. 감옥에 갇혀 있느라 자유롭게 행동할 수는 없었지만 고문 같은 건 전혀 없었고, 시종일관 문답 형식의 사정 청취뿐이었다고 합니다.

이건 유 님을 비롯한 관련자 전원이 사전에 말을 맞춰 뒀던 게 컸겠죠. 유 님은 모든 일들은 자기가 직접 지시한 거라고 주장했을 테고, 릴리 추기경이나 저도 똑같이 증언했습니다. 로드 님과 세인 님도 마찬가지입니다. 무엇보다도 정확한 이유까진 모르겠지만 로세이유 폐하가 우리를 감싸주신 덕분에 왕궁 내의 인물 대부분이 레이의 아군인 상황입니다.

이러면 금방 석방되겠네요, 하고 제가 속으로 긴장을 풀고 있었더니,

"뭐, 식사에 독이 들어있기는 했지만요."

"뭐라고요?!"

귀를 의심할 수밖에 없는 말이 들렸습니다. 레이가 설명하기를 리세 왕비 일파가 벌인 보복일 거라고 합니다. 이번 사건으로 가장 큰 타격을 입은 사람은 리세 님입니다. 유 님을 왕위에 올리고자 했던 염원이 그야말로 송두리째 망가져 버렸으니 리세

님이 입은 상처의 크기는 감히 상상하기 힘들 정도일지도 모릅니다. 그야 당연히 복수하고 싶을 만도 하죠.

그러니 보복에 나섰다는 것 자체야 그리 놀랍지 않지만 설마 식사에 독을 탈 줄이야. 다행히도 레이는 용의주도하게 모든 식사를 검사한 뒤 해독마법을 걸어서 화를 피했다고 합니다. 감옥 안에서 마법지팡이를 소지할 수 있었던 것도 아버님이 손을 써주신 덕분이었다나. 역시 아버님이세요.

"잘도 무사했군요……."

"미사키 덕분입니다."

레이가 영문 모를 소리를 꺼냈습니다. 미사키라면 분명 레이가 얘기해준 첫사랑 이야기 때 들었던 심술궂고 얄미운 여성의 이름 아니었나요. 레이는 나중에 잘 화해했다고 말하긴 했지만요. 미사키가 품었던 성별 위화감의 고민에 대해 진심으로 안타까워하던 레이의 모습을 떠올려 보면 화해했다는 건 정말이겠죠. 그건 그렇고 미사키는 스스로 목숨을 끊었다고 들었는데.

"미사키……? 그게 무슨 말이에요?"

"꿈을 꿨어요."

감옥에 갇혔던 날 밤에 미사키가 머리맡에 서 있었다고 합니다.

『참 너는 여전히 구제할 길이 없을 정도로 사람이 좋네.』

변함없는 밉살스러운 어조로,

『그래도 잘했어. 조금 후련해졌어. 나랑 같은 고민을 품은 아이를 구해줘서 고마워.』

머리맡에 나타난 미사키는 그 말과 함께 어색하게 웃었다고 합니다.

『얼빠진 표정 짓지 말라고. 식사에는 주의를 기울이도록 해.』

그 말만 남기고서 뭐라 대답할 틈도 주지 않고 사라졌다나요. 신기한 이야기입니다.

"그런 일이 다 있네요."

"뭐, 제 마음의 열망이 만들어낸 환상일지도 모르지만요."

말로는 환상일지도 모른다고 하면서도 레이는 기뻐하는 표정 이었습니다.

"그렇다고는 해도…… 그래서 제가 말했잖아요, 위험하다고."

"정말 그러네요—."

이번에 레이가 꾸민 계획을 실행하기 전, 가장 크게 반대했던 사람은 다른 누구도 아닌 바로 저입니다. 미사키 얘기를 꺼내면서 설득하는 말에 결국 마지못해 찬성했지만 마지막까지 납득하지 못했습니다. 자칫하면 왕궁을 적으로 돌리게 될지도 모르니까요. 귀족 세계의 무서움을 누구보다 잘 아는 저로서는 당연히 반대할 일입니다.

"여기 있으면 바깥 상황을 전혀 알 수 없어요. 그 후에 어떻게 됐나요?"

"대체로 당신이 짐작했던 대로예요."

저는 레이한테 봉납무 후에 일어난 일들을 설명했습니다. 먼저 유 님은 수도원으로 보내졌습니다. 앞서 말했다시피 왕궁은 진실을 감추고 다른 해명을 내놓은 상태라, 명목상으로는 병의 치료와 요양을 위해 수도원에 간 걸로 되었습니다.

하지만 이미 사태는 왕궁이 수습할 수 있는 단계를 넘어섰다고 해도 과언이 아니겠죠. 유 님이 자유의 몸이 되는 것도 그리 먼 미래가 아닐 겁니다.

"유 님께 전언을 받아왔어요. 『고마워, 이 일에 대한 보답은 언젠가 반드시』라고 하셨어요."

"그렇습니까. 유 님의 신체에 대해선 어떻게 되었나요?"

"역시나 좀 떠들썩하긴 했죠. 사정을 알고 있는 사람들은 만월의 밤이라 벌어진 일시적인 현상일 뿐이었다고 생각하고 있었던 모양이니까."

봉납무 때 유 님의 몸이 여성으로 돌아왔던 건 그날이 마침 보름달이 뜨는 밤이었기 때문에 그랬던 게 아니었습니다. 미리 달의 눈물을 써서 이성병을 완치한 덕분입니다. 달의 눈물을 가지고 나오기 위해선 추기경 이상의 신분을 지닌 두 사람 이상의 허가가 필요하지만 릴리 추기경과 유 님이 협력해 준 덕분에 문제없었습니다. 릴리 님도 사건 이후 취조를 받았지만 유 님의 간절한 부탁을 뿌리칠 수 없었다고 해명했습니다. 이것도 다 레이의 계획을 토대로 사전에 유 님이 내린 지시입니다.

"릴리 님도 높은 신분을 가진 분이니만큼 왕실에서도 그렇게 쉽게 처벌할 수는 없는 모양이에요."

"미샤는 어떻게 됐나요?"

"부모님을 설득 중이에요."

미샤는 학교를 그만두고 유 님이 계신 수도원으로 가고 싶은 모양이지만 가문에서 만류하고 있습니다. 미샤는 아주 우수하고 뛰어난 학생입니다. 유르 가문에서는 미샤의 장래에 많은 기대를 걸고 있었을 테니까 학업을 팽개치고 수도원에 들어가는 건 너무 아깝다고 생각하는 거겠죠.

사실 유르 가문에는 꼭 미샤가 아니더라도 우수한 후계자가 있으니 딸이 원하는 대로 하게 해주자며 미샤의 어머니가 편을 들어주고 있다고 합니다. 수도원으로 들어간 유 님이 직접 "내 곁에 있어줘"라고 말한 것도 큰 이유겠죠.

"부모님도 지금까지 미샤한테 잔뜩 고생을 시켰던 모양이라 그다지 강하게 나가지는 못하는 것 같아요."

"그런가요."

제가 보기에 미샤는 줄곧 유 님을 연모하고 있었습니다. 미샤의 염원이 이루어지는 것도 시간문제겠네요.

"클레어 님은 어떠셨나요?"

"저는 딱히 아무것도요. 기껏해야 메이드가 체포당해서 심기가 불편한 정도예요."

아무렇지도 않은 양 말했지만 지난 일주일은 상상 이상으로 견디기 힘들었습니다. 레이가 혹시 고초를 겪고 있지는 않을까 싶어서 마음은 좌불안석이었고요. 아직까지 속마음을 솔직히 입 밖에 낸 적은 없지만 레이의 존재가 저에게 있어서 이만큼이나 커졌다는 건 스스로도 깜짝 놀랄 정도입니다.

어머님이 돌아가셨을 때의 전철을 똑같이 밟지 않아서 정말로 다행이에요.

"그것뿐인가요? 제가 없어서 외롭다든가, 그립다든가."

"도대체 그 근거 없는 자신감은 뭔가요, 당신."

제 속내를 꿰뚫어본 것처럼 던지는 말에 동요하는 속마음을 숨기면서 퉁명스레 말했습니다. 레이는 말 안 해도 다 안다는 듯이 싱글벙글이에요. 정말 성격도 짓궂다니깐.

"도르 님은 따로 하신 말씀이 있나요?"

"아무 말도요."

저는 고개를 갸웃했습니다.

"저는 보나 마나 레이를 해고하라고 말씀하실 줄 알았는데 그런 말씀도 없었고……. 당신은 대체 아버님의 어떤 약점을 쥐고 있는 건가요?"

"그런 거 아니라니깐요. 그저 도르 님의 도량이 넓어서 그런 거예요."

레이는 그렇게 말하지만 두 사람 사이에는 틀림없이 뭔가 있습니다. 아버님도 그렇고 레이도 저한테는 아무것도 말해주지 않아서 저만 따돌리는 기분이라 조금 서운한 마음이 듭니다.

언젠가는 얘기해주는 걸까요.

잠시 그렇게 얘기에 열중하고 있었더니 간수가 다가왔습니다.

"클레어 님, 정말 죄송하지만 취조 시간입니다."

"이 이상 뭘 취조하겠다는 거죠? 이 자는 유 님한테 명령을 받았을 뿐이라는 걸 알게 됐잖아요."

그러니까 빨리 석방하라는 뜻을 내비치고 있었는데 의외의 대답이 돌아왔습니다.

"그것이…… 로세이유 폐하께서 직접 취조를 하시겠다고 하셔서……."

"폐하께서?"

어떻게 된 걸까요. 로세이유 폐하는 분명 레이의 편일 거라고 생각했는데요.

"어쨌든 오늘은 그만 돌아가 주십시오."

"어쩔 수 없군요. 또 올게요."

저는 떨쳐낼 수 없는 찜찜한 기분을 느끼며 감옥을 나왔습니다.

그날 밤, 기숙사 방에서.

"그런 고로 리세 님한테 선전포고를 당했으니 얼마든지 상대해 줄 생각이에요."

"요리에 독을 넣은 정도야 경고 수준이라고―. 감옥 안에 마법 지팡이를 들고 들어갔던 걸 리세 님이 몰랐을 리가 없잖아―."

"그래도 감히 제 레이한테 그런 짓을!"

"자자. 진정해―."

하지만 제 분노는 그리 길게 가지 않았습니다. 저는 이때 예상조차 하지 못했던 겁니다.

레이가 왕립학교에서 제적당하고 폐하의 특무관으로 임명될 줄이야.

평민 주제에
건방지군요!

후기

　『평민 주제에 건방지군요!』 제2권을 전해드렸습니다. 작기인 이노리.입니다. 이 책은 제 다른 작품인『내 최애는 악역 영애.』를 클레어의 시점으로 되짚어보는 스핀오프격 작품입니다. 『와타오시』의 스포일러를 포함하고 있으니 아직『와타오시』를 읽지 않은 분은 먼저 본편을 읽고 오시는 걸 강력하게 추천드립니다.

　자, 이번 권은 와타오시로 따지면『제4장 사랑의 천칭편』부터『제6장 교회편』에 해당하는 에피소드를 수록하고 있습니다. 레이의 강력한 라이벌인 마나리아와, 레이와 클레어 못지않은 인기를 자랑하는 릴리도 등장하고, 각 장면에서 클레어를 비롯한 다른 캐릭터들이 어떻게 느끼고 생각했는지를 그렸습니다.

　또한 스핀오프 오리지널 캐릭터인 카트린. 본편보다 출연이 늘어난 로렛타와 피피에 대해서도 깊게 다루고 있습니다. 재미있게 즐겨주시길 바랍니다.

　『쿠세니나』는 아마 3권이 마지막 권이 될 예정입니다. 클레망 아샤르와 벌이게 될 최종결전, 카트린의 숨겨진 과거, 로렛타와 피피의 사랑의 행방, 그리고 혁명에 임하는 클레어 & 레이 등 풍성한 볼거리를 담아 보여드릴 예정입니다. 모쪼록 기대해주세요!

　2권이 발매되기까지 여러 가지 일들이 있었습니다. 『쿠세니나』도 영어판과 한국어판으로 번역이 결정됐고,『와타오시』만화판은『TSUTAYA 코믹 어워드 2022』에서 9위로 입상,『차세대 만화 대상』에서 8위라는 훌륭한 성적을 거뒀습니다. 국내와 해외를 가리지 않고 예전과 비교해도 여기저기에 널리 이름을 알리고 있습니다. 이것도 전부 응원해 주신 여러분들 덕분입니다.

진심으로 감사드립니다. 다음 달이나 다다음 달쯤에도 『와타오시』 시리즈와 관련된 정보가 발표될 거라 생각하니 앞으로도 많이 응원해 주신다면 기쁘겠습니다.

마지막으로 감사 인사를.

GL문고 나카무라 님. 이번에도 아주 많은 신세를 졌습니다. 이렇게 다음 권을 낼 수 있게 해주신 걸 무엇보다도 감사드립니다. 이 은혜는 높은 판매량으로 보답 드리고 싶습니다.

일러스트를 맡아주신 하나가타 선생님. 카트린과 로렛타, 피피의 멋진 일러스트를 그려주셔서 감사합니다. 특히 카트린이 무척이나 귀엽습니다. 로렛타와 피피도 선생님의 일러스트 덕분에 부하 A, B 수준을 완벽하게 벗어났다고 생각합니다. 정말로 감사드립니다.

제 파트너인 아키 씨. 쿠세니나도 2권이 나왔다고요. 걱정 끼쳐서 미안해요. 주말에는 또 논 알코올 칵테일로 함께 축하하죠.

그리고 이 작품을 손에 쥐어주신 당신에게 최대한의 감사를 바칩니다. 정말로 고맙습니다.

그럼 다음 권이 나온다면 3권에서 뵙도록 하죠. 이노리. 였습니다.

2022년 9월 24일 이노리. 드림.

HEIMINNO KUSENI NAMAIKINA 2

©2022 I N O R I
All rights reserved.
Original Japanese edition published in 2022 by Ainaka Publishing,Inc.
Korean translation rights arranged with Ainaka Publishing,Inc.
Korean translation rights © 2023 by Somy Media, Inc.

[평민 주제에 건방지군요!] 2

2023년 11월 15일 1판 1쇄 발행

저자 이노리.
일러스트 하나가타
옮긴이 정백송
발행인 유재옥
사내이사 조병권
본부장 박광운
담당편집 정영길
편집1팀 박광운
편집2팀 정영길 조찬희 박치우 정지원
편집3팀 오준영 이해빈 이소의
미술 김보라 박민솔
라이츠담당 김정미 맹미영 이윤서
디지털 박상섭 김지연 윤희진
발행처 ㈜소미미디어
제작처 코리아피앤피
등록 제2015-000008호
주소 서울시 마포구 토정로 222, 403호 (신수동, 한국출판콘텐츠센터)
판매 ㈜소미미디어
마케팅 최원석 최정연 박수진 박소연
전화 편집부 (070)4164-3962, 3963 **기획실** (02)567-3388
판매 및 마케팅 (070)4165-6888 **Fax** (02)322-7665

ISBN 979-11-384-2249-9 (04830)
ISBN 979-11-384-1285-8 (세트)